JN191173

やり直し令嬢は竜帝陛下を攻略中
プラティ大陸正史
永瀬さらさ
Sarasa Nagase
KADOKAWA

やり直し令嬢は竜帝陛下を攻略中
プラティ大陸正史

永瀬さらさ
Sarasa Nagase

contents

MAP
ラーヴェ帝国
×
クレイトス王国
【ラーヴェ帝国領地名】
①皇帝直轄領
②クヴェレ侯爵領
③ハイセ伯爵領
④ベイル侯爵領
⑤パテル伯爵領
⑥ネビュラ侯爵領
⑦ファザーン子爵領
⑧ノイトラール公爵領
⑨ラーデア大公領
⑩レールザッツ公爵領
⑪クレーエ子爵領
⑫ホーボエ侯爵領
⑬マフィー伯爵領
⑭ミルト男爵領
⑮タウベ子爵領
⑯フェアラート公爵領
⑰プッツェン男爵領
⑱ヴァッシェン伯爵領
⑲ライカ大公国
【地名・都市名・町村名】
(ラーヴェ帝国側)
Ⓐララチカ湖
Ⓑ北アルテリア川
Ⓒカルワリオ渓谷
Ⓓラーデア湖
Ⓔ南アルテリア川
Ⓕ帝都ラーエルム
Ⓖイーレ村
Ⓗ水上都市ベイルブルグ
Ⓘザザ村
Ⓙ城塞都市ノイトラール
Ⓚウェリタス山村
Ⓛ自由都市ラーデア
Ⓜ交易都市レールザッツ
Ⓝ軍港都市フェアラート
Ⓞラ=バイア士官学校
ラーヴェ帝国
ラーデア内海
南ラキア海
鉄道

WORLD

【クレイトス王国領地名】
⑳王家直轄領
㉑サーヴェル辺境伯領
㉒グラニット公爵領
㉓クァイエット侯爵領
㉔アザル公爵領
㉕クレイ男爵領
㉖ゴート男爵領
㉗バーリー伯爵領
㉘マートン伯爵領
㉙レイヴァー伯爵領
㉚ケルプ伯爵領
㉛ピスティル伯爵領
㉜ステイメン伯爵領
㉝メリッタ男爵領
㉞カネアリー伯爵領
㉟ヘロン侯爵領
㊱ハウンド伯爵領
㊲カーム男爵領
㊳シルーロス伯爵領
㊴イール侯爵領

【地名・都市名・町村名】
（クレイトス王国側）
ⓐ王都バシレイア
ⓑ旧王都アンサス
ⓒクルヴィ街
ⓓハイマ川
ⓔサーヴェル辺境都市
ⓕ東ミュース湖・西ミュース湖
ⓖ港町イクソス
ⓗ歓楽街メティス
ⓘダグリ砂漠
ⓙモエキア岬
ⓚアクラネー川
ⓛリーフ川
ⓜイール大河
ⓝママフィ村

イラスト　藤末都也
装丁　伸童舎

ずっと一緒にいてね　子どもは願った

空からりゅうのかみさまがおりてきた
花からめがみさまがあらわれた

かみさまはいいました
あらそうのはやめなさい
あかんぼうも　こどもも　おとなも　おとこも　おんなも　ろうじんも
みんなみんな　かみさまのまえではびょうどうです
みんなみんな　かみさまのこどもです

おとこがけんをむけました
なにがかみだ　しょうこをみせろ
おんながつめでゆびさします
なにがめがみだ　やくたたず

りゅうのかみさまは　りゅうをよびだして　けんをやきました
めがみさまは　だいちにみのりをもたらし　わけあたえました
たくさんのにんげんが　くいあらためて　かみさまをしんじます

でもかみさまをしんじないにんげんは　あらそいをやめません
じぶんがいちばんえらいのだと　あらそいつづけます

みんなはいのりました
かみさまかみさま　わたしたちはかみさまをしんじます
どうか　あんしんしてくらせるよう　おすくいください
かみさまはねがいをききとどけ　くにをつくりました

ひがしに　りゅうのかみさまのくに
にしに　めがみさまのくに

でもだれかがといかけました
しあわせになれるのはどっちのくに？

ひがしのくにのにんげんはいいます
りゅうのかみさまは　にんげんがまちがったら　さとしてくれます
にしのくにのにんげんはいいます
めがみさまは　にんげんがこまったら　てをさしのべてくれます

ここはひがしのくに　ラーヴェていこく
りゅうのかみさまが　まもるくに
りゅうはみちびく
しあわせはつかむもの
おまえがのばした　そのてには　ひかりもあめもふりそそぐ

ここはひがしのくに　ラーヴェていこく
りゅうのかみさまが　まもるくに
りゅうはみちびく
ただしさはここにある
おまえがくじけ　たつひまで　みまもるそらがここにある

木漏れ日が差し込む東屋(あずまや)に、女の子守歌が響いている。

ラーヴェ帝国に生まれた子どもなら、一度は耳にする神話の子守歌だ。後半の歌詞が有名だが、前半から独唱でしっかり歌えるのは、彼女が歌う踊り子だった所以だろう。

母親らしいこともできるのかと、木陰の下でラースはひっそりと笑った。

廃園が決まっている庭にある、古びた東屋の周囲に人気はない。朽ちた建物に蔦が這い、白い花がぽつぽつと咲くだけのさみしい場所だ。

――子どもに会いたいんだ。

そう伝言をしたのは、二日前だった。

以前、会ったときは彼女の腹がふくらんだ頃で、まだ息子は生まれていなかった。予定どおり出産したなら息子は今、一歳半かそこらのはず。つまり、二年近く会っていないことになる。

けれど、女が呼び出しに応じることをラースはみじんも疑っていなかった。

後宮の裏門の門番も、ラースを見るなり青ざめたものの「頼むよ」とささやけば顔をそむけて道をあけたし、ラースの姿を見た侍女は人差し指を唇の前で立てて微笑めばそれだけで真っ赤になって何度も頷いた。恨みがましい視線を送る皇妃も流し目をくれてやるだけでいい。今頃、茶を用意して待っているだろう。

そして現に、女も呼び出しに応じて、いつもの東屋で待っている。

名前を呼ぶと、飛び跳ねるようにして振り向き、瞳をきらきらと輝かせる。

矢継ぎ早に質問をしようとする女の唇はさっとふさいで、その目が蕩けるのを確認してから、ラースはゆりかごではなく東屋の冷えた石の上に置きっぱなしになっている可哀想な息子を見た。

ラースの視線の先を見た女は慌てて息子を抱き上げ、ゆりかごに入れ直した。この女にはもうひとり息子がいたはずだが、手つきが乱雑で、普段から育児などしていないのがわかる。女は皇妃とはいえ平民あがり、後ろ盾もない末席だ。乳母など何人も雇えないだろうに、いったい誰がこの子を育てているのか考えてから、笑ってしまった。

何を勘違いしたのか、幸せな家族の肖像画のように女が寄り添ってくる。

「あなたの子よ」

後宮で悪びれもなくこう宣言する、頭も股もゆるいこの女のことだ。この子が皇帝メルオニスの子ではないと、勘付かれていてもおかしくない。ラースの種だと疑う者もいるだろう。

「この子はラーヴェ帝国の皇子殿下だ。そう育てるって、約束したよね？」

優しく、けれど冷ややかに釘を刺すと、女が急いで頷き返した。

「そ、そうね、わかっているわ。大丈夫よ」

「ちゃんと立派に育ててほしいな。皇帝にふさわしい教育を受けてほしいんだ」

「も、もちろん！　私が、ちゃんと育ててるから……」

罪悪感でもあるのか目が泳いでいる。だが、心配することはない。この後宮にはいまだにラースの歓心を引きたがる女は多い。もしこの女が放り出しても、息子を育てることでラースがやってくるとわかれば、育児を引き受ける者が必ず出てくる。子はかすがい、というやつだ。

だからこの子は、ろくでもない母親のもとでも育っている。

「ハディスっていうの。あなたが息子ならその名前って言ってたから」

「覚えててくれたんだね」

「当然よ。ほら見て、あなたそっくりでしょう。目元とか」

「黒髪なんだ」

「そう、そうよ。私とあなたの色なの」

新しい商品を紹介するように女が息子を見せびらかす。その甲高い声がよくなかったのか、眠っていた息子が眉根(まゆね)をよせ、ゆっくりまぶたを持ち上げた。

――金色だ。

黒髪に、金の瞳。

まだだ、まだ確定ではない。けれど、もしかしたらという期待で、目が離せない。

どんなに美しい女も男も、美術品だって、塵芥(ちりあくた)にしか感じない自分が。

息子は視線をさまよわせていた。何かさがしている。母親ぶった女が嬉(うれ)しそうに、ほらお父様よなんて言うけれど、息子は違うものをさがしている。

やがて、見つけられなかったのか、ぐしゃっと顔をしかめた。

「らぁべ……」

小さな愛らしい呼び声に、背筋が粟立(あわだ)った。歓喜、いやもはや快感だ。笑い出さないようラースは口元を覆う。

「違うわよ、ハディス。ラース。ううん、お父様って呼びなさい。ほら」

「らーべ」

息子は視線をうろうろさせながら、ラースのほうに両手を伸ばした。小さな手のひらに、かすかに銀色の粒が見える。きらきらと輝く、星屑に似た魔力の証。

「そうよ、お父様よ」

間抜けな女が嬉しそうに声をあげる。馬鹿が、わからないらしい。

息子がさがしているのは、神だ。竜神を呼んでいる。

ラーヴェ帝室は三百年もの間、竜帝が現れず焦っている。竜神ラーヴェが姿を見せれば必ず公表されるだろう。なのに、そんな噂は聞かない――ということは、竜神ラーヴェの姿はひょっとして、息子以外には見えないのか。

「最高の気分だよ……」

「え？」

「そろそろ僕は帰るね」

一歩さがると、女は両目を見開きわかりやすく動揺した。

「ど、どうして？　メルオニス様なら、最近、コルネリア様のところに通われているから大丈夫よ」

「ああ――おいたわしいことだ」

確か、クレイトスから流れてきたあやしげな話に賭けているのだったか。だが、この子が存在する以上、彼の努力は実らない。ラースは心の底から同情した。そんな物憂げなまばたきにすら、女はうっとりとした眼差しを向けてくる。

「僕はもう後宮の護衛騎士じゃない。ゲオルグ殿下とメルオニス陛下に嫌われてしまったからね。あんまり長居すると、また色々、誤解されてしまう」

「あ……あの女ね、第一皇妃カサンドラ！　あなたを後宮から追い出したのもそうなんでしょう!?」

「僕らは許されざる恋をした。決して、竜神に祝福されない恋だ」

この馬鹿な女が好みそうな甘く切ない台詞(せりふ)を口にする。視線だけは息子からはずさずにいると、ふっと金色の瞳と視線が交差した気がした。

美しい、金の瞳。

あなたは美しいと、女に男に老人に子どもに傅(かしず)かれてきた自分が、蕩けるほどの。

生まれて初めて、吸い込まれるように、魅せられてその頰に口づけを落とした。ぱちりと丸くなる黄金の瞳の、なんて愛らしいことか。

「愛してるよ」

希(こいねが)うように、言葉を紡いでいた。離れたくない。他には何もいらない。あなたのためならなんだってしてあげる――そう捧(ささ)げられた言葉の意味が、今ならわかる。

これが本物の、愛だ。

「またハディスに会いにくるよ。よろしくね」

待って、という悲鳴じみた女の声など耳に入っていなかった。これ以上あの場にいては、余計なことを口走ってしまう。笑いが止まらなくなる。

――自分の息子が、竜帝だなんて！

我らは、我らこそ、竜帝の末裔(まつえい)。真のラーヴェ皇族。女神に弄(ろう)され帝都でふんぞり返っているラーヴェ皇族どもとは違う。そう謳(うた)っていた祖父の、父の、ザザ村の言い伝えは惨めな妄想などではなかったのだ。女神の目から逃れるため、三百年前に皇弟と竜帝の赤子が逃げ落ちてきたという噴飯ものの秘話は、息子の誕生をもって、真実になった。

（ああ竜神ラーヴェ、お前はなんて正しく美しく運命を紡ぐのか！）

「ラース殿？」

少年特有の高い声が、庭から出ようとしたラースを呼び止めた。振り返ったラースは、すかさずその場で膝（ひざ）を突く。

「ルドガー皇子殿下。アルノルト殿下に、マイナード殿下まで」

「ひさしぶりだな。今は地方に赴任したと聞いていたが……今日はどうしたんだ？」

「所用で。ルドガー殿下こそ、なぜこんなところに？」

大人びた利発な少年は、それぞれ片方ずつの手でつないだ異母弟を見た。

「ヴィッセルを誘いにきたんだ。またひとりでさみしがってるかもしれないと思って」

みんな母親が違うことなど、この少年にとって問題ではないようだ。皇帝位争いと縁遠い故の気質だろうか。彼より上の皇子が母親も含めて終始いがみ合っている中で、微笑ましいことだ。

彼が皇太子でないのが残念でならない。今いる皇子たちの中で、いちばん、ラース好みなのに。

「さすがにリステアードとハディスはまだ連れ出せないから――」

息子が泣き出す声が聞こえた。母親になれぬ女の甲高い声も。ルドガーが顔をしかめて、素早く異母弟たちに向き直る。

「アルノルト、マイナード。図書室で待ってるんだ。兄上もすぐ行く。行き方はわかるな？」

「わかります、あっちですね。マイナード、いこう」

「こっちのほうがちかみちですよ、アルノルト」

聞き分けのいいふたりは手をつないで駆け出す。

「では私も失礼します」

「ああ」

異母弟の泣き声が気になるのか、ルドガーはもうラースを引き止めず、急ぎ足で東屋のほうへ向かっていった。

可哀想に、今、助けようとしている異母弟がいずれ自分たちを破滅させるとも知らず——本当に自分好みの皇子だ。もったいない。

ラースはああいう優しい人間が好きだ。自分にはない美しさを持ったものが、どれだけそのままでいられるのか、壊れないのか、ためすのが好きだった。

その最たるものが、竜神だ。

(この先、どこまで見られるかなぁ)

辺境生まれの本物の竜帝など、革命を起こし帝城に攻め込めば皇帝になっておしまいだ。人竜帝ラーヴェと同じ物語を辿る二番煎じの人生なんて、そんなのはつまらない。

どうせならと、ラーヴェ皇族の中に大事に大事に仕込んだ種。あの女を選んだのは、頭が悪くて少しも役に立たないのがわかっていたからだ。

息子は、竜帝は、汚泥の中でもきっと誰よりも誇らしく美しく咲く。

その舞台を用意するのが自分の使命だった。あとはせいぜい、長く息子を見届けられるよう精一杯逃げよう。きっとラーヴェ皇族は総力をあげて自分を殺しにかかる。そう遠くないうちに死ぬだろうが、すべて想定どおりだ。

ああ、でもひとつだけ素晴らしい誤算がある。

たった一目で、息子に心奪われたことだ。竜神ラーヴェの血筋だと確信が持てたなら、そこら中に火種をまいてやろうと思っていたのに、もう、そんなことはできない。

だって息子以外の花など、この世に存在しなくていい。

似ているだけの徒花（あだばな）を並べ立てるような真似は、息子に対する冒涜（ぼうとく）だ。裏切りだ。許されない。

――まあ、自分は息子が花開くまで見届けられないかもしれないけれど。

「好きに生きるんだよ、ハディス」

それでこそ竜帝。

ラーヴェ帝国に君臨する、神の現（うつ）し身。

「僕だって好きに生きたもの」

この天国より美しく、地獄より薄汚い世界で。

がたごとと、悪路に馬車がはねる。

ハディスは小さな手で馬車の取っ手をしっかりつかんで、自分の体を支えていた。足元を冷やさないようかけていた膝掛けが、小石を車輪が踏んだはずみで落ちる。

「ハディス、もうすぐだからな」

ハディスが首巻きを顎(あご)まで引っ張り上げて、頷いた。

「さむいね」

「だいぶ高い場所にあるからな。ここは夏でも涼しいくらいなんだ——ほれ」

落ちた膝掛けの下に潜り込み、かけ直してやる。膝掛けをなで、ハディスが唇の両端をまげた。

「……ヴィッセルあにうえ、もう、あえないかな……」

引き止める兵を振り払い、最後に馬車の窓から膝掛けを投げ入れてくれたのだ。風邪をひかないように、と。それがハディスが聞いた、お別れの言葉だった。

「そんなこたないさ」

膝の上に乗り、ラーヴェは同じ金色の目を合わせた。

「お前はいつか必ず、帝城に戻れる」

「……ほんと？」

「本当だよ。お前は竜帝なんだから。でも今はちっさいし、人間には面子(メンツ)ってもんがある。みんながわかってくれるには、時間が必要なんだよ。……わかるか？」

「……ちょっと。……ぼくがてんけん、みられたからだよね。ごめんなさい……」

「あれはお前のせいじゃない。俺の判断ミスだよ」

何か思い出したのか、ハディスの目尻(めじり)に涙の粒が浮かぶ。

事の発端はいつだって単純だ。

末端の皇子で泣き虫なハディスは、母親の影響や権力争いで荒れがちな年頃のきょうだいたちにいじめられやすい。気にかけてかばってくれるきょうだいもいるのだが、引っ込み思案なハディスはうまく立ち回って逃げることもできない。その日も確か読みたい本を生意気だと取りあげられたとか、そんな理由で泣きながら部屋に帰ってきた。

今のラーヴェの姿は人間には見えなくなっており、あやそうとすれば怪奇現象、あるいはハディスが魔力を制御できずに周囲の物を動かしている光景になってしまう。幼い頃はよく、ラーヴェ、ラーヴェと一生懸命こちらに訴える様を周囲に不気味がられていた。

その日、ハディスはいつまでも泣きやまなかった。兄のヴィッセルがいればよかったのだが、あいにく家庭教師がきている時間帯だった。しかたなくふたりきりのときだけにできる、一発逆転の方法をとった。

天剣に変わってやることだ。

ハディスは天剣の刀身から零(こぼ)れ落ちる白銀の魔力の粒を眺めるのがお気に入りだ。狙いどおり、天剣に変わったラーヴェにハディスは涙を引っ込め、嬉しそうに小さな両手で柄(つか)を取った。

まだハディスの身長より高い天剣だが、竜神の器であるハディスが重さを感じるはずなどない。おもちゃのように天剣を振り回し「ぼくもりゅうていだ！」と竜帝ごっこを――他のきょうだいたちの間で流行(はや)っている遊びだ、本物の竜帝なのにごっこがしたい心理がラーヴェには謎である――きらきらした白銀の粒を嬉しそうに振りまいて、やっとご機嫌になり始めたときだった。

母親が、ヴィッセルと共に戻ってきたのだ。

ヴィッセルひとりだけならなんとか誤魔化せたかもしれない。ハディスはヴィッセルにラーヴェが見えると話していたことがある。ヴィッセル本人が信じたかどうかはともかく、あの賢い兄なら天剣に驚いても騒ぎ立てなかっただろう。

しかし、あの母親は違う。青ざめ、顔を引きつらせて、それはなんだと問いかけた。脅えたハディスは、天剣、と答えてしまった。母親が悲鳴をあげた。ものすごい悲鳴だった。そしてその場で凍り付いたハディスを問答無用で張り倒し、化け物がいるとわめきたてた。

そのあとはもう最悪だ。

天剣からラーヴェがもとの姿にもどったところで、天剣を隠した、どこへやったとわめきたてる母親の顔はもはや正気ではなかった。私のせいじゃないこの化け物め、殺してしまえとハディスに殴る蹴るを繰り返した。騒ぎに気づいた使用人も、殴られているのがハディスとわかると、またあの皇妃の癇癪かと遠巻きにするだけで、積極的に止めようとはしない。かばってくれるのはヴィッセルだけだった。だがそのヴィッセルもまだ子どもだ。

もともと、ろくでもない母親だった。何かと子どもにつらく当たり、ハディスが殴られるのも珍しくなかった。ラーヴェ皇族自体も、三百年も竜帝が現れず三公に実権を握られたようで、クレイトスにおもねったりして、権力争いに腐心している様子があった。

そんな中、小さなハディスが竜帝であるとわかればどうなるか。帝城の反応が読めず、隠させていたのはラーヴェだ。

　ラーヴェは、理(ことわり)の神だ。器とはいえ、人間である竜帝に干渉するのは好ましくない。器を第二の自分にするなんて、許されない。何より神の力は、手助けは、人間の人生を簡単に壊す。

　だが、ものには限度がある。髪をつかんでハディスを窓から突き落とそうとする母親を見て、腹をくくった。

　天剣に変わり、母親を吹き飛ばした。帝都中の竜に命じて、帝城への攻撃態勢を取らせた。泣きじゃくって天剣にすがりついてきたハディスをなだめながら、取り囲む人間たちへ伝えさせる——「りゅうじんの怒りを買いたいか」

　その後、人間たちがどう話し合い、何を判断したのか、ラーヴェは知らない。小さなハディスのそばを離れるわけにはいかなかったからだ。

　目撃者は十人程度。母親が錯乱したと判断したのか、認めたくなかったのか、結論を先延ばしにしたのか——ハディスの辺境送りが決まるのに、そう時間はかからなかった。

　ラーヴェが脅しつけてハディスを帝城に留(とど)まらせることはできるだろう。玉座に座らせることもできたかもしれない。だが、それがハディスにとっていい結果になるとはとても思えなかった。いったん帝都——特に母親から離れることに、ラーヴェは賛成だった。

　それにどこに行こうが、ハディスが竜帝であることには変わりない。

　ラーヴェが涙を首巻きの端で拭(ぬぐ)ってやると、ハディスは洟(はな)をすすって、ふにゃりと笑い直した。

「ラーヴェが、むかしすんでたところなんだよね」

「おう、人間だった頃にな」

ハディスはひとりで知らない場所に引っ越すのだと説明されて怖がっていたが、ラーヴェがどんな場所か聞かせてやると安心したようだった。

ハディスが膝立ちになり、窓の外を見ようとする。

「なんにもないねえ」

「うわ、ほんとだ……何年たったたっけ、えーっと。うわっもう千年前か……？」

「せんねん」

目を丸くしたあと、ハディスが狭くて寒い馬車の中で笑う。

「それじゃ、ラーヴェもここのこと、なんにもわかんないねえ」

「そんなことはねえぞ！　なんてったたって今からお前が暮らすのは、昔の俺の生家って話だし」

馬車が停車し、「おりろ」と皇子に向けられたものとは思えない乱雑な御者の声が届いた。

ラーヴェと一緒に選んだ小さな荷物を抱えて、ハディスがあぶなっかしく地面におりる。その周囲にどさどさ荷物を投げたあと、すぐに御者は馬車を走らせていってしまった。

しかし、ハディスはぽかんと目の前の建物を見ていて、振り向きもしない。ラーヴェも想定外の光景に、悪態をつくこともできなかった。

「……ここが、ラーヴェのむかしのおうち？」

「お、う……」

広い土地だった。そう、土地だ。壁らしきものはほとんど崩れ落ち、屋根も朽ちた屋敷はもはや幽霊屋敷か、という有り様である。鉄柵（てっさく）には「立ち入り禁止」の看板がかけられており、烏が我が物顔で、かぁ、かぁと鳴いている。

　建物の形で残っているのは、倉庫に使われていた円塔と併設されている石造りの管理小屋だ。確か小屋には昔、老夫婦が住んでいて、暖炉と小さな台所と寝室くらいならあったが――まさかここに住め、ということだろうか。仮にもラーヴェ帝国の皇子が。

「豚さんとかの小屋じゃなくて？」

「……。家だ。贅沢（ぜいたく）言うな」

　あえて厳しくラーヴェは言い返した。

「たとえ人竜帝ラーヴェ様の屋敷とはいえども、千年だ。管理しろってのは酷だろ。何より住めば都って言うじゃねーか！　ほら突っ立ってないで入るぞ、風邪ひいたら大変だ」

「う、うん」

　さすがに小さなハディスの手に持ちきれない荷物は、ラーヴェが魔力で浮かべて運んでやる。

「いいの？」

「いいんだよ。ここじゃ人目もないだろ」

「……そっか」

　少し嬉しそうに頷いて、ハディスが扉を開く。

「ラーヴェとぼくの、あたらしいおうちだもんね」

「そーだよ。お、中は綺麗（きれい）じゃん、さすがに。暖炉も使えそうだな。マッチどこだ、めんどくさい魔力でつけちまえ――うわっ！」

「なに!?　なにしたの、ラーヴェ!?」

埃に引火し、黒い煙がぼわっとあがる。窓開けろ窓、と指示されたハディスが咳き込みながら窓をあけ、煙を追い出す。煤で黒くなったハディスの顔を見て、ラーヴェはけらけら笑うと、ハディスがむくれた。

床に座り込むハディスに、ラーヴェは笑いながら向き合う。

「保存食があるうちに、狩りの仕方を覚えないとな」

ここにハディスを送ったということは、ラーヴェ皇族は竜帝を飼い殺すことを選んだのだろう。生きているか、きちんとここにいるのか、監視には定期的にくるだろうし、そのときに食料なりなんなり持ってくるだろうが、いつまで続くのかわからないものに頼ってはいけない。

「狩りなんて、ぼく、できないよ」

「大丈夫、俺が教えてやる。俺の器ができないわけないって」

「そ、そっか。そうだよね……」

まだ小さいハディスに、ここの生活は酷だろう。わかっている。

でも、彼は竜帝に必ずなる。何より、人間として生きていかねばならないのだ。

「料理もな、ちょっとならわかるぞ。肉の焼き加減はまかせろ。嫁さんに唯一ほめられたからな！」

「……よめさん……？」

「竜妃だよ。いつかお前にもできる」

まばたいているハディスには、まだ早い話題のようだ。苦笑して、ラーヴェはその瞳が決して絶望に染まらないように、両翼を広げた。

「さー、何する？　好きにやってやろうぜ、うるさい人間はいなくなったしな！」

「……ぼ、ぼく、おやさい、つくってみたい！」

「お、いいねえ。果物も作ってくれよ、俺はその辺駄目だからな〜そうだ、昔と同じなら塔のほうに色々本があったはずだ。一緒に調べるか！」

「うん――うん！」

嬉しそうに頬を紅潮させてハディスが頷く。

「がんばるよ。まずはお掃除だ、ラーヴェ！」

「おう！　でも、咳が出る前にはやめるんだぞ」

「大丈夫だよ、ラーヴェが一緒なら」

こんなかび臭くて薄暗い小屋で、何が嬉しいのか、ヒトの子が笑う。

「一緒だよ」という約束以外、何が返せただろう。

瞳の、胸の奥から突き上げてくる何かをすべて呑み干して、ラーヴェも笑い返した。

神降暦一三一〇年　ベイルブルグの無理心中

【プラティ大陸】…………

蝶が羽を広げたと喩えられる大陸。戦争と災害で大部分が海に沈み、今の形になった。他大陸も確認されているが竜と魔力に阻まれ交流はほとんどない。古い言葉で『神の背』を意味する。

クレイトス王都から最も近い港街は、波も空気も驚くほど穏やかだった。とても数日前、軍港を占拠され何人もの兵が戦死したとは思えない。水上都市ベイルブルグと冠にあるように、何もかも水に押し流させたとでもいうのか。

皇帝を出迎えにずらりと居並んだ兵は全員、ベイルブルグを含む周辺領土を統括するベイル侯爵の私兵だ。威圧めいた牽制(けんせい)を感じながら、ハディスは渡橋をおり、跪(ひざまず)いたベイル侯爵を見る。

「おかえりなさいませ、皇帝陛下」

「ああ、ただいま。出迎えありがとう」

「いかがでした、クレイトスは。陛下が懸念されるような、戦争の兆しはございましたか」

「北方師団はどうした？」

小馬鹿にしたような質問にはかまわず、ハディスは笑顔で別のことを尋ねた。本来、皇帝の警備にあたるのはハディスがベイルブルグに設置した北方師団。ベイル侯爵家の私軍の出番はない。

挑発を無視されたベイル侯爵は不愉快そうに眉(まゆ)をよせたが、すぐに嘲(あざけ)るように答える。

「まだ陛下はご存じないのでしたな。実は軍港に賊が入り込みまして、我が娘スフィアが囚(とら)われました。ところが北方師団が役に立たず、我が軍が出動する羽目になり――」

「北方師団の生き残りはいないのか？」

話を遮ったハディスにベイル侯爵は咳払(せきばら)いをして、綺麗(きれい)な姿勢のまま報告を続ける。

「おりませんな、そんなもの。賊に殺されております。敵前逃亡したような者も、すでに私が処分しております。今は運良く現場にいなかった者たちを軍港の警備に当たらせていますが、陛下を警護するには人数がたりないので、私の兵でお出迎えにあがりました」

証拠隠滅はすでに終わっているらしい。

十中八九、軍港の占拠は北方師団を潰すためのベイル侯爵の自作自演だとハディスはにらんでいるが、証拠がない。賊が本当に入り込んで、それに便乗しただけかもしれない。

まずは事実関係を調べなければ手も打てない。後手に回ったが、やらないよりましだろう。

「では、生き残ってる者はいるんだな。その休暇者たちのリストは？」

「……ございますが？」

「出してくれ。どれだけ残っているのか把握しなければ、再建できないだろう」

「さようですか。再建などできないと思いますがね」

完全に馬鹿にしきった表情で、ベイル侯爵が適当な相づちをうつ。

何をするつもりなのか聞く気がないあたり、ハディスを右も左もわからない、状況把握すらできていない皇帝だと侮っているのがよくわかった。

それでいいとハディスも思っている。皇帝になってまだ一年ほど、後ろ盾もない自分はこうやって裏をかくように立ち回るか、真正面から踏み潰していくしかない。

（連帯責任でどこまで処分するかも見極めなければ）

生き残っているのはベイル侯爵の息がかかった者たちだろう。ひとりひとり呼び出して処分を告げれば、裏切る者だって出てくるかもしれない。

皇帝のやる仕事ではないと滲みかけた苦笑を隠し、思い出したようにハディスは続ける。

「スフィア嬢は無事なのか？」

「ええ、私の手で助け出すことがかないました。賊の頭目も娘を殺すには忍びなかったようで」

「その頭目が首謀者だな？　話がしたい。面会の手配を」

「すでに自害しております。我が軍に囲まれ、逃げることがかなわぬと悟ったのでしょう」

武勇伝のように語っているが、要は処理済みということだ。

では次にいくしかない。

「スフィア嬢が無事なのは本当に不幸中の幸いだった。あとで話も聞きたい」

「あいにくですが、娘は事件のことで気がふさいでおりまして」

「では見舞いに行くと伝えておいてくれ」

「……陛下の手を煩わせるにはおよびません」

「そんなに悪いのか。医者を手配しよう。それとも、何か別の問題があるのか？」

ベイル侯爵は逡巡（しゅんじゅん）しつつ、最後は首を横に振った。スフィアとハディスは、いわゆる『お茶友達』だ。強硬に拒むのは不自然である。

(別に侮ったままでいてくれてもいいんだが)

その横を通り過ぎながら、ハディスは笑顔で告げる。警戒心をとくために。

「あとはベイル城で話そう。船旅で疲れたから、早く部屋で休みたくてね」

「仰せのままに」

ほっとして礼をしたベイル侯爵の頭のてっぺんを見ながら、ハディスは嘆息する。

（まったく、帰国早々）

先ほどは表立ってベイル侯爵は批判してこなかったが、北方師団は皇帝直轄の帝国軍だ。ハディスの失態と同義ととらえて、今頃帝都ではうるさい輩が色々暗躍し始めているだろう。そのあたりを踏まえて、ベイル侯爵は滞在中に色々言い出すに違いない。

そうでなくとも、ハディスがクレイトス王国に滞在している間に、ありとあらゆるところが準備万端整えて糾弾理由を用意しているのだろう。

そもそも北方師団の一件が一切、ハディスの耳に入ってこなかったことからして問題だ。帰国日になって、クレイトスの人間から風の噂で事件について知る羽目になってしまった。

少し国を離れただけでこれだ。クレイトスでも、いつ女神が何を仕掛けてくるかと——正確に言えば、女神本人が現れるのではないかと気を張り詰めていた。なのに待ち構えていた甲斐もなく、女神は黒槍の姿でも、幽霊のような半透明の姿でも現れなかった。

空振り気味な状況に、体より気持ちが疲れやすくなっている。

ベイル侯爵に案内された部屋で、使用人も何もかも追い出してひとりになってから、ハディスは重たいマントをソファに脱ぎ捨てた。首元をゆるめて、潮風の吹くテラスへと出る。

すると、なかなかクレイトス王国では出てこなかったラーヴェが姿を現した。

「あーやっと着いた。船酔い、大丈夫か？」

「酔い止めの薬も睡眠も万全だったからな」

「転移すりゃ一瞬だってのに、ちゃんと船使って帰るんだもんなあ。魔力で動かしたけど」

「しかたないじゃないか、いきなり現れるのは困るそうだから。……でも面倒事が増えただけで、クレイトス訪問はただの徒労に終わったな」

ハディスがいない間に動く馬鹿が誰かは教えてくれたが、どこまでその網が広がるのか考えるだけで頭痛がしそうだ。

テラスの縁に体重を預けるハディスに、ラーヴェがつぶやく。

「でも、収穫はあっただろ。女神は会いにこなかった。器はまだ存在してないと見ていい」

「だが十中八九、フェイリス王女が適格者だろう」

一瞬だけパーティーでかすめ見た病弱な少女を思い出す。魔力は感じられなかった。

なのに彼女だ、という直感があった。血筋的にも、おそらくはずれていないはずだ。

「十四歳になるまで、あと六年だっけか。時間があっていいんだか悪いんだかなー……まあ、油断するなよ。三百年もたってるからな、器が王女じゃなくなってる可能性だってある。クレイトスでやたら魔力の高い人間が産まれるのは、女神の仮初めの器にしやすいからだし」

「民ですら器か。節操がないな。お前のように、ラーヴェ皇族からのみ選べばいいのに」

「俺は選ばないんじゃなくて、選べないんだよ。それに仮初めの器っつっても結局のところ、乗っ取りだからな。壊れやすいんだ。ほんっとその辺、女神はなりふりかまいやしないから……」

だが、愛のためだから許される。彼女は愛の女神だから。

女神はハディスを愛しているといつもささやいてはそう嗤っている。

あなたを愛している。だからなんだってしてあげる。

あなたが私以外、もう二度と、目にしないように。

「竜妃がいれば、女神の狙いが竜妃に集中する。そうすりゃだいぶお前の負担もなくなるんだが」

「いなかったんだからしょうがない。お前だってずっと出てこなかったし」

王太子の誕生パーティー含め、クレイトスにいる間はほぼ自分の中から出てこなかったラーヴェに文句を言うと、ラーヴェがむきになって言い返した。

「俺の姿が見えればいいってもんでもないんだよ！　下手に見えてみろ、すぐ女神にばれてその子が殺されるぞ」

「十四歳未満で、お前が見えて、女神にも殺されない女の子か。いるかな」

「大丈夫だ、見つかる」

冗談まじりに言ったのに、ラーヴェに真面目に返されて、笑顔がこわばりそうになった。

けれど、答えは用意できる。

「……クレイトスの王太子は十五歳で婚約だからな。負けてられない」

「ああそういやパーティーで騒いでたなあ。どんな子だった？」

「小さな子だったよ。かなり魔力が高いんじゃないかな、将来有望そうだった」

「へー！　じゃあ俺が見えたかもなあ」

「……言われてみればそうだな⁉」

愕然としたハディスに、ラーヴェが呆れる。

「お前、そういうすっとぼけたところどうにかしろよ」

「だって気づかなかった……さらってくればよかった……！」

「いや駄目だろ！　王太子の婚約者になれるってことはそこそこの身分あるお嬢様だろうが。さらったら国際問題になるぞ」

「そうか……そうだな……帰りたいって泣きわめかれたらショックだし……ちゃんと同意をもらわないといけない」

でも、好きだって言ってくれたら仮想敵国のお姫様だろうがさらうのに――女神以外ならば。

テラスの縁に頬杖を突いて、ハディスは嘆息する。

「早く見つかればいいな。僕のお嫁さん」

本心だった。

だから、すりへってきている何かをラーヴェに気づかれることもない。


宴の上座に腰かけたハディスの前に、いきなり年端もいかぬ少女たちが並んだ。

なんだと思っていると、ベイル侯爵が侮蔑するような笑みを浮かべる。

「今宵は陛下のお好みの少女たちを選ばせていただきました」

「……」

着飾って並んでいる少女たちはまだ成長しきっていない、子どもばかりだ。一桁の年齢らしき子どもまでいた。

（スフィア嬢ちゃんから聞いたのかもな、十四歳未満）

頭の中に響いたラーヴェの声に、なるほどとハディスは呆れ半分で納得した。

そういえば彼女の姿をまだ見ていない。一応、港でまだスフィア嬢をかばう気はあるぞと暗に告げたつもりだが、ひょっとして逆効果だっただろうか。

「どれでもお好きなものをお選びください」

だから北方師団の生き残りを免責しろというのではあるまいな、と思いつつハディスは笑顔で断る。

「こんな夜更けに子どもが起きているのはよくないだろう。彼女たちをさがらせてあげてくれ」

「ああ、わかりました。ではどの子を陛下の寝室に？」

呪われた皇帝に指名されたらどうなるのか、逆に指名されなかったらどうなるのか。そんなふうに脅（おび）えきっている少女たちの姿を、なんとも思わないらしい。

「選べないというなら、三人でも四人でも」

心得たような顔に、胸ヤケがして、口が滑った。

「ゲスが」

「は？」

「僕が幼女趣味だとでも言いたいのか」

冷たい声に、あぜんとベイル侯爵がハディスを見あげる。にやにやとこちらをうかがっていた貴族たちも、冷や水を浴びせられたように黙る。

ああ煩わしいなと思いながら、ハディスは鼻で笑う。

「どうも今宵は僕に合わない宴のようだ。中座させていただく。――あとは勝手に楽しむがいい」

さっさと踵を返して、会場から出る。

いくらなんでも皇帝の不興を買ったことは理解しただろう。

そうだな、とハディスも思考だけでラーヴェに返す。

失点を取り戻そうと媚びてくるか、それとも自分たちが気に入らないのならばと強気に出てくるか。

追ってくる者がいないあたり、後者だろうか。

(明日から面倒そうだな)

「ハディス様！　よかった、お会いできて……！」

廊下の角をまがり、階段にさしかかったとき、声をかけられた。スフィアだ。

だが裸足で駆けてくる姿に、ハディスは眉をひそめる。化粧もせず寝間着にシーツを羽織った格好が、いつも皇帝のお茶友達にふさわしい淑女を心がけている彼女らしくない。

「どうしたんだ、その格好。君は軍港の襲撃に巻き込まれて、伏せっていると」

「そのことでどうしてもお伝えしたいことがあって。――私を助けてくださった方々の話です」

「……お父上だと聞いているが」

「違います。……北方師団の方なんです」

目を見開いたハディスに、スフィアが沈痛な面持ちで頷く。

「弓と大剣を使う方たちでした。お名前はカミラとジーク。ホーボエ地方出身の方だそうです。一緒に軍港から逃げようと、私を助けてくださいました」

「彼らはどこにいる？」

「見つかれば父に殺されるからと、この城の近くで別れました。私は伝言を頼まれたんです。――北方師団の一件には、父が関わっているかもしれません」

小さく震えながら、スフィアが続ける。

「証拠はありません。助けてくださったおふたりも、証明はできないとおっしゃってました。ただ、あの日、軍港の警備がやたら手薄だったこと。父と懇意にしている貴族のご子息たちが休みだったこと。北方師団の格好をして賊が侵入してきたこと。あとは……そう、父が……賊を逃がしていたことから、まず……間違いないのではないかと」

「……彼らはどこに？」

「見つかればきっと殺されるだろうから逃げる、と言われました。私が陛下にお伝えすると言ったら、それまで絶対に自分たちに助けられたことは誰にも言うな、と言われたんです。でも、いったい誰が私を助けたのかをやたら父が気にして……」

「ベイル侯爵にあやしまれているんだな」

こくり、とスフィアは頷いたあと、力なく笑った。

「私……父に言われてあの日、軍港にある聖堂へ行ったんです。それで事件に巻き込まれて……父は皆の前で帰ってきた私に、安堵(あんど)するよりは驚いていました」

「……それは」

死ぬはずだった、ということか。

だが大勢の前に現れたスフィアを殺すことはできない。

「父がしつこく聞くんです。何か見たか、聞かなかったかと。私は陛下に申し上げますと答えたんですけれど……なら陛下にお会いすることは許さないと、監視付きで閉じ込められてしまって……」

「まさか脱走してきたのか」

「だ、大丈夫です。まだ誰にも見つかってません。宴の準備があったので……！」

危ない真似をするとハディスは嘆息する。だが、これでほぼ事実関係ははっきりした。

「ありがとう。君の勇気に感謝する。……ここからは僕にまかせて、君は父上の言うことに頷いてくれ。危険だ」

「は、はい」

「魔力で送る。いきなり寝台の上に出るから、驚かないで」

「わかりました。……あの、私を助けてくださったお二方は……」

「どこにいるかわかるか？」

「わ、わかりません。国外逃亡するかもとおっしゃっていて……」

「まだ国内にいるかもしれない。さがしだして、礼をしよう」

ほっとした顔で、スフィアが頷き返した。

一度目を伏せて開けば、スフィアの姿は消えている。魔力の残滓を眺めながら、ハディスは考えた。

スフィアを助けた恩賞でふれを出すか。いやまずその前に、周辺関係を洗わねばならない。

「……言ってもしかたないことだけどさ。スフィア嬢ちゃん、俺が見えればよかったのにな」

いつの間にか肩に乗ってラーヴェがひとりごちる。

竜と話す少女がいるらしいと聞いてスフィアを帝城に呼び出したのだが、彼女はラーヴェが見えなかった。見えると嘘をつかず、ただ「とても陛下を心配なさってます」と答えたスフィアのことは、ハディスもそれなりに気に入っている。『お茶友達』にするくらいには。

だがそれも、いきすぎれば問題になる。政治的にではない。

女神が、いつ手を出すか。

「……ベイル侯爵家を失脚させることになったら、せめて彼女にはいい夫をさがそう」

「そうだな……」

そばにおかず、気持ちを傾けすぎない。無責任でもハディスには精一杯の誠意だった。

そう――こんなふうに、変わり果てた姿を見ないための。


「ハディス、様」

幾重にも重なった少女たちの死体。血だまりを踏みつける裸足。赤いものが滴る長剣と、それを握る手。

むせかえるような血と死のにおい。

「こん、ばん――は。大事な、わたし、の、あなた」

べっとりと血のついた頰を持ち上げて、瞳孔を開いたまま、にたりとスフィアが笑う。

自分が気にかけたその瞬間から、こうなると決まっていたのかもしれなかった。

だって何をすれば、こうならなかったと言うのか。

白い肢体を白銀の剣に変えたラーヴェを、竜帝の天剣を手に持って、ハディスは笑って答える。

「こんばんは、クレイトス」


女神の気配を感じて転移した地下牢に、人の気配はない。ただ煌々と、要所要所に掲げられたたいまつが燃えている。

影をゆっくりと伸ばして、スフィアがぎこちない笑みを浮かべた。

「クレイトス、まで、き、てくれた。うれし、かったわ」

「そのわりには滞在中には現れなかったな。器にお目にかかれるのを期待したんだが」

「だって、さがし、て、ほしかったの」

スフィアの体がなじんできたのか、女神の口調が少しずつなめらかになっていく。

「女って、そういう、ものよ？」

女神の実体はここにはない。クレイトス王家に保管されている聖槍の中に封じられたままになっている。器を見つけるまで、そう自由に動けないはずだ。

だが、女神はその名のとおり、女の神である。

女神の魔力の大きさに使い潰されてしまうが、十四歳以上の女性ならば、女神の仮初めの器になれる。要は乗っ取られるのだ——女神の器の持ち主以外、共存は不可能だろう。

(だが、チャンスだ)

スフィアの体では大した魔力は使えない。天剣で突き刺せば、神格を堕とすまでいかずとも女神の力は弱まる。当分動けないようにできるだろう——それこそ、器を見つけて完全に復活するまで。

ラーヴェからも不満はあがらなかった。

ためらいも、なかった。

スフィアひとりであと六年が保証されるなら、そのほうが犠牲は少ない。それが理にかなった現実というものだ。

「今回は何をしにきた？」

だが同じことを女神も警戒している。間合いに入ってこない相手を逃がさないよう、ハディスは声をかける。それが女神の思惑どおりで、喜ばせるとわかりながら。

「あなたに、会いに」

「それで彼女たちを殺したのか。スフィア嬢の体を使って」

今更、嫌悪もわかず、淡々とハディスは事実確認をする。

少女たちが地下牢にいるのは——おそらく、ハディスから不興を買ったことでベイル侯爵に放り込まれたのだろう。そして意味もわからないまま、女神に殺されてしまったに違いない。

子どもたちを哀れには思う。だが、それだけだ。

一瞬でも弱さを見せれば、高笑いして女神はハディスにつけこんでくるだろう。

わかっているでしょう？　わかったでしょう？　あなたを愛してあげられるのは私だけ。

いつだって女神が言いたいのはそれだけだ。

「今更死体をいくつ積み上げられたところで、お前への嫌悪しかない」

天剣を向けたハディスに、スフィアが――女神が、顔をゆがめて笑い出す。哄笑だった。

「ああ、ああ、愛しい私のあなた。なんにもわかってくれないあなた！　私が殺した？　いいえいいえ、違うわ私はなあんにもしてない」

「スフィアが殺したとでも？　ふざけるな、お前じゃあるまいし、そんな女性じゃない」

「そう！　そうよ、私ね、怒ってたのよ。ちゃあんと皇帝にしてあげたのに、あなたは怒ってばっかり。でもクレイトスにきてくれたから、ゆるしてあげようと思ったの。だから脅かすだけのつもりだったの、この子だって。でも、でも――ああ、なんておかしい！　いつも人間はそう！」

げらげらと笑ったあとで、かくんとスフィアの首が不自然に倒れた。

その首にある縄のような痕に気づいて、ハディスは目を細める。

「この子ねえ、もう死んでるのよ」

息を呑んだ。

「首を絞められてね、ぎゅうっとね。怖かったでしょうねえ、実の父親に」

「……実の、父親？　ベイル侯爵が？」

「可哀想、父親が八つ当たりまがいに、女の子たちを折檻しているのを見ちゃったの、この子。そのうちひとり死んじゃって、逃げ出そうとされたからふたり死んで。この子、動けなかったのよ、一歩も。震えて、声も出せなくって」

聞くな、とラーヴェが言った気がした。

だがいつだって女神の言葉は、ハディスの体に毒のようにしみこんでいく。

「ちょうどいい、って言われたのよね。お前が殺したことにしようって」

皇帝陛下に気に入られたからと、何様のつもりだ。

何か隠しているだろう、お前。

だがそれもすべてこれで終わりだ。

いやそもそも。

「自分の親に首を絞められるって、どんな気持ちがするのかしら」

最初から、お前など生まれてこなければ。

「可哀想。可哀想だわ。だからね、あなたが気にかけるこの子の最期を、ちゃあんと伝えてあげなきゃって思ったの。首つり死体にしようとしていたのを、動かしたの。あの男ったら、悲鳴をあげて逃げていっちゃった」

何も見えていないスフィアの瞳から涙がこぼれ落ちる。

ハディスは天剣を握った。

「そうしたら、あなたがきたの。よかった。せめてあなたにだけは、真相を知らせられて。私は愛の女神だもの。彼女の愛に応えてあげなきゃ。復讐させてあげなきゃ」

「……黙れ」

「可哀想。許せない。ほんの少し、あなたに心を傾けただけだったのに。こんな目に遭わせるなんて、ひどい奴ら。ねえ、そう思うでしょう？　あなたが守る価値なんて、なあんにもない。わかるでしょう？　あなたが愛するのはただひとり、私だけでいいのに、どうしてわかってくれないの？」

「黙れえぇぇぇぇぇ!!」

哄笑を振り払うようにハディスは天剣を振るう。

だが高笑いした女神は、スフィアの影からするりと抜け出た。がくりと膝を突いたスフィアがそのまま倒れ、ハディスの足元に転がった。

女神が抜け出ても、瞳孔は開きっぱなしだ。もう彼女はしゃべらない。

おいしいですね、とお茶を飲んで笑うこともない。

「あっはははははは！　可哀想なあなた、何にも知らないで。でも安心して。私が助けてあげる。私だけが、私だけが、救ってあげられる。ねえそうでしょう、お兄様？」

ハディスの回りに靄のようなものがつきまとう。それを握り直した天剣で振り払った。

だが天井に溶けていく女神の高笑いは止まらない。

「出てこないのね、お兄様。ならいいわ、私がかわりにこの子を助けてあげる。この町を火の海にしてあげるから、泣かないで。あなたを悲しませるものは、みぃんなやっつけてあげる」

「ハディス！　このままじゃ」

「……わかっている」

変化をといたラーヴェの呼びかけに、ハディスはスフィアの死体から目をそらす。

ラーヴェも一瞬だけスフィアに目を向けたが、それ以上は何も言わなかった。


外に転移すると、ものすごい勢いで火が回り始めていた。

風の強さもあるだろう。あちこちに燃え広がって、町が上空まで赤く染まりつつある。

住民たちが必死で消火しようとしているが、焼け石に水だ。

女神の火は、女神の魔力そのものだ。魔力も持たないただの人間に消火できるわけがない。

「どうする」

「お前の火で打ち消すしかないだろう」

竜の吐く炎は魔力をも燃やす神の裁きだ。まして竜神からであれば、女神の魔力でさえ浄化できる。

上空に浮かんで全体を見回したハディスは、ラーヴェに触れる。

だがラーヴェは、ハディスの意向がわかっているだろうに、すぐには姿形を変えなかった。

「いいのか、お前が町を燃やしたと思われるぞ」

今からハディスが振るうのは、浄化の炎だ。燃える炎と浄化の炎。普通の人間に見分けはつくまい。

だがそんなことは些細なことだ。

「スフィア嬢が今からかぶる汚名にくらべたら、ましだ」

「……そう、だな」

悲痛な顔をして、ラーヴェが同意する。

同時にするりと形を変えた。

『無理すんなよ』

金色の両眼を見開く。輝きを増した天剣の刀身が伸びて、変形する。血を通わせたように赤く光り、一振りするだけで鞭(むち)のようなうなりをみせ、そこから爆煙が舞い上がった。

頭上からの攻撃に気づいた住民たちが悲鳴をあげた。

「なんだ、何が起こってるんだ！」

「あれ、呪われた皇帝……ッ」

「皇帝が、街を燃やしてる！」

かまわずにハディスは背を向け、城に向けて剣を振るう。ハディスから放たれた炎が、女神の炎を浄化し、打ち消していく。だが消火に気づいている者はいないだろう。

大混乱を起こした住民たちが逃げ惑う姿が見える。

きっと生き残った彼らは竜帝が町を燃やしたのだと、口々に言い立てるのだろう。

だが、それも些細なことだ。

死んでしまったスフィアや、ただの誤解で呼び出されて殺されてしまった少女たちや、今まさに焼け死のうとしている人間たちにくらべたら――本当に？

『……ハディス？』

「ラーヴェ、さっさと片づけよう」

大丈夫だ、まだ自分は笑える。

「僕は竜帝だ。皆を救わねば」

穏やかな声でそう言ったハディスに、ラーヴェはほっとしたように同意した。


女神は火をつけるだけでクレイトスに帰還したらしい。

もともと魔力だけの存在だ。竜神ラーヴェの影響が強いこちら側では、長くは存在を維持できないのだろう。

だがラーヴェは警戒を怠らず、しょっちゅうハディスから離れてベイルブルグを巡回している。

ラーヴェはこの国が、民が、大事なのだ。

(――僕よりも)

苦笑いを浮かべた。人々を守り導く理（ことわり）の竜神なのだ。そうでなくては存在できない。

「聞いておられるのか、陛下！」

頬杖を突いて窓の外を見ていたハディスは、ベイル侯爵の怒鳴り声に視線を戻した。

「ベイルブルグはほとんど全焼。生き残った民もわずか、この状態をなんと思っておられるのか！」

わかりきったことを言うだけの会議だ。ハディスが答えずとも、ベイルブルグの惨状を聞いて集まった周辺諸侯が口を次々に開いてくれる。

「その原因は誰でしたかな、ベイル侯爵」

「スフィア嬢が年端のいかぬ少女たちに嫉妬（しっと）し、殺（あや）めたあげく、自殺をはかったというのは？」

「しかも罪のない幼い少女たちを殺すだけでは飽き足らず、街に火をつけるとは」

「事情を知らぬ方々には黙ってもらいたい！　娘が火をつけるなど、できたはずがないのだ！」

「できたはずはない、というのは？」

聞き逃さず、ハディスはそこだけを尋ねた。

火がつく前にスフィアは死んでいた。それを知っているのは、手をかけたベイル侯爵本人と、盗み見していた女神から話を聞いたハディスだけだろう。

口をすべらせたと気づいたのか、ベイル侯爵は一瞬視線を泳がせたが、すぐにふてぶてしく平静さを取り戻した。

「娘は何者かに操られておりました」

それは事実だ。ただし死んでからだ。

この点において、皮肉なことにハディスは女神を信じている。

もし生きたままスフィアを操っていたなら、ハディスの目の前で自殺するなり少女たちをなぶり殺すなりしているはずだ。そういう女だ。

――素直になれないあなたのかわりに、私がやってあげる。そういう、女だ。

「そもそも、北方師団も常駐していたのです。火を消し止められなかったのは、彼らにも責任が」

「それは苦しい言い訳ですよ、ベイル侯爵。その火をつけたのがご息女とあってはね」

「そう、これらはすべて不可解な事故だ。呪い――と言ってもいいかもしれません」

ベイル侯爵のひとことに、騒がしかった周囲が静まり返る。

一斉に目を向けられたハディスは、穏やかに問い返す。

「どういう意味かな。僕のせいだとでも？」

「そんなことは申しておりません。ただ、陛下に以前からそういった噂があるのは事実」

調子を取り戻したのか、立ち上がったベイル侯爵は、胸に手をあてて訴える。

「私も娘を失い、心を痛めております。だが、愛する娘が罪もない少女を殺めたあげく、火をつけて街を燃やし、首を吊って自殺したなど。そんな娘ではありません」

「……そうだな」

そんな娘ではなかった。普通の娘だった。

父親の罪をかぶり、尻拭いするために死んでしまうような、そんな。

「娘への誹謗中傷は控えていただきたい。我が家は被害者なのです」

堂々と言い切ったベイル侯爵に、皆が口をつぐむ。

かわりに、ハディスは立ち上がった。

「君の言い分はよくわかった」

「陛下。では、今後の支援について――」

「死ね」

ラーヴェはいない。いたとしても、ハディスのこの処分に口を出さないはずだ。

剣を抜いたハディスに、笑いかけようとしていたベイル侯爵の顔が凍り付く。瞬間、ごとりと落ちたものを信じられないように見ていた。左腕だ。

「ひ、ひいっ」

「へ、へへへへ、陛下！」

椅子から転げ落ちる者、扉へ逃げ出そうとする者。

すべて無視して、落ちた左腕とハディスを見比べるベイル侯爵に、微笑む。慈悲をもって。

「……あ……ア、わ、わた、私の、腕」

「腕なんかどうでもいいだろう、死ぬんだから」

「ひ、あ、あああああ、呪われた皇帝が！」

錯乱したのか恐怖を振り払うためか、それともまだ矜持でも残っていたのか。

右腕でサーベルを抜いたベイル侯爵がハディスに斬りかかってきた。それを笑ってよけ、今度は右肩を壁に縫い付けるように貫いて、ハディスは告げる。

「反逆罪。ベイル侯爵家は取り潰しだ」

「……そん……そんな、ことが」

「死人はしゃべらないものだよ」

あとは一閃。あっけないものだ。

首を斬られてごとりと落ちた、ベイル侯爵の死体をさめた目で見る。

剣を振るって、薄汚い血を落とした。鞘におさめながら、壁際で固まっている使用人に向き直る。

「汚れてしまったな。湯浴みの支度を」

「あ……あ、は、ただい、ま」

「それから、ベイル侯爵家の者をすべて処刑しろ。老若男女問わず、すべてだ」

「そん、な……陛下、それでは」

「お前も死ぬか？」

尋ねると、首を横に振られた。

こんなものか、と思いながらハディスはつぶやく。

「いきなり聞き分けのいいことだ。できればいつもそうしてくれると嬉しいな」

——そうしたら、殺さずにすむから。

全員が床に頭をこすりつけるようにしてひれ伏す。

それを見てハディスは微笑んだ。大丈夫だ。

(ああ、早くお嫁さんが見つかればいいのに)

自分はまだ、笑えている。

育て親を泣かせたりしない皇帝に、きっとなれる。

神降暦一三一一年

偽帝騒乱・ワルキューレ竜騎士団の乱

【ラーヴェ皇族】…………

竜神ラーヴェの末裔。二代目竜帝の時代から後宮が作られ、同じ竜神ラーヴェの末裔である三大公爵家と区別されるようになった。

大きな回廊の、日陰になった端っこに人影が集まっていた。角に追い詰められた小さな子が小突かれているようだ。むむっと眉をよせて、リステアードはそちらに駆けよった。

「なにをしておられるのですか、あにうえがた！」

げっと声をあげてこちらを見た兄とその取り巻きの間からのぞいたのは、金色の目だった。涙に濡れたその眼差しに奮起して、リステアードはさらに声を張り上げた。

「このように小さな子をよってたかっていじめて、はずかしくないのですか！」

「いじめじゃない教育だよ、こいつ、竜帝役がやりたいとか生意気言うからさ！」

「そーだよ、お前みたいな嘘つきに竜帝なんか似合うもんか！　ラーヴェ様が見えるとか」

「おやめください！」

再び隅っこに伸びかけた手を、体ごと割り込ませて遮る。びっくりしてさらに体をすくめたのは異母弟のほうだった。確か名前はハディスだ。少し前に、竜神ラーヴェが見えるとか言ってちょっとした騒ぎを起こし、怒られていた。

嘘はよくない、とリステアードも思う。でも、何か事情があるのかもしれない。そして年上の体の大きな異母兄たちがよってたかって小突くのは、絶対に間違っている。

何より、リステアードが二ヶ月年上の異母兄なのだから、優しくしなさいと兄に教わっていた。

「竜帝役など、ゆずってさしあげればいいではないですか」

竜帝ごっこは、リステアードより少し上のきょうだいたちの間で流行っている遊びだ。竜神ラーヴェの現し身。皇帝よりすごくてえらい、唯一の存在と聞いて、リステアードもかっこいいとこっそり思っていた。誘われたこともある。竜帝役はリステアードがふさわしいと言われて、ちょっとその気になりかけた。でも同じように誘われた兄が「遠慮します」と言っているのを聞いて、その遊びに加わるのはやめた。

だって所詮、ごっこ遊びだ。本物になれるわけではない。

その竜帝をお支えする一の臣下になりたいと答えた兄こそ、かっこいいと思い直した。

「こんな小さな子をいじめてまで竜帝になりたいだなんて、はずかしくてぼくにはとてもまねできません」

真顔で言い切ったリステアードに、かっと周囲の少年たちが顔を赤らめた。

「──はっ、なんだよ。アルノルトの受け売りか？　いい子ちゃんのリステアード！」

ぎらぎらした目で怒鳴ったのは、異母兄のひとり、テオドールだった。

「お前なんか俺と同じじゃないか。どんなに出来がよくたって、お前もアルノルトだって竜帝はおろか、皇太子にだってなれやしないんだよ！」

「そーだよ、どれー根性のしみついたレールザッツ公のお孫さんらしく、俺の兄上にお仕えしてりゃいいんだ！　皇弟になる俺にさからうなよな！」

肩を突き飛ばされて、よろめいてしまった。よろめいたリステアードが面白かったのか、周囲がはやしたてる。きっとリステアードは顔をあげた。

「ぼうりょくはやめてください」

「ならおじいちゃんにでも言いつけろよ！」

「おじいさまはかんけいない！　さっきからごじぶんのおこないをかえりみず――」

「ヨルム殿下、テオドール殿下。リステアードが何か失礼を？」

涼やかに割って入った声に、ぱっとリステアードは顔を輝かせる。図書室からの帰りなのか、本を脇に抱えた兄が立っていた。

「アルノルトあにうえ！」

「リステアード、喧嘩はいけないよ。すみません、ヨルム殿下、テオドール殿下。リステアードが何か失礼なことをしたのですね」

「あにうえ！　こいつらは小さなおとうとをいじめてたんです、ぼくは」

「――まさかリステアードの話が本当だなんてこと、ありえませんよね？」

静かな声だった。でも有無を言わさぬ笑顔に、周囲が凍り付いている。

「そこの、由緒正しき血筋の皆様方」

しんとなった廊下に、平然と声を投げかけてきたのは、兄とよく一緒にいる異母兄だった。

「そろそろうるさいルドガー兄上が、ヴィッセルを落とし穴から助けてお説教にきますよ」

ちっと舌打ちが響き、異母兄ふたりとその取り巻きが踵を返す。そして去り際に吐き捨てた。

「女狐腹の子が、えらそうに」

よく聞く言葉だが、その意味をリステアードはわかっていない。ただ、母の悪口だとはわかっている。だが、リステアードがいきりたつ前に、テオドールが足を引っかけられて転んだ。

「マイナード、お前！」

「おっとすみません、コバンザメのテオドール兄上。母上がお呼びですよ。新しい家庭教師の先生が到着されたとか。成績があがるといいですねえ。無駄な努力、毎度、ご苦労さまです」

何か言い返そうとしたが、テオドールは結局口を閉ざして、先に行くヨルムのあとを追いかけていった。それらを見送るアルノルトの横に、マイナードが並び立ち、忠告する。

「多勢に無勢だよ。足手まといをかかえて喧嘩なんてするもんじゃない」

「ぼくはあしでまといなんかじゃないです！」

兄の横にいつも我が物顔で立つこの異母兄が、妙にリステアードは苦手だった。他の異母兄のように怒るでもなだめるでもなく、面白そうに笑い返してくるからだ。

「あと、もう少し弟を教育し直しなよ。無鉄砲すぎる」

「ぼくはむてっぽうでもない！」

「へえ、そうかな？」

「ハディス、怪我はないかい」

笑うマイナードに頭を押さえ込まれている間に、アルノルトが声をかける。はっとリステアードは振り返った。

ハディスは隅っこで、完全に固まっていた。その前にしゃがみ、アルノルトが優しく声をかける。

「痛いところは？　何か手伝おうか」

「……」

視線を左右に泳がせながら、ハディスはうつむいて首を横に振る。アルノルトが困った顔をしている。むっとして、リステアードは前に出た。

「おまえ、あにうえに助けてもらったんだぞ。礼くらい、ちゃんといわないか！」

「リステアード。言っただろう？　弟と妹には優しく、だ」

アルノルトに言い含められ、リステアードは口をつぐむ。だが、助けてもらってお礼も言わないなんて失礼ではないか――別に、ちょっと、兄が自分をほめるより先にこの弟を気にかけたのが許せない、とかではなくて。でも、二ヶ月しか違わないのに。

「ま、お前は頑張ったよね。さすがアルノルトの弟だ」

突然思いがけない方向から降ってきた言葉に、びっくりした。しかも口にしたのがよりによってマイナードだ。素直に喜べないリステアードの頭をぽんと優しく叩(たた)いたあと、マイナードが苦笑いを浮かべる。

「アルノルト、やめなよ。いつも言ってるだろう、お前は正しすぎて怖いんだよ」

「そうか。……うーん、困ったな」

「……こ、わくは……ない……です」

小さな小さな声が、かろうじて聞こえた。

体を縮め、末っ子の弟が上目遣いで周囲を見回しながら、たどたどしく口を動かす。

「あ……りがとう……あにうえ」

あにうえ。兄上。――自分も初めてそう呼ばれたのだと気づいたのは、もうその肩をつかんだあとだった。

「えらいぞ、おまえ！　ちゃんとお礼がいえたじゃないか！」

「えっ……え、と、ぼく……」

「いいか、ハディス。こんどまたいじめられたら、ぼくをよぶんだぞ！　ぼくのほうが、にかげつとしうえだからな！」

目を白黒させているハディスが安心するよう、精一杯胸を張る。そうだ、とリステアードは手を差し出した。

「今からあそびにいこう！　ぼくとあにうえたちのひみつきちを教えてやる！」

「えっ。い、いいの？　ぼくが、いっても……」

「もちろんだ！　ただ、ゆるされたものにしかはいれないばしょだ。ひみつをまもれるか？」

「う、うん！　あ、でもヴィッセルあにうえ……」

「ハディス！」

回廊の奥から声が聞こえた。息を切らせて走ってきた異母兄の姿に、ハディスが駆け出す。

「あにうえ……！」

「大丈夫か？　怪我をしてないか」

ハディスはヴィッセルに抱きついて何度も頷いている。泣いているのかもしれない。

差し出した手を取られなかったのはちょっと残念に思ったけれど、ヴィッセルのあとに続いてやってきた異母兄に気を取られてすぐ霧散した。

「おーい、悪ガキどもはどうした。アルノルト、マイナード」

この中で一番最年長になる異母兄は、いつもだらしがない。今日も上着の前ボタンが全部はずれているし、髪もぼさぼさだ。リステアードは顔をしかめる。

「ルドガーあにうえ、きちんとしてください。しめしがつきません！」

「あーリステアードはちゃんとしててえらいな～すごいな～で、何やった？　変な挑発してないだろうな？　兄弟喧嘩はナシで頼むぞお、洒落にならん」

身長のあるルドガーが上からすごむとそれなりに迫力がある。しかし、アルノルトとマイナードはそろって笑顔だ。

「大丈夫ですよ。兄上たちはきちんとわかってくださったと思います」

「そうそう、馬鹿に馬鹿って言っても意味が通じないじゃあないですか。ね」

「よぉし、まったく仲良くやれてないと理解したぞ兄上は。ったく、お前ら……まだ子どもだから今は目をつけられることないと思うが、あんま目立つなよ。賢いんだからわかるだろう」

「ルドガー兄上にはいつも助けていただいて、本当に申し訳ないです」

「きょうだいの仲裁だなんて損な役回り、本当によくやりますよねえ」

「ふたりで建前と本音を使い分けるのやめなさい」

軽くでもこのふたりの頭をはたけるルドガーは、ちょっとすごいとリステアードは思っている。リステアードには注意の意味がわからないけれど、殴られたふたりが笑ってすませているのは、ルドガーが理にかなっているからだ。

「ヴィッセルも、いちいち相手にするんじゃないよ。弟想いなのはいいけどな、あっちのほうがまだ体格も力もあるんだから」

「では、いつならいいと？」

ハディスの小さな背をなでていたヴィッセルが、思いがけず鋭い声をあげた。

「まてばクズどもが改心するとでも？　おわらいぐさだ。——いこう、ハディス」

ハディスの手を引いて、ヴィッセルが歩き出す。

兄が困った顔をしている。手を引かれていくハディスも、ヴィッセルとこちらを見て困っているように見えた。

リステアードは駆け出して、ふたりの前に立ちはだかる。

「あにうえやぼくを、あんなやつらと同じにするな！」

びっくりしたのか、ヴィッセルが目を丸くしている。そのうしろにいるハディスも、リステアードをまじまじと見ていた。その視線に勇気づけられ、リステアードは胸を張る。

「きちんとふまんがあるならいいたまえ！　おとうとがいるのに、敵ばかりつくって、おまえはそれでもあにうえか！」

真剣に話しているのに、マイナードが噴き出した。一方で、ヴィッセルが目を吊り上げる。

「——わたしが、ハディスの兄に、ふさわしくないとでも？」

「そうだ！　だってあにうえがいやなヤツだと、おとうとはとっても困るんだぞ！　おまえはぜったい、いやなヤツだ！」

「リ……リステアード、やめなさい。ヴィッセルも、落ち着いて——」

肩に伸びたアルノルトの手を、ばしっとヴィッセルが弾いた。あっとリステアードは声をあげる。

「おまえ、あにうえになにするんだ！」

「いいんだ、リステアード。ヴィッセル、ハディスも。……僕は三人とも、大事な弟だと思ってる」

リステアード、ヴィッセル、ハディスとそれぞれしっかり目を見て、アルノルトは続けた。

「だから、何か困ってるなら相談してほしいし、仲良くしてほしい」

「はい、あにうえ！」

「――それは、あなたが皇帝になるために、ですか？」

背筋を伸ばして返事をしたリステアードは、冷ややかなヴィッセルの言葉にびっくりした。

でもアルノルトは静かに答える。

「ヴィッセル、僕は皇帝になろうなんて思っていないよ。今の皇太子――兄上はとても立派な御方だ。それをお支えするつもりだよ」

「たとえ弟でもおなじことがいえますか？」

継承権は男子の生まれ順が基本だ。もちろん政争や様々な事情で順位が変わることも女帝の前例もあったが、リステアードたちの上には年上の兄が大勢いる。ルドガーでも、皇帝になれる芽はほとんどない。リステアードも、三公と呼ばれる大きな後ろ盾を持ち皇子と呼ばれてもいずれは臣下になるのだ、と母親から口を酸っぱくして教えられていた。

もし、大勢いる兄たちを覆す方法があるとすれば、戦争か流行病か原因はともかく大勢の兄たちが次々死んでしまうか――竜帝が現れるか。それしかない。

「もちろん、たとえ弟でも。ラーヴェ帝国の皇帝にふさわしい者であれば」

兄が口にするのはごくごく当然の話だった。でもヴィッセルは悔しそうな顔で、吐き捨てる。

「さすが、めぐまれた生まれの皇子は、いうことがちがいますね」

ハディスの手を引いて、ヴィッセルがリステアードの横を通り過ぎる。おい、と声をかけてももう振り向かなかった。ハディスだけが振り向いて、小さく頭をさげたように見える。

なんだ、とリステアードは憤慨した。

「ハディスにあやまらせるなんて、あいつ、あにしっかくだ！」

「リステアード、やめなさい。ヴィッセルはお前にとっても兄なんだよ？」

そう言われて、リステアードは衝撃を受ける。そうだった。

「どうしてみんな、アルノルトあにうえみたいに、りっぱじゃないんだろう……」

「うわあお、アルノルト以外全否定。いいかあ、リステアード。ルドガー兄上だって傷つくことはあるんだぞ？」

「ルドガーあにうえは、わざとしっかりしてないではないですか！」

リステアードが怒っていても、いつも笑って流してばかりだ。今だって笑っている。足を踏みつけてやろうとしても、すぐ逃げられてしまう。

「しかし、困ったな。皇位を狙ってるなんて、勘違いされると……」

「神童アルノルトともあろう者が、ずいぶん嫌われたもんだね。あの子、見どころあるなぁ。クズ兄に何か吹き込んで対立を煽(あお)るくらいはやりかねない」

「何かいい案はないか、マイナード。あれは真っ向から言っても駄目だろう。お前向きだ」

「あの子をわからせるのは大変だよ。クズ兄と違ってだますのも無理。賢いからね、あれは」

「なまじ頭がいいと、警戒するか……弟を守りたい気持ちが強すぎるんだろうな」

「そりゃあの馬鹿母じゃね。同情するよ。あの年で、色々察しすぎて、怖い怖い」

「俺はお前らのほうが怖いけどな、七歳児ども」

足踏みに夢中になっていたリステアードは、途中でルドガーに抱き上げられた。肩車をされて、高くなった視界にわっと目を輝かせる。

「あにうえ、ぼくのほうがたかいです！」

「はは、いいなあ。ルドガー兄上、リステアードばかりずるいですよ」

「そうだそうだ、私たちも肩車してくださいよ」

「お前らは可愛くないからもうだめです〜！　いつまでもこんな所にいないで、菓子でも食いに行くぞ。ヴィッセルとハディスの分も、あとでルドガー兄上が届けておくからな」

ルドガーを尊敬できるとしたら、こういうところだ。

安心したアルノルトとマイナードの顔を見て、リステアードも安心する。いけ好かないヴィッセルはともかく、弟のハディスがおいしいお菓子を食べられないなんて一大事だ。

後宮はもちろん、子どもの足に帝城は広い。今度ハディスに会えるのはいつになるかわからないけれど、もし出会ったら秘密基地に案内してやろう。アルノルトやマイナードや、ルドガーがいれば、ヴィッセルだってそのうち考えを改めるに違いない。

これから時間はある。そう思っていた。

兄がとても難しい顔をして、まだ五歳にもならないハディスが辺境に送られたと教えてくれたのは、その数日後のこと。

何があったのかと食い下がるリステアードに、アルノルトがその理由を語ってくれたのは、なんと十年近くたってからだった。


「――ハディスはね、天剣を持っていたらしいんだよ」


は、と説得の言葉がすべて呼気になって空中に消えてしまった。

皇太子になると決めた兄が、困ったように笑う。

「覚えてるかい？　二ヶ月年下のお前の弟だよ」

「……す、少し、だけなら……え？」

「まだお前は小さかったからね。覚えてなくてもしかたない。でも、今のお前なら、天剣を持っていた弟が辺境に送られたと聞けば、きちんと意味がわかるだろう」

天剣。ラーヴェ帝国の至宝。正統な持ち主は竜帝のみで、なぜか三百年前、よりによってクレイトスとの戦が始まる前に、戦竜帝カイルのもとから忽然と消えたという。女神が盗んだとも言われているが、そのまま天剣は見つからず、三百年間、竜帝も現れなかった。

――その天剣が、もう現れていた？

（……つまり、ハディスが、竜帝？）

何かあって、辺境に追いやられた。その何かとはまさか、天剣を持っていたことなのか。

「皇太子になった兄上や姉上たちが立て続けに死んでいるのが、竜神の呪いではないか――なんて噂される本当の理由がわかったかい？」

額を押さえたリステアードの脳裏に、様々な光景が蘇る。

ここ数年、皇太子が相次いで亡くなっていた。

最初は病死。心臓発作だ。惜しまれつつも、皇位継承者は大勢おり、混乱は起こらなかった。だがそのきっちり一年後、新しい皇太子が死んだ。風呂場での溺死だ。さらにきっちり一年後、今度は新しい皇太子が自殺した。

毎年同じ日に、皇太子が三年連続で死んだのだ。偶然とは片づけられない。何かの陰謀かと互いに疑心暗鬼に陥り、本来なら手の届かなかった皇位継承権を目の前にぶらさげられた者たちが疑心暗鬼と騒ぎに乗じて、ラーヴェ皇族はおかしくなった。

そこから、事故死や毒殺まで時期を問わず頻発した。母親が自分のために他のきょうだいを手にかけたと知ったルドガーは、皇位継承権を放棄して帝城を出ていった。それでも年に一度、皇太子が死ぬ日は繰り返された。

前年は、マイナードの同母兄である皇太子テオドールが死んだ。心を病んだ実母のコルネリア皇妃が娘のナターリエを残し、マイナードだけをつれ帝城を出ていったのがつい先日のこと。

皇位継承権という死の順番は、ついにアルノルトに回ってきた。

「私は皇太子になるよ」

兄は、まるで明日の服装を決めるような口調であっさりと言った。

「おとなしく皇太子になるかわりに、父上に条件をつけた。ハディスを辺境から呼び戻すようにと。ハディスからもこれは女神クレイトスの罠だ、自分を呼び戻せと手紙がきていたらしい。毎年皇太子が死ぬ日がハディスの誕生日なんだよ。ヴィッセルからさっき聞いた」

毎年誰かが死ぬたび、うっすら笑っているヴィッセルの顔が浮かんだ。

かっとリステアードの頭に血が上る。

「あいつっ……わかっていて、放置していたのか！」

「違うよリステアード。放置していたのは、父上やゲオルグ叔父上たちだ。私だって読み違えた側だよ。ああも頑なにハディスを認めないなんて……今になってもまだ渋るんだ。ただの皇位継承争いだって。私が皇太子になれば、おさまるだろうなんて言い出す始末だ」

確かに兄は、血筋も能力も文句のつけようがない皇太子になるだろう。

けれど竜帝が絡むとなれば話は別だ。どんなに優秀な皇子も、竜帝がいる、ただそれだけでラーヴェ皇帝にはふさわしくない。歴史的にも、竜帝と双子で産まれた兄皇子が、それを証明している。

「父上たちは、どうしてそこまで……」

「わからない。こうなったらお祖父様にも頼んで強行するつもりだけれどね。ただ、ハディスの次の誕生日に間に合うかどうか……間に合っても、皇太子という存在そのものが死の条件なら、私に打つ手はないね」

「……あ、にうえは」

死ぬおつもりですか。リステアードの唇から、その言葉は紡げなかった。

「ラーヴェ皇族の務めを果たすだけだよ。自分で言うのは面はゆいが、残っているラーヴェ皇族の中で、私以上に皇帝にふさわしい皇子はいない。その私でも駄目なら、さすがに父上も叔父上も、腹をくくるはずだ」

アルノルトが、リステアードの両肩に手を置く。

「いいかい、リステアード。私が死んだそのときは、ハディスが必ず次の皇太子になるよう手筈を整えておく。お前は、ハディスの味方になるんだ」

そうではない。そういう話をしたいのではない。

「これはお前にしかできないことだ。ヴィッセルは後ろ盾がない。でもお前なら、三公と渡り合わねばならないハディスの――竜帝の力になれるはずだ」

「兄上、僕は」

「私が死ぬとわかっていて皇太子になれるのは、お前がいるからだ」

――言いたい言葉が、喉の奥に滑り落ちていってしまった。

「お前がいるから、フリーダのこともまかせられる。お前がいるから、あとをまかせられるんだ」

「マ――マイナード、兄上は、なぜ、こんなときに……っ兄上を、置いて！」

「マイナードにはナターリエがいるんだよ、リステアード。わかるだろう。あいつは残ろうとしたんだ。自分の番だとね。でも、私が、逃げろと言った。死んで効果があるのは、マイナードではなく私のほうだからね」

三公という後ろ盾もあって、優秀で、人望もあって。たくさんいるきょうだいたちの中で、いちばん皇帝にふさわしいと言われるだけの人物だったから。

そんな兄が、リステアードの自慢だったのに。

「たとえ皇太子になれても、ハディスは歓迎されないだろう。竜帝だからといって何もかもがうまくいくわけではないからね。ヴィッセルはハディスを大事にするだけで、ハディスが間違ったことをしても正さないかもしれない。でもお前なら、恐れず正しくハディスを支えてやれる。ヴィッセルとも、諦めずに話し合えるだろう」

喉が、さっきから上手に動かない。しゃくりあげるような、情けない音を立てるばかりだ。

「いいかい、リステアード。お前は私の自慢の弟。そしてハディスの、兄なんだよ。――二ヶ月年上の、兄なんだ」

――私のほうが二ヶ月年上なんだからね、アルノルト。

そう言って兄の隣で笑っていたマイナードも、もういないのだ。

「お、まかせください。兄上」

兄を見あげる。歯を食いしばったまま、笑顔を作った。

「このリステアード・テオス・ラーヴェ。ラーヴェ皇族として、アルノルト・テオス・ラーヴェ皇太子殿下の弟として。立派に務めを、果たして、みせ、ま……す」

最後まで涙をこぼさず言えたリステアードの頬を、大きな兄の手がなでる。

「ありがとう。お前がいるから、私は立派な兄でいられる」

――立派な兄でなんてなくていいから。だから、どうか。

そんな言葉は呑(の)み込まなければいけない。兄が笑っているのならば、リステアードだってその日まで笑っているのだ。昼寝から起きたばかりの妹が、いずれ帝城にやってくる弟が、脅(おび)えたり怖がったりしないように。


細い糸のような雨が降り出していた。ふと足を止めたリステアードは、大きな窓の外を見る。兄の葬式が執り行われた日も、こんな雨が降っていた。

うっすら窓硝子(まどガラス)に映る自分の肩に雨粒がついているのを見て、払い落とした。兄の墓参りの帰り道、少しだけ降られてしまったのだ。急がねばならないのに、こんなところで足を止めて格好を気にしてしまうのは、緊張ゆえだろうか。

ハディスが帝城に帰ってくると、墓前で兄に報告したばかりなのに、情けない。

妨害を警戒してか、ハディスの帰還が決まっても、正確な到着日時をリステアードは知らされていなかった。墓参りから戻ってくるなりハディスが父に謁見すると聞いて、今、大慌てで大広間に向かっているところだ。他のきょうだいたち――といっても帝城にいるのはヴィッセルとナターリエ、フリーダの三人しかいないが――も顔合わせに集まっているらしい。

十年も前に別れたきりの異母弟だ。姿形もぼんやりしている。覚えているのはある日突然辺境に行ったと聞かされて驚いたことと、よくいじめられていたことと、他にも何かあったような――ハディスのほうは何か覚えているだろうか。

ゆっくり歩きながら、考える。

まずは話をすることからだ。本当に竜帝なのか。何より、皇太子が立て続けに死んでいく怪異が、本当におさまるのか。おさまらなかったなら――兄は、どうして。なんのために。

ぐっと拳を握る。私情だった。

甘えは捨てろ。もう、リステアードの甘えを掬い上げてたしなめてくれる年上のきょうだいは、誰一人、残っていない。自分で自分を律するのだ。

ばたばたと、騒がしい音がリステアードの思考を遮った。青ざめた使用人たちが出てきたのは、謁見に使われている大広間だ。急いでリステアードは開きっぱなしの扉に取りつく。

――そこには、想定外の光景があった。

今までの事情が事情である。謁見とは言葉だけで、まず家族の対面をするものだと思っていた。だが、きょうだいたちだけでなく、三公の関係者など他の貴族たちまでそろっている。

何より、父が――ラーヴェ皇帝が、絨毯の上で丸く平伏している。

その前に、見知らぬ青年が立っていた。横には、ヴィッセルがついている。

（あれが）

竜帝か。異母弟か。確かめる前に、震える声が響いた。

「……こ、殺さ、ないで、くれ」

細い懇願は、皇帝から滑り出していた。

「殺さないで、くれ……許してくれ。余は何も……お前の辺境送りも、周囲が、勝手に決めたことなのだ。よ、余は、何も命じてなど、いない」

青ざめた異母妹のナターリエにしがみつきながら、フリーダもこの光景を見ている。

「も、もう、気が済んだだろう。何人も死んだ。お、お前が、お前こそが……竜帝だったと、もう、よくわかったから。望みどおり、皇太子にしてやる。こ、皇帝にだってしてやる」

違う。最初に自分たちが語るべきことは、そこではない。もどかしくリステアードは大広間に足を踏み入れた。

「父上、そうではありません！」

「よ、余だって、余だって、お前のろくでもない母親の、被害者なんだ！」

高らかな哄笑が遮った。

異母弟の十数年ぶりの笑い声に、リステアードは足を止めてしまった。

父の背がますます丸まり、見守っている周囲の人々が息を呑み、やがてしんと、いきなり静寂がおとずれた。

「――もういい」

素っ気ない声だった。つ、と異母弟の視線が、手が動く。

「……いいんだ、ラーヴェ。くだらない」

竜神の名を呼ぶその先にあるのは、何もない、虚空だ。

異母弟が踵を返した。ちょうど真正面に立ちはだかることになったリステアードは、不意打ちの対面に固まってしまう。

黒髪の、美しい青年だった。顔の輪郭も、鼻や唇の形、まばたく睫の先まで整っている。ただ、こちらを見る金の目は、ひんやりと冷め切っていた。

「……誰」

警戒するような小さな問いかけ。暗い角に追い詰められていた小さな異母弟の姿が重なり、我に返ったリステアードは毅然と背筋を伸ばした。

「リステアード・テオス・ラーヴェ。お前の異母兄だ。二ヶ月年上だからな」

「……ふうん。知ってる？　ラーヴェ」

また異母弟の視線があらぬ方向に動いた。ひょっとして、さっきから竜神に話しかけているのか。

「――まあいいや。覚えてないし」

するりと空気のようにハディスがリステアードをよけ、通り過ぎる。その腕をつかんで引き止めようとしたとき、突然父が叫んだ。

「――して！　どうしてお前がよりによって、竜帝なのだ！」

ハディスも足を止めて、わずかに振り返る。

やっと顔を上げた父親が、長い髪を振り乱し、ハディスを指さす。

「なぜ、なぜ、なぜ！　なぜお前なんだ、お前でなければまだ余は救われたのに！」

「へ、陛下っ……カサンドラ皇妃殿下をお呼びしろ！」

「殺すがいい！」

止めようとする周囲を振りほどこうと暴れながら、父が唾を飛ばす。

「好きなだけ、殺せばいい！　呪われた竜帝と忌み嫌われろ！　なんの意味もない玉座でひとり、孤独に死ぬがいい！」

「なんとかしたら」

淡々としたハディスの声に、圧倒されていたリステアードは我に返る。

「君たちの父親でしょ」

――お前の父親でもあるんだぞ、という言葉を思いついたときにはもう、ハディスは大広間を出ていて、ヴィッセルがあとを追うところだった。

（いや、言うべきではない……か。こんな状況では）

追いかけていくべきかもしれないが、フリーダとナターリエを放置してはおけない。

「だから兄上には会わせるなと忠告したというのに、ヴィッセルめ」

入れ違うように、遅れて叔父のゲオルグが大広間にやってきた。ヴィッセルはリステアードだけではなく叔父にもハディスの到着を知らせず、この謁見を強行したようだ。見世物のつもりだろうか。

「彼奴をどう思う、リステアード」

「……どう思う、とは。竜帝なのでしょう」

「それだけでラーヴェ皇帝として認められるか？」

「ろくに話もせず、結論は出せません。ですが、竜神ラーヴェ様が見えているようです」

「ただの妄言やもしれぬぞ」

「では叔父上は、ハディスを皇太子にするのに反対ですか。――兄上との約束を、反故にされるおつもりで？」

リステアードの問いかけに、ゲオルグはわずかに眉を動かした。

「――アルノルトの名誉は守る」

微妙な言い回しだ。だがあえてリステアードは追及しない。

「結構です。とにもかくにも、まずは誰も死なないことを確認するのが先決でしょう」

「冷静だな。――お前は、兄の仇を取りたくはないか」

「仇討ちなどにうつつを抜かしていては、兄上に怒られてしまいますよ」

何かをさぐるようにゲオルグはじっとリステアードの顔を見る。リステアードは正面から堂々と見返した。

ハディスに恨みなどない。それが兄の望みで、リステアードの矜持だ。

やがてゲオルグは諦めたように、父のもとへと向かう。兄をなだめる弟の姿に、リステアードは目を細めた。

（想像以上に、父上たちの反発が強いな……三公はどう出る。僕が今、できることは）

おにいさま、という小さな声が聞こえた。妹たちのことを思い出して、慌ててリステアードは歩みよる。

まずは、妹たちの不安を取り除いてやらねばならない。

「――なんでまた、自分の竜騎士団を作ろうと？」

「僕にはレールザッツ公の後ろ盾がある。だがそれ以外、何もない」

まだ生後半年だという緑竜の子竜を泡だらけの桶の中でブラシで磨いてやりながら、リステアードは答える。

竜騎士団所属の母竜から生まれた子竜は、栄養たっぷりに育てられ、丸々と太っている。まだ鱗が柔らかいため、ちょっと加減を間違えるとつるつるとすべって転げ出てしまうのだ。しかも、子竜は少しなら飛べる。今も何かあればすぐ逃げ出そうと目論むため、リステアードの髪も服もぐっしょり濡れている。夏場でなければ風邪をひく作業だ。

「逆に新しい皇帝には後ろ盾がない。今までの経緯からいって、三公も簡単には従わないだろう。となれば、何かしら国内は荒れる。その前に、僕も僕だけの力を得ておかねばならない。でなければあの不出来な異母弟を諫めることもできないだろうよ」

「いや～……帝位簒奪狙ってるとか思われるのがオチっすよ、私設の竜騎士団なんて」

「それでもだ。横で叫ぶだけでは、何にもなるまい」

竜舎の中で子竜の世話に励んでいるのは、ノイトラール竜騎士団の見習いたちだ。再来月には、見習いから竜騎士への昇格が決まっている者たちばかりである。

「だからって、ノイトラール竜騎士団になる俺らを全員、引き抜こうとするかねえ」

毎日顔を突き合わせ同じ宿舎で寝泊まりすれば気安くなるもので、リステアードが突然ノイトラール竜騎士団に入った理由は知らせてある。というか、最初から隠していない。

異母姉のエリンツィアはノイトラール竜騎士団の団長を務めている。突然見習いとして現れたリステアードに驚愕していたが、姉らしい面倒見のよさと甘さでリステアードが竜騎士見習いとして働くことを渋々許してくれた。

――昨年、ハディスが皇太子となった夏の誕生日、誰も死ぬことはなかった。父親は逃げるように譲位の手筈を整え、後宮に引きこもってしまった。いや、あのあともひとりだけ死んだか。ハディスの実母だ。ハディスの即位を祝うその場で、首を切って死んだと聞いた。

誰の祝福もない、血まみれの玉座に、たったひとり、ハディスは座った。

さいわいにも、ハディスは懸念したよりずっと出来がよかった。媚びてくる連中にほだされることもなく、淡々と、まずは皇太子連続死で蔓延った賄賂や権力争いの問題を片づけていった。辺境でどう教育されてきたのか、判断も的確で迷いがない。だがあまりに合理的すぎて、複雑に絡み合った人間関係や他人の面子を考えない向きがある。

なんのしがらみも持たないことは強みではある。だがあれではいつか、周囲の不満が爆発する。ひとは正論だけでは生きていけないのだ。

ハディスが皇帝になった今年も、誰も死ななかった。勝手なことに、そのせいであの皇太子の連続死がハディスの仕業だったなどという噂まで出てきている。

孤立した皇帝の向かう先など、ろくでもない。ハディスのかたわらにヴィッセルがいても、リステアードは安心できなかった。兄の懸念はおそらく当たっている。ヴィッセルはハディスを大事にして、間違いを正そうとしない。

だが、今、ハディスの信を得ているのはヴィッセルだ。

そしてハディスからなんの信頼もない、ただ三公の後ろ盾があるだけのリステアードでは、ハディスは目にも入れないだろう。

唯一、ハディスがまだ掌握できていないのは軍事力。帝国軍だ。内政を優先しているらしく、叔父のゲオルグが実権を握ったままでいる。

誇り高きラーヴェ皇族である叔父が反逆するなど考えたくもない。だが、ハディスにはハディスのために動く軍が必要だ。異母姉のエリンツィアはノイトラール竜騎士団を動かせるが、ノイトラール公のものだ。三公の意向に左右される。

ならばとリステアードが考えたのが、自分の私設竜騎士団を作ることだった。

「ワルキューレ竜騎士団、ですっけ。勝手に他人の竜の名前まで決めちゃうんだもんなあ」

子竜の泡を水で洗い流しながら、リステアードの引き抜きを承諾した仲間がぼやいている。

「俺は知りませんからね、ノイトラール竜騎士団に睨まれても」

「エリンツィア姉上はそんな器量の狭い御方ではないさ。ノイトラール公もな」

「上があぁだからって下もそうだとは限らないでしょ！　あと、竜騎士団運営だってタダじゃないんですよ！」

文句をつけてくる同い年の彼は副官にと思っているのだが、まだはっきりと承諾の返事をしてくれない。聞かなかったことにしたいとばかりに逃げ回るのだ。

「それも問題ない！」

「あんたがそう自信満々で、本当に問題なかったためしがないんですが？」

「なんといっても僕はレールザッツ公の孫、しかも皇子だ。この先五年は余裕でボーナスまで出せるぞ、給料」

「人生は五年以上続くんだよ！」

遠慮のない文句が出てくるのはいいことだ。リステアードは頼もしい仲間の肩を叩く。

「安心しろ、すでに目をつけている領地がある」

「えっ領地って……」

「僕もいずれは爵位のひとつやふたつは持たねばならないからな。計画は完璧だ。――兄上と、何度も試算も出したからな」

明るく言い切ったリステアードの手から、洗い終えた子竜が逃げ出す。とたんに大騒ぎで子竜を追い回しながら、リステアードは空をあおぐ。澄み渡った青空に、はしゃいで走り回る子竜の泡が舞って、弾ける。

大丈夫、間に合うはずだ。まだ何も起きてない。

そう悪いことばかりでもないのだ。たとえば、ハディスはちゃんと婚約者さがしをしているようだった。休暇のときに戻った帝城で見かけたベイル侯爵のご令嬢は、雰囲気のよい女性だった。ベイル侯爵家自体はキナ臭いが、ああいう女性がそばにいれば、どこかあやうげなハディスも落ち着くかもしれない。

――ベイルブルグの事件を発端にその令嬢が亡くなったとリステアードが知ったのは、ごっそりノイトラール竜騎士団から仲間たちの引き抜きに成功した頃。

そして叔父ゲオルグが真の竜帝を名乗り、ハディスに反旗を翻したと知ったのは、ワルキューレ竜騎士団の設立を帝城に報告した直後だった。


空が重い。雲がどんよりと暗い色で、天空都市ラーエルムの周囲にまとわりついているように見えた。まるで竜神がラーヴェ帝国を呪っているようだ。

不吉な考えを振り払い、リステアードは眼下に見える竜の発着場に赤竜を着陸させる。そして鞍(くら)から飛び降り、ここまで休まず運んでくれた愛竜の首をなでた。

「助かった、ブリュンヒルデ。すぐ戻る」

「リステアード殿下！　い、いつこちらへ」

「叔父上はどこだ」

こちらへ焦ってやってきた帝国兵に尋ねると、つっかえ気味に答えが返ってきた。

「そ、その……偽帝ハディスの捜索隊に、自ら」

「偽帝だと」

怒鳴りつけそうになったリステアードだが、一介の兵の思考をいちいち訂正して回っている時間などない。とりあえず話の通じる誰かを見つけるために歩き出したそのときだった。

「リステアード様」

一番話の通じない奴が出てきたと、リステアードの目つきが鋭くなってしまう。

相手はリステアードの露骨な嫌悪など意に介さず、いつもどおり、穏やかに笑う——実の弟が帝都から追放されたこんなときでさえ。

「おかえりなさいませ。エリンツィア様からうかがっております。しばらくこちらに滞在されると」

交渉決裂に終わった異母姉の顔を思い出してますます苦い顔になる。だが、姉に悪気はなかっただろう。

ハディスの敵にも味方にもならない。だからハディスの捜索はしない。だが、ハディスの実兄であるヴィッセルなら、ハディスとゲオルグの間を取り持てる——優しくて甘い姉はそう考え、ハディスの行方をさがすリステアードの動向をヴィッセルに伝えたのだろう。ハディスとゲオルグの板挟みでヴィッセルが困っているとさえ思っているかもしれない。

「リステアード様の離宮の準備は整っております。どうぞそちらでごゆるりとお休みください。フリーダ様もお待ちです」

だがリステアードには、ヴィッセルが困っているなどとかけらも思えないし、見えない。

「その口調はやめろと何度も言っているのだが、ヴィッセル兄上? 様付けも同様だ。貴殿は僕の異母兄、しかも我がラーヴェ帝国の皇太子。いい加減、その自覚を持っていただきたい」

リステアードの忠告に、灰色がかった髪をゆらし、淡い金の目を細めて、青年がふわりと笑った。

「ええ。ですがそれもこれも私の可愛い弟のハディスがくれた、過分な地位だ。生粋のラーヴェ皇族の方々はご不満でしょう。その自覚の表れですよ。私は決してあなた方と対立しようなどとは思っていない、という、私なりの処世術です」

いつもアルノルトたちに反発していたヴィッセルの物腰は、いつの間にかずいぶんとやわらかくなっていた。抜き身の刃のような危うさと威圧感を持っているハディスの弱点を、補うように。

大人になったと評するのは簡単だ。だが、リステアードは不快だった。ねばりつくような自虐も人を喰った笑みも、まるで竜帝の兄という役割に酔っているようで、気に食わない。

「処世術！　ハディスに与えられた地位だと言いながら、何もしないことをそう言うのか」

「私にはそんな大それたことはできませんよ、リステアード殿下。すべて、竜神ラーヴェがお決めになること。竜帝が誰かなど、おのずとわかることです」

周囲の息を呑むような気配など気にもとめず、ヴィッセルはあくまで穏やかに微笑む。ついリステアードはかっとなって、その胸倉をつかんだ。

「だから叔父上を止めないとでも言うのか!?　今、ハディスは帝国軍に追われ、味方も何もなく逃げ回っているんだぞ。それをお前！」

「弟は辺境で竜神を庇護者に育った。帝国軍に追われた程度でどうこうなるわけはないでしょう。あの子に味方など必要ない」

「そういう問題じゃない！　ハディスの気持ちを考えろ！」

帝国中の人間から追われてどんな気分になるか。誰一人味方がおらず、どんな気持ちでいるか。

そんな簡単なことを誰も考えようとしないのだと、ハディスを捜し回って初めてリステアードは知った。

ただでさえ、あの異母弟は底知れないところがある。それがもし悪い方向にいけば、この国がどうなるか。

「そもそもお前が真っ先にハディスのために動くべきだろう！」

「もちろん、助けを求められれば私は馳せ参じます。私の弟ですので。ただ、お忘れにならないでいただきたい」

幼子に言い聞かせるように、ヴィッセルがゆっくりと、冷めた目で告げた。

「あの子は竜帝だ。私も含め、誰かがどうこうできるなど、それ自体、おこがましい」

自分の勘違いを察して、リステアードは愕然とした。

気に入らないとは思っていた。だが、あくまでリステアードを相手にするときの話で、ハディスとは仲良くやっていると思っていた。きっとハディスにとってはいい兄なのだろうと。

だがこの男は、自ら弟に手を伸ばすことをしない。

(何を考えている。まさか……)

天剣を持っている弟を信じ、皇太子の連続死を止めた末端の皇子。ハディスのかわりにハディスの言葉を伝え、政治を回す。先のハディスの苛烈なベイル侯爵家への粛清も、何か理由あってのこととかばっていた。

だが、弟を諫めることは決してしなかった。

間違いを正さないどころの話ではない。弟が間違うはずがないと思っている。

竜帝と、竜帝を盲信する兄――行き着く先に、今更ながらぞっとした。

「……もしハディスから連絡があれば僕を呼べ。助けにいく」

意外だとでも言うように、ヴィッセルが小首を傾げた。

「僕の異母弟だ。当然だろう」

言い捨てて、荒々しく歩き出した。まずはフリーダの安否を確かめてそれから――それから、何をしてやれるだろう。

（誰かあの馬鹿の味方が、ひとりでもいればいいんだが）

望みの薄い他人まかせな願いに自分でうんざりする。

クレイトスへと出立する前に声をひとことでもかけていればよかったのか。ベイル侯爵家への処分を聞いたとき、怒鳴りこんで殴りつけていれば違ったのか。そもそも、竜騎士団なんてものを作ろうと帝城を離れたのがよくなかったのか。

――過去を変えればなんて考えに至った時点で、きっと遅かったのだ。

ハディスをさがすため叔父は罪のない人々の村を焼き始めた。それでもハディスは出てこない。村を焼いているのは叔父なのに、出てこないハディスのほうに怨嗟の声が集中する。次に竜が姿を消し始めた。物流が滞り、混乱が広がってゆく。今度はあちこちから皇族に批判が集まり、小競り合いが起きる。そして彼らは叫んだ。

いったい皇帝は何をしているのだ。

面白いことに誰もがハディスが死んだとは思っていなかった。叔父は新皇帝を名乗りながら、皇帝ハディスの怠慢を訴えるという自己矛盾を起こし始めていた。

そう、彼は竜帝。

それを裏付けるように、帝都で妙な病が流行りだした。びっしりと鱗に覆われて心臓が止まって死ぬ。感染源は明らかだった。最初に罹患(りかん)し、ひとりだけ進行が遅い叔父だ。

ラーヴェ皇族ですら呪われる。もはや誰がこの国の真の皇帝で、何が起こっているのかは明らかだった。

かつてハディスを偽帝だと帝都から追い出した帝国軍が、右腕だけ鱗に覆われた叔父を捕らえ、中央の広場に引きずり出す。それを誰も止めることができなかった。

そうすれば、帰ってきてくれると信じるしかなかった。

戻ってきてくれ、玉座に。それはもはや願いでも希望でもない。恐怖だ。

そうして叔父が帝民に処刑されたその翌日。

ハディスはたったひとりで、帝都の門を開き、凱旋(がいせん)した。

たった五ヶ月。

リステアードの作った竜騎士団は何もできないまま、あっけなく偽帝騒乱は終わった。

「何をしていた、お前！」

皆にひれ伏され帝城に入ったところで、突然胸倉をつかまれた。ハディスは目覚ましを聞いたようにまばたく。

(誰だっけ。ええと、確か――)

思い出そうとしている間に強い力でゆさぶられた。

「今までどこで何をしていた。――どうして何もしなかった！」

「何も……」

意味がわからず眉をひそめる。するとヴィッセルが間に入って、引きはがしてくれた。

「ハディス、疲れているだろう。部屋に行っていなさい。またあとで話そう」

「僕が話をしているのはお前じゃない、ハディスだ！　お前、わかっていたんだろう。放っておけばこうなることが。違うのか」

「ハディス」

行けと兄が目線でうながしているのがわかった。これまでも散々聞いてきた、責任転嫁の怨嗟の声からかばおうとしてくれているのだろう。煩わしいのでそのまま足を運ぼうとしたところで、ふと名前を思い出す。

(ああそうだ。リステアード、だ)

初めて帝城に足を踏み入れたとき、ラーヴェが教えてくれた。お前の異母兄だよ。昔、会ったことあるはずなんだけどな。覚えてないか？

「どうして僕がさがしているのに出てこなかった！」

びっくりして足が止まった。

ヴィッセルを振り払い、振り返ったハディスの胸倉をリステアードがもう一度両手でつかむ。それで初めて、その両の目に光るものに気づいた。

「どうして、こんな状態になる前に……ッ！」

相手にするのは煩わしかったが、なんとなく答えなければいけない気がしてハディスはできるだけ冷静に答える。

「僕は警告した。竜帝である僕をないがしろにすれば、竜は当然、人間から離れる。そして天剣を偽った竜神の呪いで、叔父上は遠からず死ぬだろうってね」

「いっ！」

「帝都から追われる際に」

鼻で笑うと、幾人かがびくりと体を震わせた。

おそらくこの中には、ゲオルグが真の皇帝だとハディスを叩き出し、そして今のうのうとゲオルグを処刑してハディスを迎え入れた輩(やから)もまざっているのだろう。

「これが君らの望みだったんだろう。僕はそろそろ懲りただろうかと思って、帰ってきただけだ」

もういいだろうと、リステアードの手を引きはがそうとする。そうすると、その手をつかまれた。

「僕は聞いていない」

何を言いたいのかわからず、眉をひそめる。ハディスに詰め寄るように、リステアードが怒鳴った。

「いいか、僕は聞いてないぞ。僕が聞いていたら」

「何ができた？」

冷たく言い捨てたあとでなぜだかおかしくなって、ハディスはリステアードに尋ねてみる。

「何をするんだ？　妹を人質にとられても叔父上に刃向かったのか。後ろ盾のレールザッツ公を説き伏せられたとでも？　お前が言っていることは、すべてこうなったからこそだ」

「それ、は」

「それともまた僕のせいか。僕が帝都から追われて逃げたから、村が焼かれて、竜が離反して、たくさん死んで、叔父上と帝民に妙な呪いが出たのか。だったら僕を今から殺してみるか」

力の抜けたリステアードの胸を突き飛ばし、ハディスは腹を抱えて笑う。

「いいな、それは。きっと竜は一斉に人間を攻撃するぞ。帝国中が火の海だ！　クレイトスも機を逃さないだろう。帝国は滅びる。みんな死ぬ。殺される。そうなりたくないだろう？　だから僕が必要だ。だから僕が全部悪いんだ。僕のせいだ。違うのか」

「ハ、ディス」

リステアードが魂の抜けたような声で名前を呼ぶ。とたんにつまらなくなって、ハディスは鼻を鳴らした。

「文句があるのか？　なら死ね」

踵を返したハディスに、誰もついてこない。いるのはたったひとり、胸の内にいる竜神だけ。

（ハディス……）

「なんだ、ラーヴェ。こうなったら多少恐怖で押さえつけないと、何も制御できない。そう話し合ったはずだ」

だからすべて放っておいた。皆が額を地面にこすりつけて、戻ってきてくれと懇願し、叔父の首を自ら差し出すまで。

でなければ誰も自分に従おうとしない。争いが増えるばかりだ。

ヴィッセルにもひそかにそう連絡しておいた。いつだって自分の言葉を信じるのは実兄だけだ。あとは誰も彼もがまるでハディスが悪いかのように、脅え、呪い、裏切ろうとするばかり。

「僕は疲れてる。もううんざりだ」

(でもあいつ、いい奴なんじゃないのか)

「そうなんだろうな」

だがああいう奴に限って裏切る。大事なものがたくさんあるから。

ふっと視界の隅に小さな影があった。ふわふわとした髪が柱から見えている。ハディスを見るたびに逃げてしまう、小さな異母妹。

先ほどえらそうに自分に説教してみせたリステアードの、大事な実妹。

「不愉快だよ」

ハディスの胸中を、ラーヴェは否定しなかった。

何ができた?――ハディスの問いに力が抜けてしまった自分が、心底情けなかった。

とにもかくにも皇帝が戻ってきたのだ。リステアードは残った帝国軍を整理し、蜂起しておいてゲオルグを処刑した恥知らず共の処分を決める。竜騎士団を帝都に留めておいてよかった。人手がいくらあってもたりない。

目の前のすべきことだけやって、自室に戻った頃にはもう、とっくに日は暮れていた。食事はしただろうか。思い出せずに、リステアードは、くそ、と小さく毒づき、書斎机の前の椅子に腰を落とす。

書斎机の小さなランプにだけ灯りをつけ、また同じことを考える。

戦いも起きず、最終的には無血開城で終わったのだ。ことの大きさを考えれば、ハディスのとった策は最善だった。だが、竜帝への恐怖と疑心も呪いのように帝国中に蔓延してしまった。

恐怖は一時的な平穏を呼ぶかもしれない。だが疑心は争いの種をまく。

(――このままでは、すまない)

隣国クレイトスはおとなしくしているようだが、ナターリエの行方不明がすでに火種として燻っている。ハディスはひょっとしてナターリエの行方を捜索しないかもしれない。それはクレイトスとの関係維持においては正しい。すべてを発端になった偽帝ゲオルグのせいにしてしまえばいいのだ。

だが、ナターリエを大事にしていたマイナードはどう出るだろう。夜逃げ同然で母親につれられ逃げ出したマイナードは廃嫡の扱いになっているが、手続きが完了しておらずまだ形式上は皇位継承権を持っている。

――色んなものが、ぼろぼろと指の隙間から零れ落ちている気がした。どんなに拳を握り締めても、水のように染み出て、もう止まらない。

あにうえ、と虚空に向けて情けない声を放ちかけた、その瞬間、扉を叩く音が遮った。

リステアードが答える前に扉をあけたのは、ヴィッセルだった。

意外な訪問者に、リステアードはつい、剣呑（けんのん）になる。

「……何の用だ、お前が」

「こちらを。フリーダ様の部屋で発見されました」

顔色を変えたリステアードは、ヴィッセルが差し出した紙片を奪い取る。

妹を返してほしくば、というお約束の文面で始まる脅迫文は、わかりやすかった。

「今、帝城内をさがさせていますが、おそらくフリーダ様は帝城にはもういないでしょう。帝都の警備も回復していないし、発見の望みは薄い。——ハディスにはまだ知らせていません」

「まさか僕をそそのかしているのか？」

これは妹を助けてほしければ、ハディスを暗殺しろという、裏切りを示唆する文面だ。

ハディスに知らせないということは、加担するということである。

「あなたはハディスを暗殺などしないでしょう。妹を盾に取られても」

皮肉っぽくヴィッセルが笑う。

「それに、ハディスは暗殺などされませんしね。主犯はゲオルグを崇（あが）めていた帝国軍の残党です。根城の候補はラーデアを含め二、三カ所。もはや真っ向からではハディスに勝てないと悟って、あなたを引き込もうというわけだ。それで、どうします？」

「どうとは……」

「追うなら、私がハディスに報告に行く前の、今しかありません」

さがしにいけ、と言っているのか。ぐしゃりとリステアードは紙片を握り締める。

「ハディスに報告がいけば、計画が露見したとわかってフリーダ様は殺されてしまうでしょう。それでは意味がない。あとの手は――」

そう言ってさらに手に重ねられた書面は、ワルキューレ竜騎士団の設立許可証だった。

文面をまじまじと見るリステアードに、ヴィッセルは薄笑いを浮かべる。

「ハディスはあなたにはまだ、失望していないようだ。だからあえて妹を見捨て、ハディスに頭をさげ、捜索許可を求めるのも手でしょう。そうすればハディスは、あなたを少しは信頼するかもしれません」

「なぜ、そんなことをお前が提案する」

「借りを返すだけですよ。――アルノルト様は、約束どおり、命をかけてハディスを辺境から帝城に戻してくれたので」

アルノルト。アルノルト兄上。

呼びかけが、胸の中で反響する。

「でもう、アルノルト様はいない。だから実弟のあなたに、借りを返します。私はハディスにこのことを報告する、必ず。だが今すぐ妹を救いにいくも、ここに残るも、あなたの自由だ。正直、もうフリーダ様は死んでいると思いますが」

「お前……っ」

胸倉をつかむと、ヴィッセルが珍しく正面から見返してきた。

「さあどうする、リステアード・テオス・ラーヴェ。ほんのわずかな可能性にかけて妹を助けるために出ていくか。それとも、妹を捨ててハディスを支えるか」

「なぜそんな二択になる！　フリーダを見つけたあと、僕は戻ってくる必ず！」

「そんなことは私がさせない。私設竜騎士団という軍事力を持ち、ここでハディスの許可を得ず飛ぶ皇子など、見過ごせない」

「竜騎士団は置いていく！　それでいいだろう！」

「そんな綺麗事が通るものか。お前は人望がある。そして人望を集められる、ハディスよりもだ。ハディスへの恐怖と不満が満ちている今、この状況下でお前が帝城を離れれば、竜帝への叛意だと取られる。お前にその気がなくても」

力の抜けたリステアードの手を、今度はヴィッセルが握り直した。

「どうする、リステアード。わかっているだろう。フリーダが助かる見込みはほとんどない。――もし、残るなら」

その手が、リステアードの両肩をつかむ。その真剣な眼差しに、訴える口調に、リステアードは動けなくなった。

だってこれは、兄が弟に頼み事をするときの顔だ。

「私が取りなす。そうすればハディスはお前のことを信じ始める。そうしてふたりで竜帝を支えればいい。新しいラーヴェの両翼として」

「アルノルト兄上とマイナード兄上が、そう呼ばれるはずだったように？」

半笑いで訊ねると、ヴィッセルはぶたれたような顔をして口を閉ざしてしまった。ひょっとして気づいていなかったのかもしれない。

「フリーダをさがす。情報をくれ」

ヴィッセルが肩から手を放す。返ってきた答えは、フリーダを誘拐したであろう残党たちの根城の情報だった。

「ハディスには明日、知らせる。――馬鹿だ、お前は。フリーダはもう」

「知っている。生きてはいないだろう」

自嘲したリステアードに、ヴィッセルのほうが驚いた顔をする。

「フリーダは僕などよりずっとわかっているさ。僕の、ラーヴェ帝国の足手まといにならぬよう、躊躇なく毒をあおる。そのために持たせていたんだからな、ずっと。今頃、ラーヴェ皇女の務めを立派に果たし終えているだろう」

「……ならば、なぜ」

「僕は、ここで妹を見捨てる僕が竜帝の支えになることを、許さない。――ここで妹を見捨てて竜帝の信を得ようとする人間が、竜帝の支えになってはいけないんだ！　どうしてお前はそんなこともわからない！」

顎を引いたヴィッセルは答えず、踵を返す。

「残念ですよ、リステアード様」

「ヴィッセル兄上」

扉から出ようとしていた足音が、一瞬だけ止まった。

「教えてくれて、ありがとう」

だが返事はなく、静かに扉だけが閉ざされる。

(あにうえ)

久しぶりに口にした。リステアードはうつむいたまま、うつろに笑う。

(兄上、僕は、間違ったでしょうか)

ヴィッセルとも話し合えると言ってくれたアルノルトの、期待に応(こた)えられなかった。

ヴィッセルはきっと、自分を処分する方向で動き始める。

もうヴィッセルもハディスも、自分の声に耳を貸さない。

(間違ったとすれば、どこで)

——夜明け前にひそかに自分の竜騎士団をつれ帝城を出て最初に辿(たど)り着いた根城で、フリーダは毒をあおって死んでいた。

小さな皇女の誇り高い決断を目にした残党たちは、抵抗する気力も失ったようで、おとなしく投降し、そして処刑された。

さらに残党狩りはゲオルグが治めていたラーデアにも及んだ。食べ物をわけた、傷の手当てをしてやった——それだけでも弁解を許さない処断に皆が脅え、その恐怖がまた伝播(でんぱ)して混乱を呼ぶ。

慈悲なき理(ことわり)の竜帝は、間違いを赦(ゆる)さない。

赦しを、助けを求める声は、仲裁しようとするリステアードのもとに面白いように集まった。おそらく、ヴィッセルの思惑どおりに。

でもまだ愛竜ブリュンヒルデが、ワルキューレ竜騎士団の竜たちが、一緒に飛んでくれる。竜神はリステアードの考え方を否定していない。

なら、届けなければならなかった。

怖がりの小さな妹が、竜帝の足手まといにならぬよう、毒を飲み干したように。

「竜帝のやり方は間違っている」

もうこれしか方法がないのなら。

「ワルキューレ竜騎士団は、竜帝からの引き渡し要求を拒み、籠城（ろうじょう）する！　ここにいる者たちは確かに罪を犯した、だがそれはやむにやまれぬ事情あってのこと！　彼らまで処断するのは、理なき非道である！　竜帝といえど、いや竜帝だからこそ！　許される行いではない!!」

異母姉のエリンツィアは必死で止めようとした。けれど、これ以上は放置しては駄目だ。

これ以上ヴィッセルが、ハディスが突き進めば、もう誰も止められない。彼らだって引き返せなくなる。

自分しかいない。自分が最後の砦（とりで）だった。皆が自分に助けを求めるのは、まだハディスに届くかもしれないという希望の裏返しなのだから、届けなければならなかった。

そのために竜騎士団を作ったわけではなくとも、反旗を翻さねばならなかった。

「竜帝の間違いを正すのは、我々しかいない！」

間違う弟をひっぱたいてでも目を覚まさせるのは、兄の役目だ。

たとえ、差し出した手を取られたことがなくても。


神降暦一三一一年、リステアード・テオス・ラーヴェ蜂起。

のちにワルキューレ竜騎士団の乱と呼ばれる、偽帝騒乱に続く内乱だった。


リステアード・テオス・ラーヴェ宣戦布告。

その報を聞いてもハディスは特に驚かなかった。

帝城に戻ったときから、予想していたことだ。ヴィッセルからリステアードの妹が誘拐されたと聞いたのが、確かその翌日。犯人に興味がなく、むしろ泳がせるほうが利になるので、ハディスは何もしなかった。リステアードのほうもハディスに喰ってかかった翌日だ。彼は何も訴え出ず、帝城から勝手に私設の竜騎士団を率いて出ていった。

その時点で反逆の疑いがかかっていたのに、彼はあろうことか、偽帝ゲオルグを支持した残党どもの引き渡しを拒んで籠城し、蜂起したのだ。

ハディスが妹を見捨てたと逆恨みしたのか、妹を人質にいいように利用されたか。

どちらでもよかった。裏切ったという結果は変わらない。

ヴィッセルがまかせてくれと言うのでまかせてみたが、リステアードに鍛え抜かれた竜騎士団は強かった。しかも彼が乗っているのは赤竜だ。前線の空を翔(かけ)る姿は、さぞ神秘的に見えたのだろう。士気は高く、決着はなかなかつかなかった。それどころか、彼の言葉に惹(ひ)かれて離反する者さえ現れた。

「ハディス・テオス・ラーヴェのやり方が正しいと思うのか」

「我々は竜帝に刃向かうつもりはない。彼の耳をふさぎ、目をふさぎ、甘言で惑わす者から竜帝を取り戻すだけだ」

何を言っているのかさっぱりわからなかったが、真摯(しんし)な彼の言葉に胸をうたれる馬鹿は多く、規模が大きくなっていった。

ハディスに刃向かうとどうなるか、反逆者ゲオルグの結末とともに見ただろうに、本当に人間という生き物は都合良く物事を忘れるらしい。

だがレールザッツ公爵家は宣戦布告直後から彼との絶縁を宣言していたし、どこからも支援も受けられず――いや受けずに、圧倒的な物量差に徐々に追い詰められていった。

彼が囚(とら)われたのは蜂起から数ヶ月後、新しい年が巡った頃。

処刑は、すでに決まっていた。

「エリンツィア殿下が減刑の嘆願書を出しているけれど」

「必要ない」

今更、何を言い出すのか。相変わらずお優しく、何もできない姉上だ。切り捨てたハディスにヴィッセルが満足そうに頷く。

「お前に刃向かった以上、彼はもう皇族でもなんでもない。下手な慈悲は不要だ。また真似をする馬鹿が出てきても困る」

「叔父上の一件で懲りるかと思ったけれど」

「人はお前が思っているよりずっと愚かなんだよ、ハディス」

「負けるとわかっている戦をしたり？」

ハディスの言葉に、ヴィッセルが少し困った顔をして、話を変える。

「すぐに終わるから、お前はバルコニーから見ているだけでいい。本当は見る必要もないんだが」

「言い訳があるなら聞くくらいはしてもいい」

「……お前は間違っていると言うだけだよ。それが彼の主張だ」

だが、彼の赤竜が処刑台の横から離れない。それをラーヴェが気にかけているし、「皇帝はリステアードの処刑を止めるのでは」と期待している輩まで出てきている。

「見届けるよ。それも皇帝の仕事だ」

「……そうか。まあ、彼のおかげで何かとうるさかったレールザッツ公爵家も静かになった。お前のために用意した私の手勢も削られてしまったのは痛かったが……」

うしろからついてくる兄のつぶやきにふと顔をあげる。

（そうだな。ずいぶんやりやすくなった）

——彼が反逆者になることでレールザッツ公爵家は求心力を落とした。逆に発言力が増すはずだったフェアラート公爵家は、リステアードを討とうとして初手で撤退に追い込まれ、自慢の軍事施設も破壊された。フェアラートの後ろ盾を得ているヴィッセルの手駒も、ずいぶん減ってしまった。ハディスに刃向かう者が皆で潰し合ってくれたのだ。クレイトスからも介入されなかった。

偶然だろうか。

薄暗かった廊下から明るいバルコニーに出たせいで、一瞬目がくらんだ。

ざあっと風の吹いたバルコニーから見えた空は真っ青だ。雲ひとつない、晴天。今年は暖冬だと聞いてはいたが、雪まですべてとけている。

とても処刑の日にふさわしいとは思えない。処刑は鐘が鳴るのと同時にという話だったが、こんな日では祝いの鐘だと勘違いされそうだ。

バルコニー下の広場にある処刑台も、まるで現実味がなかった。その横にじっとしている赤竜も、しんとしている観衆も、一枚の絵を切り取ったように固唾を呑んで、処刑台を見ている。

静かだ。その静けさにのまれたのか、自然と目は裏切った異母兄へと向く。

彼はまっすぐ背を伸ばし、処刑台に登ったところだった。だが、手縄をつけられていない。遅れてそのことに気づいたヴィッセルが何か指示を出す前に、ハディスはバルコニーを跳び越えて、彼の前に降り立った。

それでもまだ静かだった。いや実際には何か騒いでいる。なぜ処刑されようとしている彼に、手縄すらないのか。逃げないのか。

だがハディスの目にも耳にも、届いていない。

自ら膝を突き、首を差し出す異母兄の姿だけだ。

ちょうど正面におりたハディスの影に、異母兄がまばたいた。それから顔をしかめられる。

「やっと僕の文句を聞きにきたのか、馬鹿が。遅い」

「……」

何かを言いかけてやめた。でも耳をふさごうとは思わなかった。できなかった。

これから死ぬ彼があんまりにも、優しい目をしていて。

「聞こえたか。お前を助けようとする声が。お前に救いを求める声が」

瞠目（どうもく）したハディスの表情だけで、リステアードは返事を読み取ったようだった。

「うまく使え。それでいいんだ。僕は結局、フリーダもお前も、両方選べなかった……」

しかたなさそうに、でも満足げに、彼は目を閉じる。

「フリーダの遺体は丁重に扱え。賢い子だ。毒をあおって死んだそうだ。僕の足を引っ張らないように。それはお前の足を引っ張らないのと、同じことなのだから」

「……それが、文句か」

「要求だ」

今から処刑される反逆者のくせに、不敵にリステアードは笑う。

やりきったように。

「言っておくが、僕のほうが二ヶ月年上だぞ。――兄上だ」

まさか、それが文句なのか。

「どこで間違えたのか、そればかり考えて――やっと思い出した。兄としてお前に謝らないといけないことが、ひとつあったんだ」

「なんだ」

「秘密基地だよ。本当は、それがいちばん大事だったのかと思って」

何の話だろう。でもリステアードは得意げだ。

「つれていってやれば、よかっ――」

不意に、声が途切れた。首が落ちて、転がった。

悲鳴なのか歓声なのかわからない声が、遅れてハディスの耳に届く。じわじわと血が広がり、靴先を濡らした。

何もかもを見届けたように、赤竜が翼を広げて空へとあがった。手向けのように。

呆然(ぼうぜん)とハディスは突っ立っていた。意味がわからなかった。いや違う。わかっている。

偶然なんかじゃなかった。

(僕のためなのか)

でも、答えはどこからも聞こえない。胸の内からでさえ。

(本気で、僕のために)

愛を解さない理の竜神でさえ、答えは持っていない。

「リステアード!」

悲鳴をあげたエリンツィアが走ってきて、異母兄の首を抱いた。血に濡れるのも構わず、しゃがみこんで泣いている。

どうしてだかそれを羨ましいと思った。

「リステアード、どうして……っまだ、まだ時間はあったはずだ！　なぜ！」

「……棺の」

だが自分にできるとしたら、こんなことしかない。

「棺の準備を、姉上。……葬儀を」

「……ハディス？」

「リステアード・テオス・ラーヴェの葬儀の準備だ」

両眼を見開いたエリンツィアに自分がどう映っているのかはわからない。亡骸を処理するために近づいた兵たちも困惑している。

だがエリンツィアがいる以上、うまくやってくれるだろう。マントを翻したハディスは、軽く地面を蹴ってバルコニーに戻る。

そこにはヴィッセルがいた。

「ハディス。リステアードと、何を話し――」

「今すぐ葬儀の準備を」

「は？　何を……まさかリステアードを埋葬するのか？　彼は反逆者だ、しかも処刑しておいて」

「なぜ時間より早く刃が落ちてきたんだ、兄上」

ヴィッセルが黙った。鐘はまだ鳴っていない。彼はまだ、生きているはずだった。

どうしてと今ここで渦巻く疑問の答えを、聞く時間があるはずだった。

「……おそらく、手違いか、器具の点検が甘かったか」

「なら処刑されたんじゃない。事故で死んだんだ。だから葬儀をする。ラーヴェ皇族としてだ」

「……」

「リステアード兄上を埋葬する。彼の妹と一緒に。これは勅命だ」

まっすぐに兄を見据えた。

手向けだ、と思った。

命をかけて、文句を言おうとした、もうひとりの兄への。

「僕が何も知らないと思ったら大間違いだ、ヴィッセル兄上」

リステアードの妹がなぜ誘拐されたのか。妹は何に使われたのか。どうして彼が蜂起したのか。

知っている。知っていた。妹を人質に、ハディスの暗殺を命じられたこと。妹はそんな兄の足を引っ張るまいと、毒をあおって死んだこと。

すべて知っていた。

だがどんな理由であれ、彼はハディスを裏切った。それは間違いない。ラーヴェだって否定はすまい。だからなんだっていいと思っていた。裏切った、それがすべてだと。

でも、彼はなんと訴えていた？

「僕を制御しようと調子にのるな。殺すぞ」

鼻先まで顔を突きつけると、ヴィッセルが唇を引き結んだ。ハディスは冷たく一瞥(いちべつ)し、ヴィッセルの横を通り過ぎる。

少し廊下を歩くと、塔と塔をつなぐ高い橋へと出た。広い青空に、遠く飛ぶ竜の姿がひとつ。リステアードの竜だ。ラーヴェが姿を現して、つぶやく。

「最後までついてたな」

「そうだな」

「……あいつの竜騎士団から、竜の離脱はなかったそうだ」

「お前も僕も命じなかったからな」

竜は竜神ラーヴェの神使。竜神、あるいは竜帝が命じれば最終的には従う。リステアードの竜騎士団を壊滅させるなど、本当はハディスの命令ひとつで終わることだった。

竜は竜神と竜帝に本当に仇なす者には決して従わないのだから。

「……人間は大概だよな。お前を思って裏切るなんて、理屈に合わない真似をする」

「だが僕は信じない。裏切り者のことなんて、何も」

竜も、そばにいてくれもしない兄も、何も。

「……お嫁さんを早くさがそう、ラーヴェ」

ふっとそんな気持ちが浮上した。ラーヴェが目をまたたいて、微笑む。

「久しぶりに聞いたな、それ」

「そうだっけ？」

「お前最近ずーっと難しい顔してばっかだったからな。料理だって全然してねーし」

「叔父上の一件から忙しかったから。忘れてた」

「忘れるなよ。大事なことなんだから」

「そうだよね。大事なことだ。僕が——」

どうかどうか、笑えているうちに早く。泣き出す前に、早く。


弟の背を見送って、ヴィッセルは嘆息した。

ほんの少し、振り返るようにして、帝城の空を見る。彼の赤竜の影は、どこにもない。

「……馬鹿だよ、お前は」

仕込まれていたこともわかっていただろうに、うまくハディスの敵になる人物を潰して回り、ハディスに希望を抱く人々をまとめて——そして失敗して、恨み言ひとつ残さず死んだ。

彼を殺したのは、彼に期待するだけで助けない、愚か者どもだ。自分は弱者だと偽り、他力本願で、風見鶏(かざみどり)の、何もしない加害者。

まだまだ掃除には時間がかかりそうだが、心配はない。

「——そう遠くはないさ」

晴れ渡る空の下の血だまりを見おろしながら、ヴィッセルはつぶやく。

「私も、そっちにいく」

美しい弟を悲しませるもの、苦しめるもの。

すべて排除し終わった、そのときには——いやけれど、彼らは天国行きでも、自分は地獄行きか。

失笑して、ヴィッセルは歩き出す。
秘密基地は取り壊しておこうと、決めた。

神降暦一三二一年　ナターリエ皇女誘拐事件

【クレイトス王族】……

女神クレイトスの末裔。女神が神域から持ってきた種から生まれた兄妹の兄が、女神をモエキア監獄から助け出し護剣を授けられ女神の守護者としてクレイトスを平定、初代国王となった。

大した能力もない、美人でもない。高貴な血筋ではあるけれど、上には上がいくらでもいるし、はずれの部類。自分に期待される役割などせいぜい、その肩書きと血統に恥ずかしくない振る舞いをし、都合の悪いことは見ずに従順でいる、その程度。

わかっているのにたまに意地になるのは悪癖だ。もちろん、それで事態が好転したことはない。だって大したことは何もできないから。

ぐるぐる、出口が見えない迷路の中でずっと歩いているみたいだ。

だって、どこで、何を、どうしたらよかっただろう？

自分に何ができただろう？

せめて諦めになど負けない情熱とか、願いとか、夢を持てたらよかったのに。

ナターリエ・テオス・ラーヴェは、そんなふうに思いながら、生きている。

「お前の婚約が決まった」

叔父の言葉に、ナターリエは固まった。

ラーヴェ帝国帝都ラーエルム、帝城。皇帝の執務室に呼び出されての第一声である。襲撃を警戒してか広い執務室の窓はすべてカーテンがかけられていて、薄暗い。

知らない場所にいるようですぐに返事ができずにいると、叔父の目つきが鋭くなる。

「不満か？　それとも他に決まった相手でもいるのか」

「い、いえ。そんなことはありません」

これは叔父と姪の話ではないのだと理解して、敬語で答える。

ナターリエは皇女だ。いきなり婚約が決まることなど、珍しくもなんともない。いつか必ずくる話だと覚悟もしていた。自分の使い道があるとすれば、政略結婚くらいしかない。

それでも驚いてしまったのは、時期のせいだ。

「ただ、その……こんなときに、と思って、驚いただけです」

「こんなときだからこそだ。ラーヴェ帝国の基盤を固めてしまわねば」

言葉を濁したナターリエにきっぱりと叔父は言った。

ラーヴェ帝国は今、内乱が起こっている。叔父の前では革命というべきなのかもしれない。目の前の叔父ゲオルグが新皇帝として名乗りをあげ、異母兄ハディスに反旗を翻したのだ。

ナターリエがその話を聞いたのは、危険だとわけもわからず後宮に押し込められたあとだった。大きな戦いを覚悟したが、肝心のハディスが姿を消し、行方が知れなくなった。叔父が掌握した帝国軍が行方を追っているが、足取りひとつつかない。どこかにかくまわれているのではないかと調べても、後ろ盾のなかった皇帝は誰にも頼っていないらしく、挙兵の気配すらなかった。

このままゲオルグが新皇帝としておさまるのかもしれない——そう皆が噂し始めるくらい、平穏に日々はすぎている。ナターリエもすぐに以前と変わらぬ暮らしに戻った。

ならば今のうちに基盤を固めてしまおう、というのはわかる。

だが竜舎へよく顔を出すナターリエには拭えない不安があった。

（でも、竜の態度が以前と違う）

何か大きな異変があったわけではない。だが、肌で感じるのだ。竜たちの目が、今までと違う。今まで竜を観察している側だったナターリエは、自分が観察される側に回ったように感じていた。竜にためされている、と思う。

理屈ではない。だが、竜にかかわる人間は、同じことを感じているのではないだろうか。帝城だけならばいいが、もしラーヴェ帝国全土で少しずつ竜の態度がおかしくなったらどうなるのか。

だがそれは、叔父が竜神の怒りを買っているということ。そして叔父が偽帝だと断じた皇帝ハディスが、竜帝であると認めることに他ならない。だから誰も口にできない。ナターリエもだ。

今、圧倒的勝者であるはずの叔父を、逃亡した異母兄が弄（もてあそ）んでいるのではないか、なんて。

「お前には悪いが、婚約はもう決定事項だ。そしてこんな時期だからこそ、あまり時間もかけてやれない。準備はもうこちらで整えた。明日には出発してもらう。さいわい、暖かくなってきたしな」

淡々とゲオルグが話を戻した。ナターリエは頷（うなず）くしかない。

「わかりました」

「……ずいぶん、物わかりがいいな」

「ラーヴェ帝国のためなんでしょう。……お母様も、何も言わないでしょうし」

苦笑い気味に告げると、ゲオルグが執務室に入って初めて、叔父の顔をした。

「あんな女に口を出させはしない、兄上のためにも。ただ……お前には、申し訳なく思う。もう少し自由でいさせてやりたかった」

「大丈夫よ、叔父様。私、もう十六歳なのよ？　皇女としての仕事ができるなら、嬉しいと思うわ」

「皇女としての仕事というなら、これ以上ない輿入れの相手だ」

「でも、もう足腰も立たないおじいさんだったりする？」

誰だっていい、役に立てるなら。そう思って冗談めかしてみせる。

「相手はジェラルド・デア・クレイトスだ」

その名前に、笑っていたナターリエの頬が引きつった。

クレイトス王国の王太子だ。今でこそ大きな争いはないが、何かあればすぐ戦争が始まってもおかしくない、神話時代からの敵国である。

敵国に嫁げ——そう言われているのだ。その意味と重責についうろたえて、確認してしまう。

「本気なの、叔父様」

「冗談で言える相手ではない」

「なら、クレイトスとは和平を結ぶってこと？」

「そうとも言っていない。だが今、クレイトスとの関係を悪化させるわけにはいかない。この件に関しては、クレイトスも前向きだ」

「それってまさか、叔父様はクレイトスと——」

「クレイトスの王太子がラーヴェの皇女と婚約する機会など、この千年、一度とてなかった。大きな仕事だ、ナターリエ」

目をそらさない叔父はもう、為政者の顔をしている。

「年齢的にも釣り合う。満場一致で皆、お前を推した。お前にしかできないことだと」

つい、ナターリエは皮肉っぽく笑ってしまう。

(そうよね、私にしかできないでしょうよ)

ラーヴェ帝国皇女は今、ナターリエ以外にふたりいる。異母姉のエリンツィアと異母妹のフリーダだ。クレイトス王太子は確か今年十六歳だから、年齢的に釣り合うのは確かにナターリエである。だが、それは表面上のことにすぎない。

エリンツィアはノイトラール竜騎士団長、ラーヴェ帝国一の精鋭竜騎士団を率いる決して失えない戦力だ。ノイトラール公自体は中立派で、今回の叔父と異母兄の争いにもはっきりとどちらを支持するか表明していない。だがエリンツィアをクレイトス王太子に嫁がせるなどと言えば、国境を長年守ってきた誇りにかけて叔父に敵対する可能性が非常に高い。

もうひとり、異母妹フリーダは幼いが、ラーヴェ帝国では珍しい魔力の才がある。くわえてノイトラール公と並ぶ三公のひとり、レールザッツ公はハディス・テオス・ラーヴェを支持しているわけではないが、今回の件に関しては静観している。現に孫であるリステアードは、ゲオルグとは違う意図でハディスをさがし飛び回っている。クレイトス王太子にフリーダを嫁がせると知れば、まず間違いなくリステアードが反対するだろう。レールザッツ公の目も冷ややかになり、ゲオルグはいらぬ疑いをもたれるはずだ。

まさかこの内乱はクレイトス王国の手を借りてやっているのか、と。

「……フリーダに、出発前に挨拶(あいさつ)をしてもいいかしら」

「あれはまだ幼い。騒がれても大変だろう。私から説明するから、手紙でも書いてやってくれ」

そしてその疑惑は、おそらく――当たりだ。

今、エリンツィアはハディスの捜索に駆り出されて、帝城にはいない。リステアードも同じだ。いるのはフリーダだけだが、そことも接触させたくないらしい。そして嫁がせるのに三公のおうかがいを立てずにすむナターリエを選ぶ。その答えは明白だ。

叔父がクレイトスとなんらかの取り引きをしているからだ。

もしそれが公になったとき、ナターリエとクレイトス王太子が婚約していれば後付けで説明できる。

色々なものを察してしまった自分の中途半端な優秀さが、ナターリエは憎かった。

察しても、どうせ頷くしかない。

「……そう、ね。なら、今から手紙を書くわ。ちょっと色々、不安だし」

「たとえば？」

「だってクレイトスの王太子でしょう。もう婚約者とかいるんじゃない？」

「ああ……正式ではないが、候補はいたようだな、ひとり。だが相手はまだ十歳だかそこらだと聞いている。お前が心配することはない」

「そうかしら。だって相手は、愛の国の王子よ？　クレイトス王族は一夫一妻制、国王陛下であっても妾（めかけ）ひとり許されないんでしょ。ちゃんと気持ちの通じ合ったお相手かも」

体制も文化も神も違う国だ。おどけて、ナターリエは言う。

「私、いじめられそう」

「そんなことはさせない。お前はラーヴェ帝国の皇女だ」

真面目な顔でゲオルグが言い切った。嘘はない声色だった。

「堂々としていろ。ジェラルド王子は愚かではない。お前を決してないがしろにはしない。……それに私も、叔父として、お前を不幸にするつもりはない」

そして、皇帝になろうとしている苦渋に満ちていた。ナターリエは肩の力を抜いて、微笑む。

「……ひとつだけ聞いていい、叔父様？」

「なんだ」

「私がクレイトス王太子と婚約すれば、ラーヴェ帝国のためになる？」

結局、大事なことはそれだけだ。

叔父がクレイトスと通じて皇帝になろうとしていようが、異母兄が竜帝であろうが、ナターリエが皇女として判断基準にすべきはそこである。

そしてラーヴェ帝国を愛している叔父は、しっかりと頷いた。

「ああ。もちろんだ、約束する。――お前は私の、大事な姪なのだから」

「なら、いいわ」

これで、役立たずの皇女にならずにすむ。

「まかせて。立派なクレイトス王太子妃になってくるから」

それが自分の役割だというなら、そうしよう。受け入れたナターリエに、叔父が両目を伏せる。

「……ありがとう、ナターリエ」

そして短く、そう言った。

母に兄の身代わりとして死んでもいいと帝城に捨て置かれ、かといって何ができるわけでもなく、ただいるだけの皇女なのだ。それだけでも、十分だった。


早朝、竜の発着場に見送りにきたのは叔父ではなく、異母兄のひとり皇太子ヴィッセルだった。顔をしかめたナターリエに、ヴィッセルが薄く笑う。

「申し訳ございません、私で」

「……まだ何も言ってないでしょ」

「表情は口よりも雄弁なことがあります。敵国に向かうならば胸に留めておいたほうがよろしいかと思いますよ、ナターリエ様」

皇太子というナターリエよりはるかに高い地位に立っていながら、この異母兄は使用人のように振る舞う。ナターリエだけではない。他のきょうだいすべてにだ——同母の弟であるハディスにだけは違うのかもしれないが、そこはよく知らない。

そもそもナターリエは、突然辺境から戻ってきてあっという間に皇帝になった異母兄ハディスのこともよく知らないのだ。

「敵国じゃないでしょ。私が婚約して、クレイトス王太子妃になれば」

ただ、このヴィッセルが嫌みな奴だということだけは身にしみて知っている。案の定、ナターリエのせめてもの決意を、はっと鼻先で笑い飛ばした。

「何よ」

「いえ別に。クレイトス王国に着くまではこちらがあなたを護衛しますが、クレイトス王国に入ってからはサーヴェル家が護衛してくださるそうです。ご存じですか、サーヴェル家」

「……クレイトスの国境を守ってる一族でしょ」

「そうです。竜を拳で倒す戦闘民族です」

「大袈裟な噂じゃないの？」

「クレイトス王太子の婚約者としてお披露目されるはずだったのは、そこのご令嬢でした」

ばっとナターリエは顔をあげた。その顔を見てヴィッセルは頬をゆがませる。

「ゲオルグ様からは何も聞いておられないようだ」

「……気にしなくていいって言われたもの」

「なら、ご自分の正確な立場もご存じではないですね。クレイトス王太子は、そもそもあなたとの婚約に積極的ではないことも」

唇を引き結んでナターリエは首を縦に振る。

「ならば、まず知っておくことです。クレイトス王国にとっては、あなたよりもサーヴェル家のご機嫌のほうが大事かもしれません」

「……私が狙われるって言いたいの？」

「ところがそうとも言えません。サーヴェル家はなかなか癖の強い一族のようで、権力争いにも固執せず、あのラキア山脈の中腹に本家を構えてそこで生活しているとか」

「あっちは竜がいないからじゃないの。こっちでは危険でもあっちではそうでもないんでしょ」

ヴィッセルは肩をすくめた。

「ご冗談を。たとえクレイトス側でもあっても、霊峰は霊峰。竜神ラーヴェと女神クレイトスが袂(たもと)をわかった最初の震源地。最も神域に近い場所と言われている。そこに土足で踏み込んで自らを鍛え上げるなんて、正気じゃないでしょう」

「あなたが神を信じてるだなんて意外だわ」

「いますからね、神は。あなた方が認めないだけだ」

眉(まゆ)をひそめるナターリエを一瞬だけヴィッセルが冷たく見た。だがすぐに微笑み直す。

「安心してください。サーヴェル家が今回あなたを途中まで護衛するのは、何か裏があるわけではないと確認しています。自分の領地であなたが死んだら困る、自分たちで守るのが確実だから護衛しよう、という考えのようだ」

「――そうね。私に何かあったら真っ先に疑われるのは、婚約者候補のサーヴェル家のご令嬢よ」

「そう。あなたの死は開戦の理由になりかねない」

ふっと大きな影がナターリエとヴィッセルを覆った。竜が上空で旋回している。

「わかってるわ」

「本当に？　あなたの死すら見込んで、ゲオルグ様が送り出そうとしていることも？」

「わかってる」

声が震えた。風にあおられた髪を押さえる手も、震えている。

でも、毅然と顔をあげて微笑んだ。それが皇女の仕事だ。

「私はクレイトスの出方をためす、試験紙だってことでしょう。いいように使われて終わるのがせいぜいでしょうね。でも、ひょっとしたら――あるかもしれないじゃない。ラーヴェ帝国がこのまま落ち着いて、クレイトスとの関係も改善される日が。私はその一歩に、なれるかもしれないじゃない。だってラーヴェ帝国の皇女なんだもの」

ヴィッセルは眉を動かすが、反論しなかった。ナターリエは笑う。

「何、笑わないの？　できるわけないとか。でもやってみなくちゃわからないでしょ」

「……やってみなくてもわかることはあります。そもそもあなたがどう動いたところで、大して結果は変わりはしませんよ。ゲオルグは遠からず竜帝に斃され、あなたが嫁いだ意味などなくなるでしょう。それまでに殺されるか、そのあと殺されるかの差だ」

「それでも」

「だから、お前はまず生き延びることを考えろ」

叔父も誰も、ナターリエ自身でさえ捨てた希望を、正面からきた強風と一緒に目を見開いたまま受け止めた。

「どうして……あなたが、それを言うの」

「同情している。お前と私の境遇は似ているから」

いつも嫌みっぽい笑みしか浮かべない異母兄が、感情をそぎ落としたような顔で端的に言う。

「覚えておくといい。お前の生死によって、国はゆらがない。だからお前は国のことなど考えず、どこでだろうとみっともなく生き延びればいい。もしラーヴェ帝国の邪魔になるようならば、そのときは私が……竜帝が、お前を殺しにくる」

「……」

「だからそれまでは安心して、生きることを諦めるな」

結局、死ぬのは変わらない。けれども、それまではどんな生き方をしてもいい。少なくとも、敵国で自ら命を絶つような、消極的な死は選ぶな。

生きろ。

——ここにきてそんな言葉をかけるのが、この異母兄だなんて、笑ってしまうではないか。

「……笑う余裕があるなら大丈夫そうですね。そろそろ出発です」

ヴィッセルが視線を上に流す。空を旋回していた竜の集団の最後の一頭が、発着場におりてくるところだった。いちばん大きな、緑竜だ。ナターリエはあれに乗って、帝都を出る。

「あれこれ脅しましたが、快適な旅路のはずですよ。少なくともラーヴェ帝国を出るまでは安全でしょう。竜はおそらくあなたに同情的だ」

「あら、あなた竜と親しかった？」

「いいえ。ハディスならあなたに同情するだろうと思っただけです」

そうか、とナターリエは素直に笑った。

「本当は、仲良くなれたのかもしれないわね」

「ご冗談を。あなた方と我々は決して相容れることなどない」

「そんなのわからないじゃない。生きていれば、さっきみたいな珍しいことだって起こるんだし」

ちょっと眉根をよせて、ヴィッセルが黙った。ひょっとして気まずいのだろうか。

もう一度笑って、ナターリエは自分が乗る竜を見る。

「でも竜と離れるのは、さみしいわ」

「そういえばお好きでしたね、竜」

「だからせいぜい、ご助言どおり頑張って生き延びてやるわよ。クレイトスの王太子殿下と恋仲になって幸せな結婚をするハッピーエンドだってあるかもしれないもの」

「そんな奇跡が起きたら、あなたの願いをひとつだけ何でも叶えましょう」

「言ったわね。考えておくから」

きっとそんな日はこないだろう、と思ってはならない。

ナターリエはまっすぐヴィッセルに向き直った。

「フリーダと、エリンツィアお姉様に手紙を書いたの。私の部屋に置いてあるわ。届けるの、頼んでもいいかしら」

「……それくらいなら、まあいいですよ。ゲオルグ様に握り潰されないようにしましょう」

「ありがとう、ヴィッセルお兄様」

ヴィッセルが瞳を細めて、こちらを見た。そして口を動かす。

「さようなら、ナターリエ」

様はついていない。ナターリエは微笑む。

このひとがいつか自分を思い出すときに思い浮かべる、妹の笑顔を。

「さようなら」


ヴィッセルの言うとおり、旅路は快適だった。

まず竜に乗り、空から軍港都市フェアラートへ。そこからは海路だ。船で国境を越えて、次に踏んだ地面は、愛の女神が支配する大地だった。

サーヴェル領の最南端にある港町イクソスでは、わざわざサーヴェル辺境伯夫婦がナターリエを迎え入れにきてくれた。ジェラルド王子の婚約者候補の両親だと緊張していたナターリエだが、よりによってその両親に「まだ決まったわけではないし」と笑われて拍子抜けしてしまった。権力に固執しない、というのは本当のようだ。逆に本邸に案内できないことを謝罪されてしまった。本当は案内したいのだが、環境の問題らしい。魔力のない人間は呼吸もままならぬ場所があると聞かされて、心よりご辞退申し上げた。

(なんなの、この家)

警戒をゆるめるつもりはなかったが、気さくなサーヴェル家の人間は無邪気にラーヴェ帝国の様子を聞きたがった。たとえばノイトラール竜騎士団の訓練や、武勇伝。ナターリエが生まれる前、出し抜かれたというレールザッツの軍師の話。軍事にかかわる話題に答えるわけにはいかないが、それ以前に知らないことのほうが多くて、話を聞くのは大抵ナターリエになった。逆にサーヴェル家はそれでいいのかと思うほど話してくれた。どうも軍事は世間話らしい。

　また、ジェラルドの婚約者候補であるという娘の話もよくしてくれた。十一歳になったばかり。食べるのが大好きで、好物はいちご。ジェラルド王子の十五歳の誕生日会で見初められて、そのまま王都にいて花嫁修業をしているらしい。色々難しい話も王太子から聞いているが、すべて本人にまかせるつもり。もうひとりで竜を倒せる一人前なのだから、嫌なら逃げてくるだろう。逃げられないなら、それは敗北なのでしかたない。

「もし娘に会ったら、よろしくと伝えておいてね」

　サーヴェル領からカネアリー領に入り護衛を交替する際、サーヴェル伯夫人ににこにこ言われて、ついナターリエは聞いてしまった。

「いいんですか。その……私のせいで、娘さんの婚約が駄目になるかもしれないのに」

「ナターリエ皇女はお優しいわ。いいんですよ、まだ十一歳だもの。いくらでも素敵な殿方を見つけられます。あの子、その手のことに疎いから失恋はいい経験になりますわ」

「は、はあ……それでいいんですか」

「ええ。手加減は無用です、こてんぱんにやってくださいませ。あの子ったら刺繍(ししゅう)も歌もダンスも苦手だってすぐ逃げるんだから。食べるのが好きなのに料理もできないし、弱点は克服させないと」

　はあっと優雅に嘆息した夫人は、こうしたら娘は負けるかもとか娘の弱点と効率的な倒し方を教えてくれた。

「でもねえ、あの子を怒らせて排除対象になってしまうとナターリエ皇女は即死だと思うから、気をつけてくださいな」

それは気をつける程度でなんとかなることなのか。

皇女の矜持にかけてその言葉は呑み込み、なんとか笑顔で気をつけますと答えた。いえいえと最後までのんびり笑って、夫人は見送ってくれた。

サーヴェル家がクレイトス王国内でも特別だということを聞かされていなかったら、ナターリエは先行きが不安でしかたなかっただろう。このときばかりはヴィッセルの情報に感謝した。

気疲れしたが、いいことも教えてもらった。サーヴェル家のご令嬢は、竜が好きらしい。なんでうちでは竜が飼えないの、と言って子どもの頃、泣かれたという話だ。

(仲良くなれるかも)

生き延びるならば、むやみやたらに敵を増やすわけにはいかない。あのサーヴェル家の気風で育ったなら、権力だとか難しいことを抜きにして話ができる余地がある。難しいのはクレイトス王国は国王であっても一夫一妻制だということだ。愛の女神は、たとえ自分の血筋を残すためであっても、浮気を許さない。

王妃、王太子妃の椅子はひとつだけ。

ナターリエはそこに座れなければ、まず間違いなく死ぬ。

(……素直に助けてって言ったら、身を引いてくれないかしら)

人の良さにつけこむようで気が引けるが、こちらも人生がかかっている。だがもし、ジェラルド王子とサーヴェル家のご令嬢が本物の恋仲だったら――そう考えて、嘆息する。

ナターリエを王都に向けて運ぶ馬車は広い。前後には護衛が、喉の渇きや食事にも不便はないようたくさんの荷車も用意されている。侍女も交替でつけてくれている。これを歓待ととらえるべきか、牽制ととらえるべきか――そんな詮無いことにまで思いを巡らせてしまうくらいなら、眠ってしまったほうがいいだろう。横になって休めるスペースは十分ある。

カネアリー領の転送装置を使えば、あと三日とたたずに王都に着くらしい。それまでに気疲れで疲弊してしまっては元も子もない。休憩を終えた領境の街の城門を出るまであと少し、門の外は大きな一本道の街道と草原が広がっている。外を見ていても楽しくはなさそうだ。

自ら絹のクッションを引きよせた、そのとき、急に馬車が停まった。がくんとまるで何かにはまったかのようなゆれに肘をついている間に、馬がいななき、怒号が鳴り響く。

「襲撃だ、城門で待ち伏せされてる！」

「どこの手の者だ⁉」

「こちらへ、ナターリエ皇女」

両目を開いたナターリエを素早く抱き寄せた侍女が、フード付きのマントをかぶせ、手を引く。そもそも馬車の移動が多かったこともあって、ナターリエは軽装だった。靴も柔らかい革靴だ。逃げるなら早いほうがいい、という判断だろう。

幌から外を見ると、確かに城門から剣戟の音と爆発音が聞こえた。あとは見慣れない魔力がそこら中で輝いている。

「今のうちです、お早く」

「待って、どうなっているの。移動していいの？」

襲撃を受けているのはわかるが、どちらが敵か味方か、優勢なのはどちらなのか。それもわからないまま、逃げ出すというのはどうなのだろう。

（エリンツィアお姉様が言ってた。襲撃を受けたら、まず隠れて静かになるまでじっとしている。無闇に逃げたり暴れたりするほうが、余計に危険だって）

あからさまに貴人を乗せているとわかる馬車から出るのはいい。だがナタ―リエの手を強引に引く侍女は、周囲を確認しつつしっかりとした足取りで進む――そこまでナタ―リエは考えて、基本的な見落としに息を呑んだ。

なぜまるで目的地があるかのようにナタ―リエの手を引くのか。ただの侍女にしては、逃走の手際がよすぎないか。

そもそもこの侍女が味方とは限らないではないか。

足の進みの遅いナタ―リエをどう思ったのか、女が振り向く。とっさにナタ―リエはつかまれた腕のほうの手とあいた手を握り合わせ、女の手を振りほどいた。あっと女が声をあげたその隙に、人目の多い大通りに駆け出す。

「ナタ―リエ皇女！」

「おい、何をしている！　逃がしたのか!?」

土地勘などない。わかるのはあのまま自分があそこにいたら危険だということだけだ。

(エリンツィアお姉様、フリーダ、リステアードお兄様、ゲオルグ叔父様……っ)

助けて、と叫びたいのをぐっと堪える。それよりこれからの行動を考えるのだ。

馬車は襲撃されたが、応戦していた。クレイトス全体が敵ではない。そしてこんな場所で、こんなに早く、ラーヴェ帝国が用済みだとナターリエを始末するはずもない。だとしたらこれはクレイトスの内紛だ。

つまり、この襲撃は必ず王都に伝えられ、調査されることになる。

だとしたらナターリエのすべきことは、誰が味方で誰が敵か見極めること。危険をさけ、身を潜めたあとで、この襲撃場所に戻ってくることだ。

(まず、この場から離れたように見せかける)

「なんだ、喧嘩か？」

「ラーヴェ皇女の乗ってる馬車じゃないのか」

店前で城門のほうを気にしている商人がつれている馬の手綱を、手に取った。

「あっおい⁉」

「この馬、借りるわ！　あとで返すから！」

「は⁉」

「これ代金よ！」

胸元あたりの裏地に縫い付けておいた宝石をちぎり取って放り投げ、馬の腹を蹴る。いななき前脚をあげた馬に、周囲が慌てて逃げ出す。申し訳ないが構っている暇はない。

（確か城門は逆方向にもあったはず！）

なんとか生き延びるのだ。それだけを考えて、ナタ－リエは城門の外へと馬を走らせた。

ひょっとして自分は運がいいのかもしれない。そう思いながらナタ－リエは小さな石橋の下で林檎（りんご）をかじっていた。やんだばかりの雨の滴が、ぽたぽた上から流れてきているが、寒くはない。夏に向かう季節なのも幸いした。見事な晴れ間のおかげで、一歩先に流れる川の水も引いてきている。

早々に両親に捨て置かれたナタ－リエを気にかけてくれたのは、軍人であるエリンツィアと魔力の才に溢（あふ）れたフリ－ダだった。母代わりのつもりなのかエリンツィアは張り切って護身術と馬術、襲撃時の色々な考え方や行動の仕方を暇を見つけては教えてくれたのだ。皇女に教えることではないと思いつつ呆（あき）れ半分でつきあってきたのが、こんなに役に立つとは思わなかった。

また、多忙なリステア－ドのかわりに、魔力のあるフリ－ダの教育に携わったのも幸いした。魔力と言えばクレイトスだ。竜がいないクレイトスの風土にも興味があって調べていた──わかりやすいところだと、大地の女神に加護されたクレイトスでは何でも実る。

（この時期、この場所に野生の林檎の木が普通に生えてるって、すごいわよね）

そして昨日の雨は、途中で馬を乗り捨てて街に戻ろうとしているナタ－リエの足跡を流してくれただろう。昨夜は頭上の石橋の上を襲撃者らしき一団が往復していったが、増水を怖れてか橋の下を覗（のぞ）き込み確認することもなかった。雨音で周囲の音は聞き取りにくかったし、視界も悪かったのだろう。

ナターリエはくるぶしまで水に漬けたまま、息を潜めているだけでやりすごせた。

(……本当に、運がいい。悪運かもしれないけれど、このまま助けと合流できないかしら……)

林檎の芯をぽいっと地面に放り投げ、嘆息する。

襲撃から丸二日たっている。もう襲撃者たちは街にはいないだろう。そろそろ街に戻ってもいいかもしれない。

そう思ったとき、再び足音が聞こえた。ナターリエは石橋の陰になる場所で、しゃがみこむ。

複数の足音は、ちょうど石橋の手前で止まった。

「馬は乗り捨てられていた、皇女の足ではそう遠くまではいけないはずだ」

指揮官というには若い男の声だった。まだ少年といっても差し支えなそうな声の高さだ。

だが有無を言わせない威厳がある。

「襲撃者もまだ皇女をさがしている可能性がある。痕跡を見逃すな」

「はっ。全員、まず二人一組で周囲の安全を確認しろ！　……ジェラルド王子」

複数の駆け足にまざって小さく呼ばれたその名前にナターリエは驚いて息を呑む。

(嘘でしょ。本人がさがしにきたの？)

そっと石橋の下から顔を出してみる。思ったとおり、石橋の向こうに人影があった。顔が見えるのは、年かさの軍人だった。その正面に立っている少年はナターリエからは背を向ける位置になっていて、金髪の頭しか確認できない。だが、そのマントの色は青色。

クレイトス王家にしか許されない禁色――ラーヴェ帝国から奪った空の色、だ。

「なんだ」

「せめて街にお戻りください。あなた様が直々にこられることではありません」

ナターリエも兵士と同じように思う。だがジェラルドは素っ気なく答えた。

「私の不手際だ。私が出るのが道理だろう」

「ですが、国王陛下のもとへ襲撃者が連れ去ったという証言もあります。こちらよりもそちらからあたるべきでは」

「皇女らしき人物が馬を奪っていったという商人の証言もある。代金に投げたという宝石はフェアラート産のものだった。皇女が襲撃者から自力で逃げた線は捨てきれない」

「お言葉ですが、皇女が馬に乗って襲撃から逃げられるとは、とても思えません。万一逃げられたとしても、襲撃者たちにすぐ見つかるでしょう」

「ナターリエ皇女はあのエリンツィア・テオス・ラーヴェ皇女に可愛がられていたと聞いている。商人の証言からしても、ただ蝶（ちょう）よ花よと育てられた皇女ではない可能性が高い」

淡々とした声だが、ナターリエのことをきちんと調べているのがわかる。

「それにラーヴェ帝国は竜の国だ。もし竜に乗れる皇女なら馬に乗ってもおかしくはないだろう」

「――だとしたら、皇女が自ら逃げ出したという可能性はありませんか」

硬い声に、ナターリエはつい顔を引っ込めた。次に続く疑惑は、想像どおりだった。

「もともとラーヴェ帝国が、一方的に押しつけてきた皇女です。ひょっとして、この誘拐劇が自作自演。国王陛下と通じた罠（わな）である可能性も」

「不敬はつつしめ」

冷たいが、きっぱりとしたその言葉に、ナターリエはまばたく。

「仮想敵国ではあるがラーヴェ帝国の皇女、覚悟を決めてこの国にきたはずだ。今ここで逃げ出せば、我が国との関係がどうなるかくらいは承知しているだろう」

ゆっくりと見開いた瞳に、雲の間から差す日の光を浴びる水面が映る。きらきらして、綺麗だった。

「この襲撃は、私の不手際だ。それ以上でもそれ以下でもない」

「ですが」

「それともお前は、皇女の罠であってほしいのか？」

王子の冷たい嘲笑に、兵士が口をつぐんだ。

「……いえ……申し訳ありません。出すぎた発言でした」

「行け」

短い命令に、兵士が駆け出す足音が聞こえた。それと短い嘆息もひとつ。

そっと橋の下から体を半分出したナターリエは、思い切って声をかけようとして——ふと自分の格好を見おろした。森の中を二日さまよったせいで、あちこち泥だらけだ。髪も今までの人生の中でいちばん、みっともない有り様だ。

こんな状態で、自分がナターリエ・テオス・ラーヴェであることをどう証明したらいいのだろうか。

そもそも初めて会うのだ。ジェラルド王子が顔を知っているかもわからない。わかってくれるのだろうか。

（何を気にしているの、出ていけばいいじゃない）

でも、わかってくれなかったら――少し、がっかりしてしまうかもしれない。

迷っている間に、ジェラルド王子は石橋から離れて歩き出してしまった。もう時間はない。勇気を出して、ナターリエは声をあげる。

「待っ――」

口を大きな男の手でふさがれた。太い腕に体が締め上げられ、靴底が浮く。

「やっと見つけたぞ、ナターリエ皇女」

「……！」

「手こずらせやがって。おっと騒いでも無駄だ」

男はひとりだ。嚙みついて逃げ出そうとしたナターリエの足元で、何か光った。ナターリエと背後の男を包むように半円を描く空気のような何かに、ナターリエの動きが止まる。

「ラーヴェ帝国の皇女様には珍しいか？　周囲を遮断する、結界だ。騒いだところで周囲に声は聞こえない。姿も見えない」

クレイトスでは結界なんてものが、誰でも簡単に使えてしまうのか。

（どう、どうすればいいの）

さすがに警戒しているのか、体を拘束する男の手の力はゆるむ気配がない。しかも魔力だなんて不可思議な現象。――竜がいれば、結界ごと焼き払えと頼めるのに！

「さあ、こっちだ。お前は南国王の慰み者になっ――」

硝子（ガラス）の一点を突き破るような音と、槍先（やりさき）が飛び込んできた。体勢を崩した男が、ナターリエを盾にするように突き飛ばす。だが槍先はくるりと回転し、かわりに腕がナターリエの体を支えてくれた。

「馬鹿なのか、私のそばで結界など。気づくに決まっている」

さっき頭上で聞いた声に、顔をあげる。川面（かわも）を踏みつけたせいで、水しぶきがあがっていた。だがその横顔は、まっすぐ敵を見据えている。切りそろえられた金髪がふわりとあがるのは、魔力か。

だがその横顔に見惚（みと）れるのは一瞬しか許されなかった。ジェラルドの背後、ナターリエの真正面にさっきジェラルドが指示を出していた兵たちが立っている。先頭に立っているのは、ナターリエの罠の可能性を忠告していた兵士だ。その手に持った剣が振り上げられた。

その切っ先は、間違いなくジェラルドの背中を狙っている。

「あぶない、うしろ！」

逆手になっているジェラルドの槍が後ろ手に兵の剣を受け止めた。だが正面からは体勢を戻した襲撃者が襲いかかってくる。まさか、全員敵なのか。真っ青になったナターリエを抱え直し、ジェラルドが舌打ちする。

「たまには予想を外せばかわいげがあるものを、あの狸」

「え？」

「失礼、ナターリエ皇女殿下」

呼びかけられると同時に、体が浮いた。槍を片手でぐるりと回して地面に突き立てたジェラルドが、宙に飛び上がったのだ。下は決して見ないように固まったナターリエの腰をしっかりと支えたまま、ジェラルドは石橋の下からわらわら出てくる兵を見据える。

「挨拶は後回しにさせていただきたい。ここを突破するほうが先だ」

「は、はい」

「ご理解、感謝する」

そう言ってナターリエを抱えたまま、ジェラルドが口笛を鳴らした。

蹄の音とともに森の奥からやってきたのは、白馬だ。ちょうど石橋あたりで飛び上がった白馬の鞍をジェラルドがつかみ、またがる。一瞬の、曲芸のような出来事だった。

「くそ、行かせるな！」

「頭を伏せて、口を閉じているように」

白馬の着地と同時に槍を構え直したジェラルドが端的に指示を出す。おとなしく言われるがまま、ナターリエは身をかがめ口を閉ざす。

剣戟や怒号の中を白馬が駆け抜けていく。止まることはすなわち死だ。その命運をこの王子に委ねるしかできないのが悔しい。

だが、不思議と怖くはなかった。


敵を振り切り森を抜けると、極端に緑が少なくなった。砂塵が舞う道に、乾いた風が吹く。丁度、森と砂漠の境目になる道を進んでいるらしい。

「すぐ近くに神殿があります。そこで迎えと落ち合う予定です」

危機が去ったと判断したのか、ジェラルドが馬の速度を落とした。ジェラルドに横抱きにされたまま、ナタ一リエも背後を見るが、追っ手の気配はない。ほっと息を吐いた。でも、うまい言葉が出てこない。

「そう、ですか」

ナタ一リエの返事をジェラルドが気にした様子はない。だが、このまま無言も気まずい。

何から話せばいいだろう。今更自己紹介も、なんだかやりにくい。

結局、ナタ一リエは一番大事なことを口にすることにした。

「……その。ありがとうございます。助けにきてくださって……」

「お気になさらず。私の不手際です」

さっきも聞いた言葉だ。責任感があるのだろう。

だが、感情がかけらもこもらない丁寧語がなぜか癇に障った。

「……そういう言い方は、ないんじゃないかしら」

「謝罪をご希望ですか」

どうでもいいと言わんばかりの素っ気なさだ。ナタ一リエにまったく興味がないことがとてもよく伝わる。遠慮なくナタ一リエはその顔を睨めつけた。

「違うわよ。どうしてそう事務的なの。会話が続かないでしょ」

ジェラルドが眉をひそめた。何を言っているんだこいつは、という表情になぜか溜飲がおりて、ナターリエはふんと笑う。

「もてないでしょ、あなた」

「――唐突に、まったく脈絡のない会話をしないでいただけるか」

見た目より感情の沸点は低いらしい。不機嫌そうに言い捨てられて、ナターリエも開き直る。

「大事なことよ。婚約するなら」

「この状況でよくそんなことを気にしていられる」

「そのためにきたのだから当然でしょう。……さっきの襲撃はなんだったの？」

ジェラルドが口を閉ざした。横抱きの格好になっているナターリエは、めんどうくさいと書いてあるその顔をにらむ。

「聞く権利はあると思うわ」

「……。調査中だが、おそらく私と国王陛下を争わせたい連中の仕業だ」

「国王陛下って、あなたのお父様よね？　仲が悪いって噂は本当なの」

「噂で聞いているなら、どこに仲良くなる要素があると思うのか説明願いたい」

南国王と揶揄（やゆ）され、クレイトス南方の領地で私的な後宮を建て淫蕩（いんとう）に耽（ふけ）る国王。優秀な王太子に早々に退場させられただとか、自ら隠遁（いんとん）したのだとか、経緯に関してはどれも噂の域を出ないが、ろくでもない父親だということだけはわかる。

ナターリエは苦笑いした。

「そう。多いわよね、ろくでもない親。――何？」

ジェラルドに黙って見つめられたナターリエは眉をひそめる。ジェラルドは答えず、すぐに視線を前方に戻して、馬を停めた。どうやら目的地に着いたらしい。

ジェラルドが先に馬からおり、ナターリエに手を差し出す。有り難くその手を借りてナターリエは石畳の通路に足をおろした。

細長い葉を傘のように垂らし幹のてっぺんに緑色の実をつけた細長い木が、通路の横に等間隔に並んでいる。通路の先には階段と、支柱と屋根だけで壁のない、東屋のような建物があった。

「ここ、何？」

「砂漠ごえの前に皆が祈りを捧げる場所だ」

よく周囲を見ると、通路以外にも所々、朽ちた壁や折れた柱が見えた。そして階段を登り、東屋に立ったところでナターリエは息を呑む。

東屋から少し見おろす形で湖が広がっていた。その真ん中には、花冠をかぶった女性像が立っている。

「女神クレイトス……初めて見たわ。ここで味方と合流するの？」

「ああ。心配しなくてもあなたは必ず無事にラーヴェ帝国に帰す」

きらきら光る湖からナターリエはジェラルドに目を向け、確認する。

「婚約する気はない、ってこと？」

「当然だ」

「ならどうして私のクレイトス入国を許可したの」

「あなたが気にすることではない」

「そうはいかないわ」

言い返すナターリエに、ジェラルドが嘆息する。説明がいるのか、という態度だ。むっとした。

「婚約しないのは、サーヴェル家のご令嬢がいるから？」

「そうだ」

まさかきっぱり即答されるとは思わず、ナターリエは言葉を失う。

(ただかまをかけただけなのに……何よ)

助けにきてくれて、せっかく、いいかも、なんて思ったのに。

前向きになりかけたものが台無しだ。きらきらしていた湖のきらめきが、うるさく見える。つい、スカートを両手で強く握ろうとして、やめた。相手は十一歳の少女だ。なのに子どもっぽい真似をしてどうする。勝てるものも勝てなくなるではないか。

「……心配しなくても、ラーヴェ帝国の内乱が終わってから送り届ける。あなたにここで死なれては厄介だ」

まさかそれで安心しろとでも言うのか。まったくの的外れな話に、ナターリエはもう一度、同じ感想を口にした。

「あなた、もてないでしょ」

「……なぜそんな話になる」

「別に。……でも、そう。しばらくそばに置いてもらえるなら安心したわ」

まだチャンスはあるということだ。ジェラルドが怪訝な顔をする。

「確かに王都にきてもらうが。……居心地が悪いとは思わないのか？」

「居心地は自分でよくするものよ。勘違いしないでほしいんだけれど、私はあなたと結婚しにきたんだって忘れないで」

「叔父の援助を目論んでのことなら的外れだ。ゲオルグ・テオス・ラーヴェは死ぬ」

さすがに聞き捨てならない言葉に振り返る。ジェラルドは涼しい顔で続けた。

「ハディス・テオス・ラーヴェは竜帝だ」

「……なんで、あなたにそんなことがわかるの」

「竜はまだあなた方を見捨てていないのか？」

つい、胸の前で両手を握ってしまった。それで答えを得たように、ジェラルドが湖を見ながらつぶやく。

「早々に見切りをつけてくれればこちらもやりやすいのに、なかなか竜帝も諦めないな」

「……っあなた、何が言いたいの！」

「あなたこそ、ここをどこだと？」

冷静なその問いかけに、ナターリエはぐっと詰まる。

「私への批難はそのまますべて、あなたの叔父やご兄弟に向けるべき言葉では？　何をしたと私に問う前に、あなたのご家族に何をしているのか、あなた自身が何をすべきか問うべきでは？」

どこにも瑕疵のない正論に、ナターリエは拳を握った。

「あなた、絶対もてないでしょ」

「……だからなぜそんな話に」

「嫌われるわよ、そういう理詰め。サーヴェル家の令嬢だって内心嫌がってるんじゃないの、まさか十一歳の女の子にこれが正しいあれが正しいって正論ばっかり押しつけてないでしょうね？」

片眉をあげてジェラルドが詰まった。だが言い訳のように小さくつぶやく。

「……不満を、言われたことはない」

「言えないだけでしょ。十一歳の女の子よ？」

「……彼女はきちんと意見があれば上申するし、私も受け付けている」

「何その言い方、軍隊じゃあるまいに。そういえば私のことはどう説明してるのよ」

「もちろん説明した。政情によるものだと」

「それで？」

ジェラルドがまばたいた。何を問われているのかわかっていない顔だ。呆れてナターリエは問い直す。

「そういう事務的なのじゃなくて。言い訳したのかって聞いてるの」

「言い訳をする理由がない」

「不安にさせてごめんとか、今後の埋め合わせとかそういうのよ！　まさか本気で言ってるわけ、馬鹿なの!?」

「馬鹿だと!?」

「馬鹿でしょ！」

「……っプレゼントは、した！」

つまりながら言い返したジェラルドに、ナターリエは生ぬるい視線を向ける。

「それって自分で選んだ？　買いに行った？」

「……」

沈黙が答えだ。

「はいだめー」

「さ……さっきからいったいあなたは何が言いたい!?」

怒りと焦りがない交ぜになった複雑な表情に、ナターリエは気分がよくなった。

きっとこの王太子は、サーヴェル家の婚約者の前では、いつだって冷静沈着な年上のかっこいい王子様なのだろう。だがナターリエは誤魔化されたりなどしない。

「文武両道の神童って話だったけど、意外とただのかっこつけなのね」

「……」

むっと眉根をよせてジェラルドは考え込んでいる。それを見てナターリエは噴き出した。

「何、真面目な顔して。悪いなんて言ってないじゃない。完璧(かんぺき)な王子様なんてつまらないわよ」

「自分を完璧だなどと思ったことはないが、改善できることは努力するべきだ」

「考えすぎ」

「……フェイリスと同じようなことを言う」

新しく出た名前が誰を指すのか、考える時間が少し必要だった。フェイリス・デア・クレイトス。天使だとかいう噂のクレイトスの王女、ジェラルドの妹だ。

「そう。いい妹さんなのね」

「ああ。我が国の――私の、至宝だ」

静かな言葉には、サーヴェル家のご令嬢を語るよりも重みがあった。不用意に触れてはいけない硬質さと、意志の強さを感じ取って、ナターリエは口をつぐむ。

両腕を組んで視線をさげていたジェラルドが、つぶやいた。

「……やはり、あなたとの婚約はない」

「え？」

言い聞かせるようにそう言って、ジェラルドが踵を返した。

「そろそろ迎えがくる頃だ。周囲を見てくる」

「ま、待ちなさいよ。なんでいきなりそうなるの」

「あなたには関係ない」

「こ……婚約がどうこうなんて、あなたの一存で決められることじゃないでしょう」

ナターリエの前を横切ろうとしたジェラルドが足を止めた。

「そうだ。あなたに非はない」

「そんな話じゃないわ、そうじゃなくて……！」

振り向かないジェラルドに、妙な焦りだけが募る。誰のためにかはわからない。ただ、ひとりで行かせてはいけない気がした。

「心配せずとも、あなたは無事ラーヴェ帝国に帰す」

「だから、そうじゃなくて！　あなたがひとりで決めるなんて、ちゃんと――」

「私が決めることだ」

きっぱり言い切って、ジェラルドは一歩、階段へと踏み出す。その背中にナターリエは手を伸ばそうとして、やめる。何が言えるだろう。でもせめて何か、少しでも役に立ちたい。助けてくれた彼に、それくらい。そんな思いがこみあげてくる。

（何かない？　何か、言えること――）

いきなり、ぞっと背筋が粟立った。本能的なものに、わけもわからぬまま階段をおりるジェラルドの背中を突き飛ばす。

「なっ――」

見開かれたジェラルドの黒い瞳に、光が反射した。空から降ってきた無数の光の矢が東屋の屋根を破壊した。

そのまままっすぐ、魔力の矢が石の壁や折れた柱を爆撃する。それと一緒に悲鳴があがった。

（敵が隠れてたの!?）

それとも迎えにきてくれた味方か。

突き飛ばす形になったが、ジェラルドはナターリエを抱いたまま受け身を取り、石畳の通路を転がって止まった。起き上がろうとしたナターリエの頭を押さえつけ、叫ぶ。

「伏せていろ！」

「でも、あなた怪我」

ジェラルドの肩に赤い染みが広がっている。だがジェラルドは気にかける様子もなく、周囲をうかがっていた。

「かすっただけだ。それより、今のは……」

「驚いた、気づかれてしまうとはね」

湖の方角から声が聞こえた。息を呑んだジェラルドの手がゆるむ。もう攻撃が降ってくる様子もない。ナターリエはそろそろと顔をあげて、絶句した。

石畳の通路を含め、朽ちかけていた壁も何もかもがすべて一掃されていた。かわりに転がっているのは死体だ。黒焦げになって、もはや味方なのか敵なのかもわからない。ジェラルドも同じものを見て、唇を引き結ぶ。

「ふむ。さすが竜神の末裔（まつえい）、と言うべきかな？」

さっきから場違いなほど明るい声が、頭上から聞こえる。首を巡らせたナターリエのそばで、ジェラルドが舌打ちする。その視線の先を追って、息を呑んだ。

竜に乗っているわけでもないのに、男がひとり、湖の上に浮いていた。

あの光の矢を撃ったのは、この男だ。そう理屈よりも肌で理解したのは、男がまとう空気のせいだった。魔力のないナターリエでも感じる、何か。

――まるで、異母兄の――竜帝の、ような。

立ち上がったジェラルドが、まっすぐ男を見据えた。

「……なぜここにお前がいる」

「そんな冷たい言い方をしなくてもいいじゃあないか。お前を心配して助けにきたのに」

屋根のなくなった東屋に降り立った男が、顔をあげる。

木漏れ日に光る金髪に、黒の瞳。ナターリエはつい、横に立つジェラルドを盗み見た。そっくりの色合いだ。

「なぜお前がここにいると聞いている！」

「勝手に誘拐犯にされるなら、いっそ誘拐しようかと思ってね」

「ふざけるな！」

「そう怒らなくてもいいじゃあないか。冗談が通じないなあ、僕の息子は」

そのときのジェラルドの瞳に浮かんだむきだしの感情は、憎悪だった。そしてそれに対峙する父の瞳に浮かんでいるのは、愉悦だ。

「そもそも父上抜きで婚約しようとするお前がいけない。そりゃあお前も十五歳、そういう話があって当然の年頃だし、恥ずかしいのかもしれないけれど——まさか、フェイリスにも黙っていたりしないだろうね？」

「お前がフェイリスの名を口にするな！　——っ！」

がくん、とジェラルドが片膝を突いた。驚いてナターリエは近寄る。

「ど、どうしたの」

「反抗期かな。息子って難しいね」

階段を一段おりた、男の仕業だ。その足音に顔をあげたナターリエと、男の目が合った。

「やあ、竜神の国の皇女。ようこそ、僕の国へ」

――ルーファス・デア・クレイトス。ジェラルドの父親、現クレイトス国王だ。

「……逃げ、ろ」

跪く格好のまま、脂汗をかいたジェラルドが唸るように告げた。動こうにも動けないらしい。魔力か何かで縛られているのだろう。

だが、ルーファスの長い人差し指で示されるだけで、見つめられるだけで、ナターリエは震えがきてしまい、動けない。

「怖がることはない。僕はね、君と話したいだけなんだ。竜神の娘さん」

竜神の娘。そう、自分は竜神の末裔、ラーヴェ帝国の皇女だ。

その響きに腹の底に力をこめて、立ち上がった。現ラーヴェ帝国皇女の中で誰よりも美しいと自負している、優雅な礼をする。

「お目にかかれて光栄です。ナターリエ・テオス・ラーヴェと申します」

「いいね。さっき僕の魔力に気づいたことといい、勘所がいいみたいだ」

喉を鳴らすように低く笑いながら、階段をおりたところでルーファスが立ち止まる。

「ひょっとしたらお義父さんと呼ばれる仲になるかもしれないんだ。ぜひ、僕の宮殿に招かれてくれないか?」

宮殿。南国王の後宮。入ったら二度と出られないという噂だ。からかうように、ルーファスが首を傾げる。

「それとも怖いかな？　竜帝の妹が、女神の夫を畏れるか」

「ご招待、お受けいたします」

「ナターリエ皇女！」

叫んだジェラルドの横で、ナターリエは凛と顔をあげた。

「だから、ジェラルド王子を解放してあげて。苦しそうだわ」

ジェラルドがどんな顔をしたのかはわからない。だが、ルーファスは目を丸くしたあとに、嬉しそうに笑う。

「へえ。これはこれは。息子の心配をしてくれるなんてね」

「……っ皇女！」

「帰してくれるんでしょ、無事に」

詳細はわからない。だが目の前のこの男が何をしでかすかわからないのはわかる。ジェラルドも、迎えにくるジェラルドの味方もかなわないだろうことも。

ナターリエは前に出た。

「案内をお願いします、クレイトス国王陛下」

「歓迎するよ、ラーヴェ帝国皇女殿下」

足元が光り出した。緊張したナターリエを光の粒子が包む。初めて見る。転移魔法だ。この男は、そんなものまで使えるのか。

「……っナタ－リエ！」

余裕がなくなったのだろう。敬称を忘れてジェラルドが叫ぶ。なんとなくそれがおかしくてナタ－リエは笑ってしまったが、顔を見る前にその姿はかき消えてしまった。


南国王の後宮といえば汚職と賄賂、この世の堕落を詰め込んだ空間だと聞いていたが、案内されてみれば普通の宮殿と変わらない。あえて特徴をあげるなら、調度品もそこかしこにある飾りも金が多くて、華美なことくらいだろうか。要は派手だ。見目麗しいルーファスの顔を思い浮かべると、なんとなく納得する。

湯浴みで泥を落とし身支度を整えさせられたナタ－リエは、ルーファスの私室だという部屋に案内された。部屋の真ん中にでかでかとした円形の豪奢な寝台が鎮座していて居心地が悪いことこの上ないが、使用人たちは平然とナタ－リエをソファに腰かけさせ、紅茶やら菓子を並べ、給仕している。

気にしたら負けだと、ナタ－リエは背筋を伸ばした。

「やあ待たせてすまないね、久しぶりの正装に手間取ってしまった」

紅茶に手をつける前に、大股歩きでルーファスが部屋にやってきた。時間よりも空間を気にしないのかと思いつつ、ナタ－リエは立ち上がってまず一礼する。

「ああ、ああ、堅苦しいのはやめにしよう。息子の婚約者に会うなんて初めてだから僕もわくわくしてるんだ」

「えっ……初めて？」

「そうだよ。ひどいだろう、あの子ときたらお父さんに全然相談してくれなかったんだ。でも婚約を考えるなんて、フェイリスのことばかりだと思ってたけど、成長してるんだなあ」

ぎこちなく、ナターリエは頷くだけにしておいた。

（サーヴェル家の令嬢との婚約を、知らないの？　ひょっとしてジェラルド王子が隠してる……？）

何も確信が持てない以上、聞き流しておいたほうが無難だろう。

「さあ、何から話そうか。時間もないし、さくさくいかないと」

「何かご予定が？」

「そりゃあ、息子が君を取り返しにくるだろうからね。さながら姫を助ける王子のごとく」

ルーファスが正面のソファに腰をおろしたのに合わせて座り直そうとしていたナターリエは、中腰のまま止まってしまった。長い脚を組んでルーファスが楽しそうに言う。

「だって僕がただで君を帰すわけがないからね」

やたら自己主張の激しい寝台は、ナターリエの斜め後ろにある。にやりとルーファスが笑った。

「何もないうちに奪い返さないと、ラーヴェ帝国との国際問題になるだろう」

「……その、国王陛下が私を王都に送り返してくだされば、何も問題にならないのでは」

「なぜそんなつまらないことを僕がするんだい？」

不思議そうに言われて、頬がひくついた。

「それよりも話をしようじゃあないか。君は竜帝を知っているね？」

「え？　は……はい」

「どんな奴だい？」

国王とはいえ隣国の皇帝を奴と呼ぶのは如何なものか。などと考えるだけ無駄だろう。

それよりも不可解な質問に、ナターリエは眉をひそめる。

「どんな……と言われましても」

「なんでもいいよ。一人称は何？」

本当にどうでもいい質問に、ナターリエはまごつく。まごついて気づく。

あの異母兄は、どんなふうに話していただろう。ほとんど話すこともなくすれ違った、近づくのが恐ろしいほど美しい兄。

「……僕？」

なんとか思い出したナターリエの回答に、ルーファスが目を輝かせた。

「僕！　僕か、よかった正解だ！」

「せ、正解……ですか？」

「そうだよ！　じゃあ服装はどうかな？　見目は？」

この会話はなんなのだ。だんだん不可解さより不気味さが上回り始める。

なぜクレイトスの国王はこんなに気にするのだ。辺境で育ち、呪われた皇帝だ、今は偽者だとラーヴェ帝国で糾弾されているあの異母兄を。

（知らないわよ、だって——だって？）

ひょっとして自分はものすごく間違ったことをしてきたのではないか。

上等なドレスの下の肌が粟立つのを感じながら、ナターリエは答えた。

「その……皇帝陛下は、黒髪に、金の目、なので。国王陛下と似合う色味がそもそも違うかと思いますが……」

「そりゃあそうだろう、竜帝だからね。そればっかりはなあ、逆にしかなれない」

金の前髪をつまみあげて、ルーファスが残念そうに言う。それでふと気づいた。

この男もジェラルドも、金髪に黒の瞳。黒髪に金の瞳をしたハディスと逆だ。

（……だから、何。なんだって言うの）

別に珍しい色合いでもない。いや、黒髪に金の瞳は竜帝の生まれ変わりの色とは言われているが、それはラーヴェ帝国の話だ。

「この間、息子の誕生日に王都にきてたらしいんだが、僕はそれを教えてもらえなくてね」

黙っているナターリエのことなど放置して、ルーファスが勝手に話を進める。

「ひどい息子だよ。自分だけは本物に会うなんて、ずるいじゃあないか」

「……ずるいのですか」

「ずるいよ。僕が猿真似だって言われてしまう。まあ竜妃がいない竜帝なんてつまらないからいいんだけれどね——そうそう、ラーヴェ帝国では竜妃の候補とかいないのかい？」

「りゅ、竜妃、ですか。いえ、まだ聞いたことは……兄——皇帝陛下は、即位したばかりですし」

「そういえば今、内乱が起きているんだっけ。よくやる」

どうでもいいことのように言って、ルーファスは皿の上にあるクッキーをつまんだ。

「でも、本物に挑む勇気は称賛に値するかな。……ああ、この間息子が持っていったのはそれか。何に使うのかと思っていたら……あの子はどうやら遊びたりないらしい」

これは国政にかかわる扱いの難しい話題だ。慎重にナターリエは言葉を選ぶ。叔父の顔を思い浮かべながら。

「ラーヴェ皇族にとっては楽しめることではありません。叔父と異母兄、どちらが皇帝にふさわしいかという問題ですから」

「皇帝にふさわしい？」

きょとんと聞き返したあとで、ルーファスが腹を抱えて笑い出した。あっけにとられたあとで、ナターリエの内側から怒りがわいてくる。

「な、なんですか!?　笑うだなんて」

「ああなるほど、てっきり腹をくくって開き直ったのだと思っていたが、ただ知らないだけか！　知らないまま君は送り込まれてきたわけだ……まさか慈悲なのかな。なるほどなるほど、ゲオルグだかなんだか知らないが偽者もなかなか残酷なことをする！」

「に、偽者って。何がそんなにおかしい――」

「僕はね、今は小さな子どもを弄ぶのが楽しい」

突然また何の話だ。問い返そうとしたが、ルーファスから投げられた昏(くら)い笑みに震えがきた。

「なぜかわかるかな？」

ゆっくりと真綿で首を絞めるような、ねっとりとした問いかけに、どうにか首を横に振る。喉を鳴らしてルーファスが笑った。

「何も知らないからだ。この世の中は優しくて綺麗で、正しいことがあって、助けてもらえると思ってる。自分は救われるべき存在だと信じている。あの無垢(むく)な目が絶望に染まっていくのが、それはもう楽しくてしかたない！」

「……っ」

「親に差し出され、助けを振り払われ、泣きわめいても無視され、生まれたことが間違いだったと知るときのあの絶望だけが、僕を慰めてくれる」

悪趣味。最低。様々な言葉が胸を飛び交うが、唇を三日月にして笑う男の瞳が怖くて、唇は凍り付いたように動かなかった。

「君との遊び方を決めたよ」

下から覗き込むように、ルーファスが昏い目を輝かせる。

「皇女だと胸を張りながらどこの輩(やから)とも知れぬ連中にその身をかわるがわる穢(けが)されるなんて、定番の展開じゃ物足りないと思っていたんだ。息子にもいい試練になるだろう」

息子。ジェラルドのことだ。無事に帰してくれると言った。今はそれだけを握り締める。自分はここで死ぬことだけはできない。この男に屈することだけは、駄目だ。それだけはわかる。

この男の思考に、話術に、のってはならない。呑まれては——

「君はね、ラーヴェ皇族なんかじゃないんだよ。竜神の血を継いでいないいんだ」

ナターリエの喉も思考も決意も、一瞬で凍り付いた。

(は?)

意味がわからない。でも、聞き返せない。ルーファスが笑った。

「でもまあ、いいじゃないか。竜神の末裔というなら三公もいる。ひょっとしたら三公から受け継いでいる可能性はあるから、そうがっかりしないで」

「さ……わ、私は、確かにフェアラート公に縁が……で、も」

母親はクレイトス出身で養女になっただけでは――いや、そうじゃない。血筋を検討することこそがこの男の主張を認めることになる。ナターリエは思考を振り払い、叫んだ。

「どうしてあなたにそんなことがわかるの!」

「三百年前、正統なラーヴェ皇族――竜帝の血筋を受け継いだ皇子を偽者にすげ替えたのは、クレイトス王家の策略だからね」

ははっとルーファスが軽く笑う。他愛ない世間話みたいに尋ねた。

「信じない?　いいんじゃないかな、僕だってご先祖様から聞いただけの話だ。何せ三百年前だし」

「そ……そうよ、だったら」

「だが、現に天剣は消えた」

今度こそ絶句した。

なぜ消えたのかわからない、と言われていた天剣。だがこの男の話が本当なら、理屈は通る。

天剣は竜神のもの。竜神の血筋を失ったのに、天剣が残るはずがない。

(待って、待って。なら……)

――うっすら、聞いたことがある。ハディス・テオス・ラーヴェの母親は、後宮の護衛騎士と密通していたと。そう後ろ指をさされていたヴィッセルは、いつの間にか何も言われなくなっていた。同母の弟が天剣を持ち帰り、皇帝位についたからだと思っていた。

でもそんな簡単な話ではなかったのではないか。

(あの、天剣は。ひょっとして、叔父様は……私たち、は)

突然、足元に穴があいていることに気づいてしまった。気づかなければ平気だったのに。

「どうだい？　皇女だと胸を張る自分自身が、ラーヴェ帝国を穢す存在なのだと知った感想は」

ほら、落ちてしまえ。そうそそのかすような声色を、首を横に振って遮る。

「やはり、信じない？　それはそうだ、自分たちが間違った存在だなんて誰も信じたくないものさ」

「なら説明して、どうしてクレイトスは、偽者とすげ替えるなんてややこしい真似をしたの！」

ルーファスが両目をわずかに開いた。

その顔を睨めつけて、ナターリエは必死に思考を巡らせる。

「だっておかしいわ。クレイトスが裏で糸を引いていたなら、その時点でラーヴェ皇族はクレイトスに牛耳られたのと同じでしょう。なのに、あなたたちはそれを公表せず、ずっと争ってる」

「……」

「しかも私のことをラーヴェ皇女だと受け入れている。何か理由があるはずよ。公表できなかった理由が！」

クレイトスの言うことだ。信憑性の問題はある。だが、ラーヴェ皇族は滅んでいると喧伝して困ることもないはずだ。

肘掛けに体をあずけ、ルーファスが微笑んだ。

「ふむ。自分の血筋よりそちらを気にするのか」

「あいにく、私は自分を立派な皇女だなんて思えたことがないのよ。皇女じゃないって言われるほうが、納得できるくらいだわ」

鼻先で笑ってみせたが、本当は考えるのを後回しにしているだけだ。手のひらは冷や汗でびっしょりだし、気を抜けば震え出しそうだった。いつだって自分はこうだ。

ハディス・テオス・ラーヴェが本物だと感じていても、何も言えない。クレイトスとつながっているかもしれない叔父だって、糾弾できない。

後ろ盾がないから。異母兄が不気味に思えたから。叔父に立派な皇女だと思われたかったから。理由はどれも小さなことで、笑えてしまう。

これでラーヴェ帝国皇女だなどと胸を張るほうがおこがましい。

「でも、竜神ラーヴェの加護を受けていることだけは知ってる」

きちんと竜はナターリエをここまで送り届けてくれた。それは竜神が、竜が、ナターリエたちをまだ見捨てていないからだ。

ならば、その信頼だけは裏切ってはいけない。

「それに、竜帝が現れたならラーヴェ皇族は絶えていない。逆にこれまで公表しなかったあなたたちのほうが弱みをさらしたことになるわね。ここから出て、あなたの言ったことを伝えれば叔父様だって、考えを改めてくれるかもしれないわ。さあ、どう？」

「争いが広がるだけだと思うなあ。彼は気づいてるだろうし、黙殺されるのがオチさ」

「そうとも限らないわ。私が、ジェラルド王子の婚約者になると決まれば」

叔父はもちろん、異母兄も三公も聞き流すことはできなくなる。それに、ハディスがいる以上、血筋の問題はまだやりようがあるはずだ。その仲裁役になれるかもしれない。

ルーファスは両指を組み、人差し指でとんとんと手の甲を叩いた。

「なるほど、なるほど……いっそクレイトス王太子妃として、ラーヴェ帝国内をまとめようというわけか。血筋のことも逆手にとれるかもしれないね。……なかなか面白い案だ」

「あなたたちにとっても悪くない話にするつもりよ」

「だから君を息子の婚約者にしろと言うのかい？　ふてぶてしい交渉術だな」

「なんとでも言えばいいわ。脅かしたって無駄だってわかったでしょ。私を解放——」

どおん、と派手な爆発音と地響きが届いた。驚いて窓のほうを見ると、もくもくとあがる煙が遠くに見える。

「息子が君を迎えにきたみたいだね。さすが早い」

「む、迎えにって……襲撃じゃなくて!?」

「あれは息子なりの挨拶だよ。こんにちは父上はどこですかっていうね」

「どういう親子関係なの……」

ついつい、本音をつぶやいてしまった。軽くルーファスが笑う。

「僕の息子は照れやなんだ。困ったものさ、息子を育てるのは難しい」

大袈裟な物言いに誤魔化しを感じ取って、ナターリエはつぶやく。

「……あなた、本当はジェラルド王子が可愛いのね」

黒の目を見開いたルーファスが、真顔で黙り込んだ。だがすぐに諦めに似た苦笑いに変わる。

「もちろんだ。可愛い息子だよ。——憐れな、息子だ」

「……。何があったか知らないけど、仲直りできないの」

ルーファスが組んでいた指をほどき、立ち上がる。

そして正面からナターリエを見て、にっこり笑った。

「よし、やっぱり君は息子に始末させよう」

「……は？」

おつかいにいかせよう、くらいの軽さだった。ナターリエがまばたいている間に、本棚に向かったルーファスが続ける。

「そうそう、さっきの話だが。なぜ公表しなかったか、だったね。残念ながら君が望むような——あるいは理解できるような話じゃない」

「そ、そんなの聞いてみないとわからないじゃない」

「女神がとても傷つくから」

ルーファスが本棚から一冊だけ、本を抜き取った。

「女神の器と竜帝が結婚したんだ。女神は夢見たんだよ、現し身ならうまくいくかもしれないと。だが竜神は消え、戦竜帝カインはクレイトスを滅ぼしにかかった。何もしてないと嘆く女神に、もうラーヴェ皇族の血筋は絶えた——次はないいなんてとても教えられなかったそうだ。だからこれは、竜帝が現れた今だからこそ堂々と口にできる話なんだよ」

ルーファスが振り向く。日陰になっているせいで表情は読めないが、とても優しい笑みを浮かべているのがわかった。

「わからないだろう？」

でも、昏い。何かに搦め捕られてしまって、諦めてしまった笑みだ。

「息子を好いてくれてありがとう」

「なっ……わ、私は別に！」

「これはそのお礼だ」

ナターリエに向けて、ルーファスが本棚から取り出したものを投げつけた。本かと思ったそれは紙を束ねただけのものだったようで、ナターリエの肩に当たってばらばらと床に落ちる。

「な、なに……」

散らばったものを拾おうと床に手を伸ばしたナターリエは、そこに書かれたものに眉根をよせた。

別に珍しいものではない。古い家系図だ。おそらくはクレイトス王家の——けれど形がおかしいものがまざっている。

（……代々の王女と、代々の正妃の名前が……偶然？）

床に膝をつき、拾い上げて、確認する。よく見る家系図と、形のおかしい家系図――見比べて指が震えてきた。解きたくない謎を前にしたように。

「恋した君は決して、息子と幸せな家庭は作れない。僕とイザベラがそうなってしまったように」

ナターリエが見あげた先で、ルーファスが父親のような顔で微笑んで、解答を教える。

「クレイトス王族はね――――」


「ナターリエ皇女」


その声と影が背後からかかったとき、ああ殺されるのだなと思った。どこから彼が入ってきたのかはわからなかった。そんなことはもう、どうでもよかった。

だってこれはクレイトス王族の秘密であり、弱点だ。ここを突けば、クレイトス王族は絶える。女神の器だって消せる――こんなことを知ったナターリエを、彼は捨て置かないだろう。ナターリエはまだ、ラーヴェ皇女だから。

震える手で、床に散らばったものをもう一度見て、目を閉じて、尋ねる。

「私を殺すの？」

背後に立ったまま、答えはなかった。だが、何か武器を構える音は耳に届く。できるだけ声が震えないように、背を向けたままで、口を動かす。

「そう。残念だわ。私、意外と、あなたのいい奥さんに、なれると、思うんだけど」

「……」

「でも、駄目なのね。あなた、こんなこと、誰にも知られたくなさそうだもの……」

「……あなたに非はない」

無事に帰す。そう約束してくれたひと。

本当はそうしたかったのだろうと、それだけは信じてもいいだろうか。

「……非はない、なんて。女の子に優しい言葉じゃないわ」

「善処しよう」

それはきっと、サーヴェル家の令嬢に向けられるのだろう。

(その子は、知ってるの)

聞きたかったけれど、やめた。きっと知らない。

だからここまで辿(たど)り着いた自分を誇りに思って、別のことを言う。

「言葉にできないなら、せめて花のひとつでも持ってきなさいよ」

「遺言はそれでいいだろうか」

「いいわけないじゃない。——ねえ、どう出会えればよかったのかしら」

「どうにもならない」

冷たい声が響く。同時に衝撃がきて、心臓を貫かれた。

槍を持った王子をせめて見ようと、わずかに首を動かす。かすんで見えなかった。

(……みん、な。ごめん、なさい)

ここでおしまいだ。なのに自分はなんて薄情なのだろう。

最後に思うことが、もう一度、この男にナターリエと呼ばれてみたかった、だなんて。

いや、はずれのラーヴェ皇女にはお似合いな結末に違いない。

大した能力もない。美人でもない。だから夢を見て死んでいくしかできない――ああでも、どこで
どうすれば、自分は、あなたを救えただろうか?

出会わなければよかっただなんて、どうしたってそんなことは思えないから。

でも光を失った瞳は、未来も過去も答えも、もう映さない。

槍を引き抜き、その体を抱き留めた。遺体は、まだあたたかい。光をなくした瞳の色が青だという
ことにふと気づいた。女神も恋い焦がれる空の色。
そっと手のひらで見開かれたままの瞳を閉じる。そうすると眠っているだけにも見えた。汚れない
よう、生ぬるい血を流し続ける胸の穴を表面だけふさいで、横抱きにした。
「安心したよ」
観劇者にでもなったつもりなのか、ずっと椅子に腰かけてこちらを眺めていた父親が口を開く。ジ
ェラルドは無視して背中を向けた。
「彼女の遺体は僕が引き取ろうか? そのほうが都合がいいだろう」

「断る」

「僕のせいにしないのかな。ならどうするんだい？　ラーヴェ帝国側に一応の説明はいるだろう」

「……魔力で燃やす。何も遺さない」

頬杖を突いたルーファスが、苦笑いをした。

「お前ひとりで見送るのか」

答えず、ジェラルドは歩き出す。ルーファスがそうそうと声をあげた。

「ナターリエ皇女を誘拐して僕になすりつけようとしておいた連中は、仕置きしておいたよ」

「いらぬお世話だ」

「おお、怖い。本気で婚約しようと思ったわけでもあるまいに。――お前は、僕のようになるんじゃないよ」

言われなくとも。

唇を引き結んだまま、ジェラルドは部屋を出て、魔力で扉を閉める。

この宮殿で父の思うようにならぬことはないが、人目につかないうちにさっさと遺体を処理してしまいたかった。そうして何食わぬ顔で戻らねば、今後に支障が出る。一国の皇女の死因を誤魔化すのだ。婚約者と決めた少女だって、心配している。

「……話さなかったんだな」

ふっとそんな言葉が口から出た。当然、返事はない。

ただ単に、本当の婚約者のことを話す機会がなかったのか。それとも、何か感じ取って黙っていてくれたのか。もうその答えがわかることは永遠にない。

だが、彼女の存在はきっと無駄にはならない。今回の一件で、あのろくでなしは満足してくれたようだ。今なら、ジルとの婚約を発表しても今回ほどは興味を示さないだろう。ラーヴェ帝国側から婚約者を二度と押しつけられないように対策した、とでも考えるはずだ。

なら、婚約発表は早いほうがいい。さっさと手続きして発表をしてしまおう。

「ジェラルド様、おかえりなさい！」

やたら行動力がある彼女は、王都に戻るといつだって真っ先に駆けてくる。

「どうでしたか、ナターリエ皇女殿下の行方は。犯人たちと戦闘になったと聞きましたが」

「あれは囮だった。まだ皇女の行方はわからない」

「そうですか……今は休んでください。お疲れでしょう。魔力で服が少し焼けてます」

ああと適当に頷いたあとで、ジェラルドは持って帰ってきた花を一輪、差し出す。

ぱちりと少女がまばたいた。

「君に」

きょとんとした眼差しが返ってきて、苦い気持ちになった。

(喜ばないじゃないか)

言い訳をすべきか。摘んだときはもっと綺麗だったとか、花屋で買ったものではないから包装できなかったとか。王太子が婚約者に贈るにしてはあまりにみすぼらしいこの花について、何か。

だが次の瞬間、顔を輝かせた少女が花を手に取る。

「……っはい！　ありがとうございます、嬉しい……！」

「……そうか」

「大事にします！　水をやらないと！　花瓶、あとロレンス！」

「なんで花瓶と俺が同列に扱われるんです？」

名前を呼ばれた副官が不満そうに引きずられていく。

そうかともう一度胸の内でつぶやいて、ジェラルドは青い空をあおぐ。

だがすぐに視線を落とし、地面を踏みしめて歩き出した。

神降暦一三二二年　ラーヴェ解放戦争

【ラキア山脈】……………

プラティ大陸の中央を走る『天の死地』を意味する霊峰。竜神と女神が舞い降りた地であり、神域に最も近いとも言われている。

お約束のような、嵐の前触れを感じていた。母親から逃げ出したマイナードを追いかけるように、嵐の夜が迫ってきている。夕闇も届かない袋小路の回廊に、逃げ場はない。

「それでいい。逃げるんだ、マイナード」

母親が違う。後ろ盾が違う。兄弟というには遠く、親友というには近すぎる、そんな存在だった。

ただ、気づいたら隣にいつもいて、一緒に育ってきた。

たった二ヶ月違いの、異母弟。

「母親について、帝城から逃げろ」

「――っふざけるな、アルノルト！　私が逃げたら、次の皇太子はお前だ！」

「そうだ。だがどうせ死ぬなら、私のほうが効果がある。父上たちにも、三公にも」

「なんの話をしてる。お前、また勝手に何を決めた！」

「ハディスを辺境から戻す最後の機会だ。自分で言うのもなんだけれど、私ほど皇太子に望まれている人間はいないと思う」

「――お前が死ねばさすがに、竜神の怒りを周囲が認めるだろうって？」

「そうだ」

あっさりとした肯定に、マイナードは舌打ちする。アルノルトはこういうところがあった。おそろしく合理的で、自分を駒のように扱う悪い癖だ。それをうまく補佐するのが自分の役目だった。

「そもそも竜神ラーヴェ様ともあろう御方がこんな理不尽な事件を起こすわけがないだろう。これはクレイトスの陰謀か、ただの権力争いだよ。実際、それが原因でルドガー兄上はいなくなった――いやそういう話じゃない。次の皇太子の話だ」

「だからお前は母親と一緒に逃げろ」

「相変わらずひとの話を聞かないね、お前は！」

「あきらかに最近のコルネリア皇妃殿下はおかしい。もちろん、テオドール兄上が亡くなってショックを受けるのはわかるんだが……それだけじゃすまない気がする、あれは」

言い返せず、マイナードは歯噛（はが）みする。

「ナターリエは皇位継承は現実的じゃないし、帝城で狙われる理由は今のところない。コルネリア皇妃にも捨てられたとなればなおさら、利用価値はなくなる。置いていくほうが安全だ」

だが、ナターリエはどう思うか。いや、いっときの感情に惑わされてナターリエを危険にさらすのは本末転倒だとわかっている。ただでさえあの子の出生は——

「父上は私が押さえておく」

アルノルトは先回りして、口にするのもおぞましい懸念を隠してくれる。

「お前はコルネリア皇妃を野放しにするな。父親がまたよからぬ考えを抱きかねない」

「……だが、お前は……お前が、もし死んだら」

きっとアルノルトなら死なない、などとマイナードは思わない。この皇太子連続死に醜い権力闘争や陰謀がからんでいるのは明らかだが、それでも説明できないことが多すぎる。

人間の知恵を信じないわけではない。でも、ここは神様がいる国なのだ。

「そのときはハディスがいる。そうすれば色々変わるさ。——あの子は竜帝かもしれない」

「たとえ竜帝だったとしても、そう簡単にいくわけがない！　後ろ盾もない、何より父上たちのハディスに対する忌避感は頑なすぎる」

「でもハディスは、優しい子だ。ナターリエのことだって守ってくれるさ」

そう断言できるほど、マイナードにはハディスとの記憶があまりなかった。年上のきょうだいたちに小突かれてびくびくする、おとなしい子だった。

（いや、でも。天剣を持っていたなんてあの噂が本当だったなら……あの子は）

「あの子は天剣を使わなかった」

マイナードと同じ結論を、アルノルトが口にする。

「今もそうだ。本当にあの子が天剣を持っていて、竜帝であるなら、竜を使役し、ひとりで帝都制圧をすることもできる。でもあの子はしない。辺境で不自由しているだろうに、恨み言ひとつ言わず、私たちの受け入れが整うのを待っている。そう思うだろう、お前も」

「──それは……でも、竜帝じゃない可能性だってまだ捨てられない」

「ヴィッセルから聞き出した。ハディスは自分を辺境から戻せとずっと書簡をよこしているが、父上たちはそれをずっと黙殺しているそうだ。私はそれで逆に確信したよ。ハディスが竜帝なら、色んなことに説明が──いや、違うな。ハディスが竜帝でなければ、もう私たちに打てる手はない」

不可解な皇太子の死から始まった泥沼の連鎖を、断ち切る術がない。

「私はハディスが辺境から戻れるよう力を尽くす。皇太子としてな」

「お前の話は全部推論だ！　それに……ったとえハディスが竜帝だとしても、ハディスの誕生日に皇太子でいたらお前は」

「だからお前は生きろ、マイナード」

「――っ私のほうが二ヶ月年上だ！」

叫んだマイナードに、困ったようにアルノルトが笑った。

「そこは、持って生まれたものの差、というやつかな」

かっとなって、その胸倉をつかんだ。けれど何も出てこない。

だってわかってしまうのだ。お互い、何を考えているか。何がふたりの最善か。

「お前は生きて、ヴィッセルとハディスを……リステアードを助けてやってくれ」

「……ッリステアードに、どんな顔をして会えと……死ぬ役目をお前に押しつけて……！」

「私ならできないなあ」

ははっと笑うアルノルトはいつもどおりだ。

「でも、お前は私と違って嘘が上手だ。ぬけぬけとやってしまえるだろう？」

できるだろう、自分には。恨まれるのも、誤解されるのも得意だ。

「私が死んで、お前が生き残る。これが一番、効率がいい。私が生き残っては、竜帝を認めない輩(やから)に担ぎあげられて争いが長引く可能性もある。――これが、運命だよ。私の役割だ」

「私にまで下手な嘘をつくな、死にたくないだろうお前！」

アルノルトが目を瞠(みは)った。その顔を正面から見て、マイナードは泣きたくなる。

獣が唸(うな)るような音が響いている。雷が近い。なのに雨がまだ降っていないのが不気味だった。

「やりたいことも、やるべきこともあるだろうが！　竜帝を迎え入れるために殉死しようだなんて殊勝な性格か、お前が！　あがけ！　私を犠牲にしてでも、みっともなく――」

「できない」

でもまだ空は、泣き出さない。

「できない、マイナード。リステアードがいるんだ。みっともない真似は、できない」

まだ、笑っている。

「――そうだな、死にたくないよ。それは認める。でも、私にはできないんだマイナード。わかってくれるだろう、お前なら。僕はお前みたいに生きられないって」

そうだ。お互いが、お互いのように生きられないから、そばにいた。鏡で理想を覗くように。

「だから、頼むよマイナード。みっともなく生きてくれ。僕のかわりに」

皇太子として立派に死ぬアルノルトができない、生き方を。

「つらい役割を押しつけてすまない。でも、お前にしか、頼めないから……」

アルノルトがうつむいて、唇を噛み、言葉を濁す。マイナードはアルノルトの胸倉をつかんだ拳に、祈るようにして額をぶつけた。

――自分たちがラーヴェ帝国の両翼と呼ばれ、竜帝に仕える日は、もうこないのだ。

思い出したように、空が泣き出していた。雨が降る。

ふっと、意識が引き戻された。まばたく。雨は降っていない——薄暗くもない。

ただ高い高い、空が見える。手を伸ばしても届きそうにない空だ。

先ほどまでの喧噪（けんそう）が嘘のように、森の中は静かだった。

血の臭いも転がる死体も関係ない。小鳥のさえずりが聞こえてきそうな静けさ。木漏れ日の隙間からは一筋の希望のように、空が見えている。

竜神ラーヴェの加護は自分にもあるのだろうか。先に逝（い）ってしまったアルノルトにも。そう考えて、喉（のど）を鳴らした。くだらない夢を見た。

(今更、戻りたい、とでも？)

嵐の夜に、妹を置いて母親に手を引かれ、帝城から卑怯者（ひきょうもの）として逃げ出した。

アルノルトの死を聞いても、心は動かさなかった。

竜帝の即位を知り、ただ殊勝に祈った。

妹が行方不明になって、自らの見通しの甘さに笑った。

リステアードの処刑を聞いて、誇らしく、絶望した。

末の弟に出会い動いた心で、そのままクレイトスの御輿（みこし）に乗った。

ここまで、五年くらいか。いつだって現実は容赦なく進む。

——今もほら、断罪者の足音が追いかけてきた。

「ずいぶん遅かったですね、ルドガー兄上」

枯れ葉を踏む足音が止まった。

本当は足音など立てずにやってこられるだろうに、こういうところが甘いままだ。

――今となってはもう、たったひとりになってしまった、自分の異母兄。

地べたで大の字に寝転んだまま、口だけを動かす。ナイフを引き抜いただけの脇腹の傷に、痛みがないのはさいわいだった。

「戦争はとっくに始まってますよ。私を殺しにくるにしても、遅すぎる。おかげでほら、もう肝心の私が死にかかっているじゃないですか。相変わらず間が悪い兄上だ」

「……マイナード。誰にやられた」

「誰でもいいじゃないですか、もう。自死みたいなものです。でもエリンツィア姉上と同じ扱いは嫌だな。姉上はおおかた、度重なる弟たちの裏切りや何もしない罪悪感に耐えられなくなったんでしょう。最後まで繊細な御方だった。あれだけの力があれば私よりももっと、やれることがあったでしょうに。吐き気のする善良さだ」

止まった足音が再開した。

「ノイトラールは奪還した。レールザッツにも竜帝が向かってる。クレイトスに担ぎあげられたお前さえ御輿からおろせば、戦争は終わる」

「ここで私を殺したところで、クレイトスは簡単には引きませんよ。ジェラルド王太子殿下の婚約者殿はお強い。軍神令嬢と呼ばれるだけはあります」

「だがお前の首を取れば、クレイトスはラーヴェ帝国を攻める大義名分をなくす」

「おや私の首にまだ価値があるとお思いで？」

空を見つめたまま、喉で笑った。

「あなたはいつも遅いんですよ。だからアルノルトのときも間に合わなかった。リステアードも、フリーダも、みんなみんな死んでしまったじゃないですか。そして今から私も死ぬ。開戦した今、私はクレイトスにとって用なしですから」

自分への刺客が本当にラーヴェ帝国の人間からのものだったのか、興味はなかった。今までなら必ずつけられていた護衛がいなかった以上、どちらでも同じことだ。

おそらく、高潔な目をしたクレイトス王太子殿下と穢れを嫌うラーヴェ皇太子殿下の思惑が、一致した。あのふたりにとって、マイナード・テオス・ラーヴェの退場は必然だ。

（……あの子は、弟を守りたいだろうから）

ゆっくりと指を動かそうとするが、脇腹から引き抜いたナイフも握れない。自分の血でぬめっているせいで、右の手のひらから滑り落ちてしまう有り様だ。

「私の首を竜帝に持ち帰っても戦争は止まりませんよ。あなたがヴィッセルに処刑されるのがオチだ。ただ、首を斬るなら死体になってからでお願いします。何、あと一時間もかかりません。薬で痛みを感じないようにしているんですけど、生きたまま首を斬られるのはさすがにごめんです」

足音が、すぐそばで止まった。

「……なんでこんなことした」

「妙なことを聞きますね。ラーヴェ帝国の皇子に生まれたのであれば、皇帝になりたいと思うのがそんなにおかしいことですか？」

「お前がそんなことを思ったりするか！　あんなにあの母親を嫌ってたお前が――アルノルトとお前が一緒ならうまくやってけるって、だから俺は！」

「アルノルトじゃなく、私が死ねばよかった。そうすればラーヴェ帝国は、こんなふうにならなかった。あなたもそう言いにきたんですか」

首を巡らせても、足しか見えない。だが息を止めるような気配は伝わった。

「……そう言っていいのは、リステアードと、フリーダだけだ」

「だがそのふたりはもういない。リステアードはずいぶん立派な死に方をしたと聞いてますよ。竜帝を諌めようとして、処刑されたそうですね。アルノルトも誇らしいことでしょう」

「煙に巻くな。お前はいつもそうだ。肝心なことを、話さない」

しゃがんだ兄の影がかかる。空が、翳る。

「お前もアルノルトも嘘つきだって、俺はよく知ってるんだ」

そのかわり、兄の顔が見えた。

「答えろ。どうしてこんなことをした。お前は頭がいい。クレイトスに利用されてるのは、わかってただろう」

数年ぶりに見た兄は、記憶よりずいぶん老け込んでいた。髭も生えているし、髪もぼさぼさだ。まだ三十路に入ったばかりだろうに、四、五十に見える。苦労したのだろう。

「皇帝になれるなんて、思ってなかったはずだ。なりたいとも」

「……竜帝を、見ましたよ。ノイトラールで」

まぶたを閉じた。その裏に焼き付くような、鮮烈な銀の光をまとう、美しい青年だった。

弟だと言われても、何もぴんとこなかった。

そもそも人間だと言われても、信じられない。そういう存在に、なっていた。

——アルノルトが読み違えたとは思わない。ただ自分たちが、間に合わなかったのだ。リステアードでさえ、引き戻すことはできなかった。

自分たちは、賭けに負けた。そういえば、アルノルトは賭けに弱かった。

どうでもいいことを思い出して、少し笑ってしまう。

「あれは竜帝だ。それを否定できる輩は、いないでしょうね。やっきになって否定するのは、やましさの表れだ」

「ならどうしてお前はハディスの味方になろうとしなかった。アルノルトだって、それを望んでお前を残したんだろう！」

「だが今のこの国は、私の望んだ国ではない」

がり、と指先で地面をかく。左手はまだ動くようだ。

「アルノルトが望んだ国でもない」

血の味がする歯を、食いしばった。

「滅んでしまえばいいんですよ、どっちも。いい気味だ。生きているべき者が死に、死ねばいい者が生きているなんて、間違ってる」

「死ねばいい奴なんかいない！」

「あなただって自分が死ねばよかったと思っているくせに、よく言う。だから何も止められない」

昔から勘のいい兄は、両眼を開いた。

「――まだ何かあるのか」

うっすらマイナードは微笑む。

「言ったでしょう。姉上は弟たちの裏切りに耐えられなかったんだ、と」

「まさかヴィッセルか!? あり得ない、あいつはこの国の皇太子で、宰相だ！ ハディスのことだって一番に可愛がってた！」

ふ、と笑い声が漏れ出た。すぐに発作のように止まらなくなる。

「何がおかしい、マイナード！ ――言え、この先、何がある。お前は何を仕込んだ！」

「あなたは、なんにも見えていない。あなたほどきょうだい想いの兄はいなかったでしょうに、なんて皮肉だ。きょうだいを守るため実の母を告発し、皇位継承権も皇族の身分も捨てたのに――そのせいで、このざまだとは。本当に、お気の毒だ」

「そんな昔話はいい、これから何が起こるかを聞いてるんだ！」

「あなたには関係ない話ですよ」

兄は舌打ちして立ち上がろうとする。兄は人望を集めるのがうまい。仲間がいて、連絡を取ろうとしているのかもしれなかった。

だがいつも、弟に甘い。視線をそらす。背を向ける。間の悪さはいっそ天才的だ。

飛び起きたマイナードは左手でナイフを取り、兄の背に突き刺した。

「どうせ、もう間に合わない。間に合わないんですよ。ヴィッセルは……あの子は、賢い子でしたからね。可哀想に、もう引き返せない」

「お、ま……」

「なら私は、ルティーヤを応援してやろうと思います。誰にも省みられなかった、あの子を」

ライカ、と往生際悪くつぶやいた兄は自分を突き飛ばし、駆け出そうとした。だが二、三歩目でふらついて、すぐそばの木にもたれかかる。

「……毒、か」

「魔力で回復しないほうがいい。余計に早く回りますよ――と言っても、もう遅いみたいですが。大丈夫です、痛みも感じず、眠るように楽に死ねますよ。私と同じです」

「解毒剤は！」

「ありませんよ、そんなもの」

いつでも楽に死ねるように、と用意していたものだ。解毒剤など持っていない。

「あなたと人知れず森の中で心中か。最悪です。まあ、半端者の私にすれば頑張ったほうかな」

「冗談、じゃ、ない……！　俺は、まだ」

「ナターリエに何もしてやれなかったのだけが、心残りです」

木の根元に沈み込んだ兄が、振り向いた。

「あの母親。ナターリエに刺客を放ったんですよ。娘がクレイトス王太子妃になるなんて許せない、とね。帝城に捨て置くだけでは飽き足らず」

「……ナターリエは、行方、不明……」

「慰めのつもりですか？　死んでるに決まってるでしょう。開戦させてクレイトス国内を引っかき回しても、何も出てこなかった。死体すらも見つからない丁寧な仕事ぶりだ。ここまで徹底して隠す以上、ナターリエを辱める気はないんでしょうが——せめてあの子が苦しまず、何も知らないまま逝ったことを、願うばかりです」

母親に狙われたことも、その身に流れる血のありかも。

「ああ本当に、何もかもうまくいかなかった。——ねえきっと、悪い夢だったんですよ、ルドガー兄上。こんな人生。そうでしょう」

「……マイナード」

「悪い夢だったんだ。だからもう、私は眠ります」

寝転がって空を未練がましく見つめる目を、閉じた。もう開く気はなかった。

でも目を閉じた自分の手のひらが、何かに包まれたから、ふっとまぶたをあげてしまう。

それは神様の罠（わな）だったのか、罰だったのか。

血の混じる涙が、雨のように頬にかかる。兄が泣いていた。歯を食いしばって。

右手に、短剣を持って。

——ああ、兄は最後まであがくつもりなのだ。残された時間がわずかかもしれないからこそ、自分の首を持って、争いが終わることに賭ける気なのだ。

アルノルトよりももっと、賭けに弱いくせに。

（あなたらしい）

微笑んで、目を閉じる。すがすがしい気分だった。

兄が、戦争を終わらせるために、泣きながら弟の首を斬るのだ。

（竜神ラーヴェ、愛の女神クレイトス）

でも喉元へ落ちてきた人間の理も愛も、神様は聞き届けないのだろう。

（もし次に目が覚めたら）

今度こそ私は、お前たちを滅ぼそう。


マイナードらしき者の首が見つかった、とハディスのもとに報告がきたのは、ちょうど軍神令嬢率いる軍勢がラキア山脈越えを始めたのと同時だった。

しかも、首を抱いていたのは物言わぬ死体だという。身元もわからない。

死んだと見せかけた罠か。クレイトス側からマイナードの生死に関する情報がないまま、早とちりするわけにもいかない。レールザッツ公爵領にかろうじて残っていたホテルで急遽開かれた会議は紛糾するはずだった。

「どっちも適当に処理しておけ」

どうでもよさそうに上座から命じた竜帝のひとことで、会議は終わった。

さっさと自室に戻ろうとしたハディスを、誰も引き止めない。ひとりで廊下を歩いていると、そっとラーヴェが尋ねた。

「いいのかよ、それで。死体の身元確認は？」

「本物でも偽者でも、なんの役にも立たない。このタイミングで死なれるのは最悪だ。ノイトラールもレールザッツも取り戻した。このままクレイトスがおとなしく撤退するかどうかのほうが――」

「申し上げます、陛下！　帝都が占拠されました！」

耳に飛び込んできた情報に、ハディスは足を止め、振り返る。

「ヴィッセル兄上は!?」

「そ、それが」

フェアラート公爵領から出た軍勢がライカ大公国を渡り、帝都を占拠した。

ライカ大公とフェアラート公が手を組んだのだ――そして帝都にその軍勢を招き入れ、フェアラート公が新しい皇帝として認めたのが、ヴィッセル・テオス・ラーヴェ。

震える声で届けられた報告に、そうか、とハディスは頷(うなず)き返す。

「ノイトラール竜騎士団は動けるだろう。すぐにライカ大公国に向かわせろ。僕は帝都に向かう」

「お、おひとりでですか」

「不満があるならまとめて始末してやると伝えろ」

報告の兵は震え上がり、すぐさまハディスの命令を伝えるべくその場から退散した。

ひとり取り残されたハディスの頬を、風がなでていく。くすぐったいわけでもないのに、笑いがこみあげてきた。

中からするりと出てきたラーヴェが、ハディスの前に浮く。

「……なんで、笑ってんだ」

「だって、笑えるじゃないか」

おかしいと思っていたのだ。ヴィッセルはクレイトスの情報を持ちすぎていた。ただ、ハディスの政敵を潰(つぶ)すことに使っていたから、見逃していただけだ。

いつか裏切ると思っていた。

それが今だっただけの話。いつもと同じこと。

もし違うとすれば、ヴィッセル以外に竜帝に弓引くような人物はもう見当たらないことくらいか。

「でもこれで、全部終わりだ。すっきりするよ」

くすくすと笑うハディスに、ラーヴェのほうが痛そうな顔をする。ああ、とハディスは少し眉(まゆ)をさげた。育て親は優しい。

「大丈夫だよ」

手を伸ばして触れる。あたたかい。子どもの頃からなじんだ温度。

誰にも見えなくても、決して幻なんかじゃない。

「竜帝が負けるわけがない。そうだろう?」

「……そうだけど、お前が……これじゃあお前が……」

「だから、心配しすぎなんだお前は」

物わかりの悪い育て親に苦笑いを浮かべ、祈るようにつぶやく。
「僕にはお前がいるんだから」
それで十分だった。望むから、裏切られるのだ。

さあ、またひとり、きょうだいを殺しにいこう。
これで最後だ。
悲しいことなんて、もう起こらない。

「ハディス、待ってたよ」

血まみれの玉座の前でひとりきり、兄が待っていたとしても。

「──さあ、これで仕上げだ。わかるね」

わかっている。
たくさん愚かな夢を見た。これはその結末の、ひとつだ。

神降暦一三一四年

帝都ラーエルム占領戦

【天剣】…………

竜神ラーヴェが持つ神器。天の裁き、理を糺す力を持つ白銀の剣。天剣戦争終結後は竜帝の象徴・ラーヴェ帝国の宝剣として保管されていたが、第二次ラキア聖戦前から行方不明になった。六代目竜帝ハディスが辺境パテルから持ち帰ったが、彼の手の中にしか現れず、真贋を疑われている。

あにうえ、ほんとなんだ。

小さな弟が聞かせてくれたのは、秘密のお話。大切な、この国に関わるお話。

かみさまのお話だ。

ラーヴェはいるよ。うそじゃないよ、ほんとだよ。いるもん、ここに……え？　どんな……え、えと、大きさはあにうえくらいで……えっ？　庭にある像ってラーヴェなの!?　それ絶対嘘だよ、あんなにかっこよくない。

ほ、ほんとだもん……ぼく、嘘なんかついてない。

うろこはね、白くてきらきらしてて……はくぎんだって。白い竜ってラーヴェしかいないってほんと？　目？　目は金色！　ぼくとおそろい！

りゅうてい？　てんけん？　あ、天剣ってラーヴェが変身する剣のこと？　それならわかるよ。あぶないから、あんまりなってくれないけど……ラーヴェのうろこと同じで、綺麗(きれい)なんだ。

……なんで、ぼく、あやまらなきゃいけなかったのかな。ラーヴェとないしょって約束したのに、やぶったから？

でも、ラーヴェはいるのに……ど、どうして、ぼくにしかみえないの。なんで、ぼくしかはなせないの。ねえ、ラーヴェ。な、なかないよ。ないてない、でも……でも、ラーヴェ。ぼく、ぼく、うそなんか、ついてないのに。

あ、あにうえは、しんじてくれる？　いるんだよ。ここに、いるのに、ラーヴェ……。

——自分に弟がいるのだと認識したのは、まだ四歳になるかならないかだったと思う。

ヴィッセルは、多くの皇子皇女がそうであるように、乳母に育てられていた。実母は子どもを産むことはできても、育てられる女ではなかった。弟か妹が産まれるのだということも、毎回毎回遊びに誘いにくる異母兄たちから教えられた。産まれながらの皇子を体現したような異母兄から、これからは自分と同じ兄だねなどと言われ、腹が立ったことをやけに覚えている。

とにかく、弟ができたことを知ってはいた。だが、それだけだった。

いけ好かない異母兄たちに「お前も兄」と主張されるせいで、弟に対する反発のほうが大きかったと記憶している。特に、同じ頃に弟ができた異母兄とくらべられるのが嫌だった。

ヴィッセルには見向きもしない母親が浮かれているのも気に入らなかった。まだ母親に対する情があったのだろう。でも、あの頭の悪い母親は、らしいことをしようとするだけですぐ投げ出し、ハディスに八つ当たりする有り様だった。

なのに母親からハディスをかばうようになったのは——そう、母親が妙にめかしこんで、いそいそとハディスを抱いて東屋（あずまや）に出ていった日からだ。

子どもながらに不審に思い、あとをつけると、母親は人間離れした美しい男と会っていた。

木漏れ日が降りそそぐ古ぼけた東屋で立っているその姿は美術品のようで、ゆっくりと話すその声は祈りのようだった。けれど表情を隠す濃い影に悪魔が隠れているようで、恐ろしくて、ヴィッセルは茂みの奥に隠れたまま、動けなかった。

我に返ったのは、男を見送ったあとの母親の甲高い声のせいだ。悲鳴のようだった。

先ほどまでの夢見るような表情はどこへやら、母親は目を血走らせ、唾を飛ばしてハディスを罵り始めた。「この役立たず」だとか「なんのために産んだと思ってる」とか、そういうことを言っていたように思う。あの男が母親を悪魔にしてしまったのかもしれない。ヴィッセルは震え上がった。弟が泣き出すのも当然だと思った。

けれど、悪魔になった母親が弟の入ったゆりかごを振り上げたとき、走り出していた。

母親はゆりかごごと、地面に弟を叩きつけた――と、思う。けれど、ゆりかごは白銀の羽をはやしたようにゆっくりと落ちて、ヴィッセルが伸ばした両腕に軽くおさまった。

ぽかんとしていたのはゆりかごに入っていた弟も同じだった。びっくりして泣きやんでしまったようで、金色のお月様みたいなまあるい目でヴィッセルを見て、「あ、にぃ」とヴィッセルに小さな指を伸ばしたのだ。びっくりして固まったのを覚えている。どこでヴィッセルが兄だと学んだのか。今思えば竜神ラーヴェが教えていたのだろう。

あとは、タイミングよく現れた異母兄がうまく隠してくれて――とにかくそのあたりからヴィッセルは、ハディスを気にかけるようになった。

妙な子だった。何もないところに目を向ける。話し出す。聞かせたこともない言葉をしゃべる。母親や一部の周囲は気味悪がってハディスを敬遠したが、ヴィッセルは気にならなかった。ハディスの周りにはいつもきらきら、綺麗な銀の光が舞っていて、特別な存在に見えた。

三公という大きな後ろ盾よりも、魔力の高さよりも、頭のよさよりも、ラーヴェ皇族らしさよりも、もっともっと特別な何かだ。

ヴィッセルの勘は当たった。成長し、初めて父親に会ったハディスは大勢の前で「竜神ラーヴェはいる、自分には見える」と報告した。最初は注目を浴びたいが故の子どもの可愛らしい嘘だと周囲は苦笑いを浮かべたが、妙に具体的な説明にだんだん顔が引きつり始め、最後は糾弾に変わった。

ヴィッセルは——信じていたか、と問われたら、わからない。けれど、弟は嘘をついてないと思った。いや、本当はそうじゃない。

弟が言っていることが信じられるのは自分だけなのだ、と思った。だから信じた。

特別な弟の、特別な兄。

歴史を紐解(ひもと)けば、自分と似たような存在はいる。有名なのは双竜帝レムスの双子の兄ロムレス・テオス・ラーヴェ。双子に生まれつきながら、彼は決定的に弟と違う存在だった。竜帝の弟を持った彼は何を想い、考えて、生きたのか。竜帝の首を落としたものの、皇帝の冠を正式にかぶる直前で殺された彼にとって、ラーヴェ皇帝とはどんな意味があったのか。皇子でありながらクレイトス王国に婿入りし、そして出戻った彼を題材にした小説は多い。

彼は竜帝を憎んでいたのか——ヴィッセルは否だと思う。

きっと誇らしかった。誇らしくてまぶしくて、直視できなかった。弟との境遇を比較し憎んだなどという俗説があるようだが、とんでもない侮辱だ。

もし、彼が憎んだとしたら、竜帝とは比較にもならない矮小な自分だ。

竜の翼の加護と白銀の剣を持つ、美しくまばゆい、たったひとりの弟。

どうして愛さずにいられるだろう。とるにたらない自分を憎まずにいられるだろう。竜帝の弟にふさわしい兄でいられぬ自分を、許さずにいられるだろう。

そう。いつだって自分は、竜帝に生まれついた特別な弟にふさわしい、特別な兄でいたかった。

きょうだいの争いに歯止めをかけようと皇位継承権を捨てた異母兄を嘲笑い、弟を辺境から戻し周囲を説得するために命をかけた異母兄の功績をかすめとり、弟に希望という名の声を届けようと戦った異母弟の首を落とし、何もできない異母姉を不和の生け贄に捧げ、異母妹と異母弟を救おうともせず、妹を助けるために泥を被った異母兄も利用し尽くした。反逆者となった叔父と一緒に始末した婚約者など、顔も知らなければ悼んだことすらない。

くだらぬ贋作から、下劣な言葉から、弟を守る兄に。弟がもう二度と悲しまずにすむよう、すべて排除する。処断する。躊躇いはない。正しいのは弟だ。

——もちろん、弟にふさわしくない自分も、必要ない。


「ラーヴェ解放戦争、とはよく言ったものだ」

ひとり、空の玉座を眺めながらヴィッセルはつぶやいた。

外交でほんの数回会った敵国の王太子が名づけた戦争だ。竜帝ハディスはラーヴェ帝国の蹂躙者であり、ゆがんだ理の持ち主である。別の神を戴き争ってきたといえども、隣国であり、何より夫婦神となる縁もあったとなれば、愛の女神クレイトスは竜神ラーヴェを捨て置けない。皇位継承者であるマイナード・テオス・ラーヴェを皇帝とし、ラーヴェ帝国を今の竜帝から解放する——というのが、この戦争のお題目だ。

戦争という行為には何も変わりないのに、飾り立てる言葉に皆は正当性を見出す。愚かなことだ。ハディス・テオス・ラーヴェは竜帝。天空と理を守護する竜神ラーヴェの現し身だ。それを認めながら、どうして彼を否とする自分たちこそが間違っているのだと考えないのか。

この戦争は、そんな醜い人間の性根を暴く戦争。

そしてハディスが——優しいから誰も憎み切れないハディスが、すべてから、竜神ラーヴェの理からさえも解放されるために必要な戦争だった。

(まにあって、よかった)

初戦こそクレイトス王太子はハディスに敗れたものの、その後は見事なものだった。

まずはレールザッツ公爵領を落とし、竜帝に余計な理想を抱く厄介なレールザッツ公を亡き者にしてくれた。住民を逃がし、公爵邸ごと自爆したとか聞いている。そのあとは精鋭の竜騎士団を持つノイトラール公。異母姉の自死からくるハディスへの不信が懸念事項だった。そうでなくとも国内ではハディスにつくかマイナードにつくかという動きがあったのだ。敵になる前に潰せてよかった。マイナードが派手に虐殺行為を働いたようだから、当分再建はできないだろう。

最後に残ったのはフェアラート公だ。ハディスを最前線に向かわせ、マイナードが死んだらしいという情報を得たあと、皇帝になる気はないかと声をかけてきた。頷いて、全軍を帝都占拠に向かわせるだけでいい。これでハディスに刃向かえる勢力はもう出てこないだろう。

ハディスはひとりで、占拠されたノイトラールもレールザッツも取り返してきた。この帝都も難なく取り返すに違いない。クレイトス王国軍を押し返した時点で軍は疲弊しているという判断から始まったフェアラート公の進軍と帝都の占拠だが、竜帝に対して楽観的すぎる。

現に、竜が帝都から離れ出しているという報告が入ってきていた。偽帝騒乱で起こった粛清を思い出したのか、逃げ出す帝都民で街は混乱し始めている。

だがもう遅い。

ここに残っている者すべてを、ハディスは赦さないだろう。それでいい。

あと少しだ。玉座へ続く階段に腰かける。たとえ帝都占拠に成功した今であっても、玉座に座る気にはなれない。ここはハディスの場所だ。本当は、この場所ですらハディスには窮屈なのではないかと思うけれど――。

「お前は、逃げんのか」

伏せかけていたまぶたをあげる。静まり返った大広間に、薄汚い老人が立っていた。見覚えがあるような気がして眉をひそめるが、思い出せない。

「フェアラート公は逃げたぞ」

「……別に、同じでしょう。彼が再起する道はもうない。三公は終わりです」

誰何するのも面倒で、ヴィッセルは答える。そんなヴィッセルを冷ややかに老人は見返す。

「じゃがまだひとり皇子が残っとるだろう、ライカに」

末の異母弟のことだ。ヴィッセルは苦笑する。

「よくご存じで。でも、あの子はハディスの怒りを削ぐためライカ住民の生け贄になるのがオチだ。個人的な恨みも買っているでしょうしね。何もできやしない」

「生きておれば一発逆転もあるぞ」

「大丈夫ですよ。ハディスはもう躊躇しませんから。フェアラート公に加担したライカを見逃したりはしない」

「……ロムレス皇子にでも憧れたのかと思っておったが」

いきなり出た名前に失笑した。よりによって今、ここで出てくるのがその名前とは——ずいぶん歴史に造詣のある老人らしい。

「同じ竜帝の兄だから？　だが、彼は竜帝を憎んでいたと私は思っていなくてね」

「ほお、お前はそう思うのか。なかなか珍しい説だ」

「わかると思いますよ、竜帝の兄になれば。——本当に憎むべきは、弟にふさわしくない自分だと」

「では、お前は竜帝の兄にふさわしい選択をしたか？」

どこの誰だか知らないが、なかなか面白い質問をする。

「この惨状は、弟に捧げるにふさわしい光景か？」

笑おうとした。答えられないから。

「お前は、ハディス・テオス・ラーヴェという弟にとって、よき兄じゃったか？」

答えられない。答えられるわけがない。

だってハディスは竜帝だ。どうあがいても、届かない。

「──馬鹿モンが」

何も答えていないのに、老人はそう吐き捨てた。

踵を返す気配に、ヴィッセルは顔をあげる。

「……何者だ」

「竜妃宮の管理人じゃよ。もう退職するが」

ヴィッセルは腰を浮かせた。

どこかで見た顔だと思った。レールザッツ公の面影が、ほんの少しだけある。ロルフ・デ・レールザッツ──クレイトス旧王都アンサスを燃やした男。

「心配するな、ここから逆転する一手はさすがに思いつかん。クレイトスに行けば延命措置くらいできるかもしれんが、儂はクレイトスで嫌われ者じゃからのう。苦労に見合わん。……小うるさい兄貴もおらんしな、もう」

ヴィッセルの懸念を何もかも見透かしたように、ロルフが口角をゆがめて答える。

「レールザッツ公を早々に始末したのは妙手じゃったぞう。ノイトラール公の判断を迷わせ、フェアラート公の矜持も折った」

「……矜持？　フェアラート公に国を守る気があったとでも？　帝都攻めを提案しておいて」

「そりゃあ、民への警告じゃや。もうこの国はおしまいじゃとな。今頃フェアラートの領民はクレイトスに逃げとるじゃろう。そのあとに色んな奴らが続く。帝都攻めはそのための時間稼ぎじゃ。奴自身は竜帝に殺されるまで、民を逃がし続けるじゃろ。……とはいえクレイトスに逃げても、もう何も変わらん。竜帝はラーヴェもクレイトスも滅ぼしにかかる。安心せい。お前はきちんとやり遂げた」

稀代(きたい)の軍師と崇(あが)められた英雄は、この先をすべて見透かしたかのように評価する。

「歴史が残るなら、お前は歴史を自分で動かした勝者じゃ。誇っていいぞお」

「……お前は、どうして今まで出てこなかった？」

はっと鼻でロルフは笑った。

「儂がおったら、もっと燃える。だからじゃ。後悔はしとらん。兄貴には、ちょびっと悪かったと思うが……まあ、儂なんぞあてにしてなかったじゃろ。心残りがあるとすれば、そうさな。竜妃とやらは、見てみたかったが」

竜妃。ああ、そういえば昔、ハディスがそんなことを言っていた。目をきらきらさせて——竜妃なんて見つけても、お前を裏切って悲しませるだけなのに。

世界は汚くて、誰も彼もがお前を理解しない。ただ、傷つけるばかり。

「あとは見届けるさ。ここは儂が王都を燃やした続きなんじゃから」

静かにロルフは出ていった。なぜか疑う気も追う気も起こらずに、ヴィッセルは腰を落とす。

もし彼がクレイトス旧王都アンサス奇襲作戦など思いつかなければ——ひょっとしたら、あの愚かな父親は、クレイトスと良好な関係を結び三公に実権を取られなかったかもしれない。そうすれば、ハディスと血がつながっていなくとも竜帝の代理であるラーヴェ皇帝たる自分の政策に矜持を保ち、ハディスを疎まず皇太子として認め、成長を待ち、皇帝位を譲ったかもしれない。皇太子があんなに大勢死ぬこともなく、アルノルトもマイナードも生きて、竜帝のもとでラーヴェ帝国の両翼として働いて。リステアードは案外、ハディスと親友のように育ったりして。

そうしたら、自分はどこにも価値がなくて――。

ぼんやり考えている間に、足音が近づいてきていた。

傾き始めた日を差し入れるように、両開きの扉が開かれる。

誰がくるかはわかっていた。ヴィッセルは腰をあげ、埃を払い、この国の皇帝を迎え入れる。

世界でいちばん美しい弟を。

ヴィッセルを信じて、裏切られた弟を。

「ハディス、待ってたよ」

嘘じゃない。待っていた。

ハディスを引きずり落とそうとする無理解な連中に愛想笑いを浮かべながら。裏切る算段を得意げに語る連中に吐き気をこらえながら。ハディスの足元を汚す、すべての人間を嫌悪しながら。

優しくてすべてを憎みきれない弟を、自由にしてやるために。

それをできるのは自分だけ。自分だけだと信じて。

「これで仕上げだ。わかるね」

血まみれの大理石の床を踏みつけて、弟がやってくる。靴底が汚れる。

でも、弟は美しいままだ。何も変わらない。

エリンツィアを救うため軍を率いたときと。リステアードの処刑を見おろしたときと。叔父を指ひとつ動かさずに処分したときと。母親の血が頬にかかったときと。命乞い（いのちご）をする父親を見おろしたときと。辺境から戻ってきて目を輝かせたときと。馬車に投げ込んだ膝掛け（ひざか）を受け取ったときと。白銀に輝く天の剣にすがりついて泣いていたときと。涙をこらえながらヴィッセルに手を引かれていたときと。おっかなびっくり異母兄たちに囲まれていたときと。

ヴィッセルを、あにうえと、初めて呼んだときと。

「――さあ、私を殺しなさい」

変わっていないのに。全部、弟だったのに。

弟は自分とは違う。誰とも違う、特別な存在だ。そう決めて、最初に線を引いたのは、誰だった？

弟が笑い出した。

「わかってるよ、兄上。兄上は、僕が嫌いだったんだよね」

愕然（がくぜん）とした。声を失ったヴィッセルを前に、ハディスは笑い続ける。

「知ってたよ。兄上には理想の竜帝がいて、そうじゃない僕を許せなかったんだよね。いつまでも家族とか、竜妃とか、夢みたいなことばっかり言う僕の弱さが。その弱さを肩代わりするのがもう、嫌になったんだよね」

言葉が出てこない。だって否定できるだろうか。

確かに自分はそう仕向けた。ハディスが願うような世界はない。だからもう、甘い夢など見ないように。ハディスを傷つけるものすべてを、ハディスが躊躇（ちゅうちょ）なく壊せるように。たとえ竜神ラーヴェの敷く理であっても、ハディスを傷つけたくなかったから──でも、本当にそうだろうか？

自分の望みは、そんなに弟に殉じたものだっただろうか。

弟の望みは、そんなに難しいものだっただろうか。

「でも、もういいんだ。僕にはラーヴェがいる」


ラーヴェはいるんだよ。

ほんとうだよ、信じて、あにうえ。


──弟の望みは、ただ、それだけではなかったのか。

──弟にふさわしい兄とは、ただ、信じてそばにいるだけでよかったのではないのか。

喉が干上がって声が出なかった。そんなヴィッセルを、非情な金色の目が見据える。

光を失い、澱んだ瞳。

ヴィッセルが美しいと思った、きらきらしたあの白銀の光は、どこにもない。

「そんなに僕が嫌いなら、兄ぶったりしなければよかったのに」

ただ弟の手にだけ、まだ輝く白銀の剣がある。

「うるさい──うるさい、うるさい！　ラーヴェ。これ以上、もうたくさんだ」

弟がその白銀の剣をも投げ捨てた。近くに転がっていた薄汚れた剣を取り、こちらに向ける。

「話し合うことなんかない、ラーヴェ」

何か言わなければいけなかった。残された時間は数秒でも、この先も生きていく弟のために。

(でも今更、何を？)

弟が持てたかもしれない兄も姉も妹も弟も、ぜんぶぜんぶ、不要だと殺したのは自分ではないか。


「死ね」


痛みはなかった。ただ、衝撃と熱を受け止めて、弟を抱き締めた。

体の真ん中、まっすぐに突き刺さるのは、天の裁きでさえない。裁かれることすら許されない。だって自分は間違ったままだ。

「――愛……してるよ、ハディス」

こんなことを告げるのは間違っている。弟を本当に思うなら、憎まれ役に徹するべきだった。

でも、誰にも愛されていないと泣く弟が、あまりにも憐れで――抱き締めてやればよかったのだと、最後に気づいて。

見開いた弟の目から、涙がこぼれる。どうしてと、その目が何より物語っていた。

泣き虫な弟だった。今でも、きっと。

でも、もう、慰めてやる時間も、教える時間もない。

愛してるよ。愛してるよ、愛してる。すまない、間違えた。私はただ、お前にふさわしい兄になりたいだけだったのに。お前にふさわしい兄になるためには、誰よりも特別なことをしなければいけないだなんて勘違いした。他のきょうだいでは決してできないことを。でなければ、そばにいられないと怖かったんだ。

もう何も声にならない。言い訳すら許されない。かすんでいく視界で、白銀の粒に変わる天剣が見える——わずかに見えた竜の輪郭、あれが竜神ラーヴェか。


ああどうか、竜神ラーヴェ。

弟を、救ってやってくれ。私が不幸にした。私が不幸にしてしまった。何もかも取りあげて、ひとりぼっちで放り出した。

知っている。私がいちばんラーヴェ皇族にふさわしくなかった。ただ特別な弟にいちばんの兄だと思われたいがために、正しさを取り繕った。愛に溺(おぼ)れて、理に背いた。

でも、間違ったのは私だ。弟じゃない。

罰なら受ける。天国にいるだろう兄たちに、ほめてほしいなんて思わない。切り捨てた姉に、見捨てた妹たちに、そしてこれから死ぬ弟に、許してほしいだなんて願わない。

だからだからどうか、かみさま——


物言わぬ兄の骸(むくろ)が、床に落ちた。剣も、手から滑り落ちる。

浅い呼吸を繰り返しながら、ハディスは両手で、顔の輪郭を確かめる。兄が、最後に触れたその感

触を辿(たど)る。

——愛してるよ。

初めて聞いた言葉だと思う。ずっと望んでいた言葉だった。

でも、わけがわからなかった。わからなくて、笑みが引きつる。

「は……ははっ……愛してるって、なんだ、それ」

咳(せ)き込んで体が傾ぎ、くずおれる。

「ハディス！　大丈夫か、こっち見ろ」

投げ捨てたラーヴェが、竜の姿で戻ってきた。喉からひゅうひゅうと音を立てて息をしながら、ハディスは床に手を突く。

「落ち着け、ゆっくりでいい。俺を見ろ。わかるか？　わかるな」

「……っラー、ヴェ」

「大丈夫、大丈夫だ。大丈夫だから」

はっと嘲笑(ちょうしょう)が零(こぼ)れ出た。

「な、にがだ」

発作のように、次は笑いがこみあげる。

「——もうたくさんだ……もう嫌だ、もう無理だ、もう、もうっ……！」

「ハディス。落ち着け、息が」

「僕はいつまで！　お前の言う未来を信じるふりをし続ければいい！」

真正面で、ラーヴェが息を呑むのがわかった。

「家族なんてどこにもいない。愛してくれる竜妃なんかいない。裏切られてばかりだ。誰も僕を必要としない、誰にも愛されない！　しあわせ家族計画なんて嘘っぱちだ、そうだろう、ラーヴェ!!」

金色の瞳が、表情がゆがむ。

育て親。ずっとずっと、自分と一緒にいてくれた。悲しませたくなかった。だからだから――そう繰り返したこの果てが、これだ。

「正しいんだろう、これで」

かたわらに兄の死骸が転がっている。

「だってお前は堕ちていない――だからこれが正しい未来だ。お前の言う正しい未来だ、そうだろうラーヴェ？　僕は正しい。僕は正しいんだ」

「……ハディ、ス……」

「正しいって言え!!」

視界がゆがんで、育て親の顔が、姿が、見えない。他の人間がそうであるように。

「……なりたくなかった、竜帝になんか」

喉を鳴らして、ハディスはうずくまる。自分が泣いているのかどうかも、わからなかった。

「……お前がいなければ」

笑いながら、ハディスはつぶやく。他の人間が、ラーヴェを責めるように。

「お前がいなければ、僕は、しあわせに、なれたかもしれないのに」

ラーヴェは答えなかった。いや、何か言ったかもしれない。「ごめん」とかそういう言葉を——けれどもう、ハディスの耳には何も聞こえなくて。

——ふっと目を開いたハディスは、薄暗くなった辺りを見回す。どれくらい時間がたったかはわからなかった。兄の体がまだ冷え切っていないので、ほんの数分くらいなのかもしれない。

頭がぼんやりして、喉が渇いていた。涙のあとが残る頬が引きつって、うまく動かない。

「……ラー、ヴェ……？」

かすれた声で呼んでも、返事はなかった。

当然だ。心にもない、ひどいことを言った。何もラーヴェのせいではないのに——自分が選んできた結果なのに、すべて責任転嫁して。まるでラーヴェが見えない、聞こえない、他の人間たちのように、醜い言葉をぶつけた。

(謝ら、ないと……)

ふらり、と立ち上がろうとする、その瞬間だった。

太陽が墜ちたように、空が輝いた。窓から、天井のステンドグラスから、外へ続くバルコニーから、一斉に白銀の光がそそぎこんでくる。

空を真昼に変えるような、強烈な魔力。神の力。

「ラーヴェ!?」

駆け出したハディスは玉座から続くバルコニーへと出る。

夜空に魔法陣が奔っていく。流星のように、けれど確かな意思を持って描かれるそれを、ハディスは見たこともないのに知っていた。

――竜神ラーヴェの、神紋だ。

かつてこの大陸に竜神ラーヴェが降臨したとき描かれたという、神の恩寵を示すもの。天の道標。

空に波立ったその魔法陣が、ふっと泡のように消えた。

まるで役目を終えたように。力尽きたように――空から白銀の剣が墜ちてくる。

かん、かん、かんと澄んだ音を鳴らして、バルコニーの縁に当たり、ハディスの足元まで転がり落ちてきた。

そのまま動かない。竜の姿に戻らない。

喉が鳴った。唇がわななないた。背筋が震えた。指先が冷えていく。

間違いなく、空に描かれた魔法陣は竜神ラーヴェの力によるものだった。

――ならばなぜ、天剣が、転がったまま動かないのだろう。

抜け殻のようだった。

ラーヴェらしくない。あんな冷たい場所で、転がったままでいるなんて。冷たいとか痛いとか、そんな文句のひとつでも言い出すところなのに。

「……ラーヴェ」

手を伸ばしていた。ひんやりとした天剣の柄を握る。いつもなら羽のように軽いはずのそれが、今は重い。

まるでただの剣みたいだ。無機質な手触り。

「ラーヴェ？」

答えは返ってこない。

いつものように、竜の姿にもどる気配も、自分の手の中に消える気配も、ない。

(どうして)

考えたくなかった。けれど、目にしたものを脳が勝手に処理して答えを出そうとする。

だって自分は、なんと言った？


――お前がいなければ。


絶叫した。獣のように吼えた。嘘だ、と叫んだ。

嘘だ。

喉をからすまで叫び続けた。なのに誰も答えてくれない。

何も聞こえない。見えない。

こんなの嘘だ。あり得ない。あっていいわけがない。

竜神ラーヴェが消えたなんて。

だって自分は何も間違っていない。竜帝としての判断を、何ひとつ違（たが）えなかった。何ひとつ違えず、正しくひとりぼっちになった。

だから、ラーヴェが神格を堕とすはずがないのだ。神格を堕としていないなら、ラーヴェは消えない。見えるはずだ、聞こえるはずだ。

なのに、どうして。

ふっと脳裏に黒い影がよぎる。いつもいつもいつも、ハディスの腹底で笑っている女の姿だ。

「――そう、だ」

がらがらになった声で、ハディスはつぶやく。

「女神だ。女神の仕業だ。女神が、ラーヴェを」

それ以外に、何がある。

だって自分は正しく、叔父も父も兄も殺した。これからだって殺せる。竜帝に、竜神ラーヴェに刃向かうものは、すべて。

自分が間違っていないのに、ラーヴェが消えるわけがない。それをねじまげる存在があるとすれば、同じ神であるあの女だけ。

考えれば子どもでもわかる簡単な理屈だ。おかしくて笑い声があがる。

そうだ、ここまでの裏切りだって、常にクレイトスが裏で糸を引いている気配があった。そこから正すべきだったのだ。そういう意味で間違ってしまった。

ラーヴェ解放戦争とはよくも言ったものだ。最初から、女神はこの国から、ハディスから、竜神ラーヴェを奪おうと画策していたのだ。

自分はその策にまんまとのって、ラーヴェを奪われてしまった。

でも天剣は残っている。ラーヴェは、消えてなどいない。卑劣な女神の罠にはまって、その姿も声も届かなくなってしまっただけ。

冷たい天剣の柄を持ったまま、ハディスは夜空を見あげる。

「待っててくれ、ラーヴェ。すぐ殺すから。全部、殺すから」

女神も女神に与(くみ)する者たちも、すべて。

見えない、聞こえない。そう言ってお前を信じない愚か者たちも、すべて。

「そうしたら、戻ってきてくれるよな」

うっとりと、骸のようなかみさまのつるぎを、胸に抱き締める。

さあ、理を糺し、愛を砕きにゆこう。

もう家族なんていらない。きょうだいなんて知らない。竜妃なんて幻想だ。愛なんて、求めない。

その先で、ハディスだけのかみさまがまっている。

とてもとても、しあわせだった。

神降暦一三一五年　ライカの大粛清

【神降暦】……………

竜神と女神が降臨しそれぞれ建国宣言した年を元年とする暦。『プラティ大陸千年史』によると、最初に公称されたのは、初代竜帝ラーヴェがラーヴェ帝国を平定した神降暦七年。

「さっさと死ねよ」

床に投げ転がした自殺用の短剣の刃に、炎が反射している。

あれほどおそろしかった祖父は、まるで鼠か何かのように床にうずくまり、おそるおそるルティーヤを見あげた。

「死ねって言ってるんだよ。こうなったのは自分の責任だろ」

「お、おま、……お前、こんなときに、何を……」

「負けたんだよ、ヴィッセル皇太子は。帝都じゃフェアラート公に縁のある貴族は残らず首を吊るされてるんだってさ。ライカも例外じゃない。この提案は孫からの精一杯の優しさだよ、お祖父様」

ばきり、と建物が焼け落ちる音がして、視線を動かした。真夜中だというのに外から灯りが絶えることはない。

宮殿中に放たれた火のせいだ。

「早くすれば？　焼け死ぬよりは楽なんじゃないかな」

「お、お前は何を……っ冗談を言っておる場合か！　いいから、儂を早く運べ、お前は竜に乗れるだろう。だから儂を助け──ッ！」

嘆息して、腰からさげた剣を引き抜き、そのまま祖父の太股を刺し貫いた。汚い悲鳴があがった。

「僕がわざわざ戻ったのは、あんたの惨めな死に様を見るためだよ」

「ば、罰当たり、がっ……誰が、育ててやったと……っ！」

「お前に育てられた覚えなんかないね」

鼻で笑い、通り過ぎようとする。待てという声と一緒に足首をつかまれたが、すぐ蹴り返した。枯れ木のような老人の体は簡単に転がる。

「ま、待て。ルティーヤ、立てない」

無視してまだ無事な出入り口へと向かう。背中から吹き込んでくる風は、いずれこの部屋にも火を運ぶだろう。

「ルティーヤ、待て。待ってくれ、待ってくれ頼む！　う、動けないんだ。このままだと死ぬ、捨てないでくれ！」

出口の取っ手に手をかけたまま、振り向く。

「ずっと、そういうふうにあんたが、僕にまた期待してくれるのを待ってたよ」

「ルティーヤ……」

「見捨ててやったらどんな顔をするかって、それだけが楽しみだった」

一縷の望みをつかんだ祖父の目から、光が消える。すぐさま憤怒に染まっていく表情と罵声まじりの懇願に、笑いが止まらない。

ルティーヤは芋虫のように這う祖父の姿を見つめながら、ついに炎が吹き込んできた部屋の扉を閉めた。


ライカ大公焼死、という新聞が島に届いたのは翌日の夕方だった。

帝都が竜帝に取り返され、その軍勢が迫ってくる前の自殺か、あるいは、ライカ大公の死をもってフェアラート公と通じた責任を有耶無耶(うやむや)にさせるための暗殺と見立ててあった。

だが皆が考えることは同じだ。――これで、ライカは竜帝の粛清を免れるかもしれない。

最初からラーヴェ帝国に逆らうなんて無理だと思ったんだ、俺は反対した――つい数ヶ月前まで真逆のことを叫んでいたくせに、大人の手のひらの返しようはいつも浅ましい。

しかし安心したあとにくる絶望は、とてつもなく楽しいだろう。

「ノイトラール竜騎士団は？」

「もう対岸まできてるらしいよ。明朝に到着予定。ルティーヤ・テオス・ラーヴェがここで助けを待ってることも伝えてある」

「これでいよいよルティーヤがライカ大公だな」

乾杯、と誰からともなく声があがった。暗くなる前に組み立てた焚(た)き火から、ぱきりと燃え落ちる音がする。

すでに廃墟(はいきょ)と化した元ラ＝バイア士官学校跡には、ラーヴェ帝国軍に殺された生徒たちの幽霊が出るとかいう噂が絶えず、人気もない。真冬の、雪が降りそうなこの寒さではなおさらだ。

だが、各地に散らばって散々ラーヴェ帝国との戦争を煽(あお)り、暗躍してきた同級生たちとの会合には、もってこいの場所だった。

各自、適当に食べ物や飲み物を持ちよって焚き火を囲めば、まるで学園祭の終わりのようだ。溝鼠(どぶねずみ)と呼ばれた蒼竜(そうりゅう)学級は、キャンプファイアーなんて楽しげな行事に参加できるわけもなかったが。

「ここまで長かったな」

「学校ぶっ潰してやってから二年くらいか？」

「で、ルティーヤ、どうするんだこれから」

「もちろん、ラーヴェ帝国の偉大なハディスおにーさまに助けを求めて、ライカを差し出すさ」

誰かが炙った焼き魚の串を取って、ルティーヤは笑う。

「ライカ独立派――反ラーヴェ派の拠点は全部把握済み。資金源だってわかってる。力及ばず祖父の暴走を止められなかった異母弟からの、葛藤に満ちた情報提供だ」

正しく信頼できる情報だ。

反ラーヴェを煽り、祖父がフェアラート公と組むよう画策し、帝都ラーエルムに攻め込むよう世論を動かしてきたのは、他ならぬルティーヤたちなのだから。

「あー、正義だなんだスカしてた奴が、やーっと消えてくれんのか」

「ついでにこっちの邪魔した奴も消しちゃってよ、めっちゃうざかった〜」

「そういやルティーヤに色々教えてくれた兄貴は行方不明って聞いたけど、マジなのか」

「ああ、マイナード兄上か。死んだんでしょ、あれは」

城塞都市ノイトラールが奪還され、姿を消してずいぶんたっている。どちらに殺されたのかはともかく、もう生きているとは思えない。本人も、いつ殺されるかだけだとよく言っていた。

「あれだけ目立ったことやれば、そうなるよ」

「ほんとにクレイトスとラーヴェが戦争してるんだもんなあ……」

「……私、今ならライカはラーヴェに勝てるかもってちょっと思ってたんだよね。でも、ルティーヤの言うこと聞いてよかった」

レールザッツ領から取って返した竜帝は、最初、帝都ラーエルムへ戻るためララチカ湖の大橋で大軍による足止めをくらっていた。竜帝不利とみたのか、各地で竜帝への不満を募らせていた輩（やから）の軍勢に背後をつかれ挟み撃ちにもされた。

しかし、竜が人間を攻撃し始めたことで、あっという間に形勢は逆転した。

竜が竜帝を前に動かなくなることは、何度か噂にあった。実際、偽帝騒乱時に竜が人間の命令をまったくきかなくなっている。用心深く竜を使わない軍も多かったらしいが、竜が襲いにくるとなれば話は別だ。

竜帝は堂々とひとりで、大軍が囲む帝都ラーエルムを焼き払い、帝城に竜で舞い降りた。

偽帝騒乱に続く、二度目の、たったひとりでの帝都制圧だ。

そして、皇太子ヴィッセルを討ち取ったという。

「竜神の加護を受ける竜帝を倒せるとしたら、女神だけなんだってさ」

ほんのわずかな間、言葉を交わしただけの異母兄からの受け売りだ。馬鹿らしいと思うが、天剣の力は本物だ。用心するにこしたことはない。

「僕らはせいぜい、そのおこぼれにあずかるくらいしかできないよ。不相応なことをしたって、無駄死にするだけさ。マイナード兄上はその辺を見誤ったんだ。なんでか知らないけど」

権力に目がくらんだのか、いずれにせよ愚かな振る舞いだ。自分は同じ轍（てつ）を踏まない。

「今から僕はせいぜい、ハディス兄上に取り入るよ。それでラーヴェ帝国も、ライカみたいにしてやるんだ」

権力もいらない。

正義もいらない。

ただ面白いだけでいい。

えらそうに、上から目線で、自分こそが正しいと声高に叫ぶ連中が、無様に地べたを這いつくばる様を見るのは何度見ても爽快だ。

自分たちを溝鼠だ、出来損ないだと見下し、馬鹿にしてきた連中が、だまされたと理解したときのあの顔ときたら！

「まずはうまいことラーヴェに避難しないとなー。みんな帝都に移住予定か？」

「そうだね。とりあえず一年くらいはおとなしくしておいて――」

「はいはいはーい、みんな注目！」

手を叩いて皆の視線を集めたのは、相変わらず真面目なまとめ役の女子だ。

「実は、アイシャに赤ちゃんができました！」

「はっ!?」

真っ先に反応したのが、半年前に式を挙げたばかりとはいえ、夫本人なのはどうなのか。

「いやなんでお前が聞いてないんだよ！」

「は、初めて聞いたし――え、聞き間違い？」

祝辞より先に出た突っ込みと、あまりの動揺ぶりに、皆が笑い始める。

「笑うなよ！　まじか、マジなの？」

「おめでとーおとうさーん」

「そういやアミルも婚約したんだっけ？」

「ぼ、ぼぼぼぼぼぼ僕は、本国貴族との、政略結婚で」

「焦るな焦るな、お前がめろめろなのばれてるから」

「とりあえず一段落したんだし、しばらくライカ出身の人間はおとなしくしといたほうがいいし。少しだけお休みにするのはどうかな」

賛成、という声があがった。おめでとう、という言葉も。アイシャは嬉しそうに笑っているが、夫のほうはまだ目を白黒させていて、それもまた笑いを誘う。

感慨深く、ルティーヤはつぶやいた。

「……二年だもんな。親になる奴も出てくるかあ」

「ルティーヤも本国に戻ればそういう話、出てくるんじゃないのか」

そうかもしれない。ルティーヤももう、十六歳だ。案外、ラーヴェ帝国にいけばそういう駒として配置されるかもしれない。

何せ皇帝ハディスにとって、ルティーヤはもう、唯一残ったきょうだいだ。

「そうだな、だったら今度の連絡は半年くらいは先で――」

どぉん、とまるで大砲に撃たれたような音が遠方から響いた。

ラ＝バイア士官学校は島の中でも高台に建っている。立ち上がって、半壊した壁の向こう側を見ると、すぐさま原因はわかった。

海の向こうだ。断続的ににぶい音が聞こえる。何より明るい。――本島が、燃えているのだ。

「……暴動か？」

「かもね」

ライカ大公の不審死に脅えた暴走か。それとも残っていたフェアラート公の残党たちが、最後の攻勢に出たか。どれもあり得ることだ。ルティーヤたちには関係ないけれど。

「早めにライカ、脱出したほうがいいかもね」

「そうだな。ここにはこられないだろうけど、船は隠しておこう。今夜はこれで解散――」

今度は近くで爆発音がした。

さすがに驚いて、音がしたほうへと振り向く。

港が燃えていた。ルティーヤたちがいる、この島の港だ。船が燃やされている。

本島の騒ぎに触発された輩がいるのかもしれない。ルティーヤは舌打ちした。

竜が使えない今、船は島から出る唯一の手段だ。わけのわからない暴動で失うのは痛い。

「お前ら、逃げ出すための船は？」

「裏側だ、港にはおいてない」

「この島からもいったん離れろ。僕は最悪、朝までやりすごせばラーヴェ帝国軍に保護してもらえるけど、さすがに全員はつれていけな――」

もう一度、今度は別方向から爆発が起きた。思ったより大事になるのかもしれないと嘆息したそのとき、ざあっと風と一緒に大きな影が上空を飛んでいく。

大きく燃え上がる焚き火の炎に照らし出されたのは、竜だ。ルティーヤは息を呑む。

緑竜を先頭にして飛ぶ竜たちの上に、人間が乗っている。ちらと見えたのは、ノイトラール竜騎士団の腕章。

明日の早朝に到着するはずの、竜騎士団だ。どうしてこんな夜間に――ぞわっと嫌な予感が背筋を駆け上がった。

「――逃げろ！」

叫ぶと同時に、上空から竜の炎が吐かれた。

壁まで焼き焦がすその炎が、焚き火と混ざり、一気に燃え上がる。あがった悲鳴に負けないよう、ルティーヤは上空に叫ぶ。

「待て、僕はルティーヤ・テオス・ラーヴェ！　竜帝の弟だ！　ここにいるのは民間人だぞ、反乱軍じゃな――」

誰かが竜の上から飛び降りると同時に、武器も持っていない仲間を槍で突き刺した。血しぶきをあげて倒れたのは、さっきまで妻の懐妊に目を白黒させていた仲間だ。

耳をつんざくような悲鳴があがった。

「な、なんでノイトラール竜騎士団が!?」

「いいから逃げろ、早く！」

「お、前――！」

「ルティーヤ、待て！」

剣を抜いて飛びかかろうとしたルティーヤの肩を、副級長がつかんだ。振り払おうとしたルティーヤの耳に、たったひとりで上空から飛び降りてきた青年がつぶやく。

「逃がすか、溝鼠どもが」

聞き覚えのある声だった。声変わりしてすっかり低くなっていたけれど、なぜだか確信のほうが先にあった。

（まさか、嘘だろ）

死んだはずだ。

相手は、悲痛な叫びに躊躇する様子もなく、再び槍を振り上げた。仲間が身構えるより先に腹を刺し貫かれ、蹴り飛ばされる。逃げようとする者の背中もためらわず斬り捨て、振り向きざまにようやく、その顔があらわになった。

その青年は、記憶とまったく違う姿をしていた。背が伸びて、体格も変わっている。温和だった面差しは昏く、さわやかだった目元には隈ができている。同じなのは目と髪の色くらいだ。その目も片方、眼帯で隠している。まったく別人に見えた。

なのに、かすれた声で名前を呼んでしまう。

「ノイン、か……？」

「覚えててくれて嬉しいよ」

嘘だ、という想いはそれでも捨てきれない。

二年前、ラ＝バイア士官学校は反乱分子を育てているとラーヴェ帝国軍に強襲され、崩壊した。生徒たちを守ろうと最後まで抵抗した金竜学級の学級長は、血まみれになって、それでも剣を捨てずに、最後は片眼を短剣で貫かれ、海に墜ちた。間違いない、この目で見た。

(生きてる、わけが)

その短剣を振りかぶったのは、驚愕と失望の海に沈めてやったのは、他でもない自分なのだから。

「さがしたよ、ルティーヤ」

自分だって背が伸びた。外見は変わったはずだ。

けれど相手は迷わず、こちらを見据える。

「殺してやる」

金竜学級の学級長は、片眼にルティーヤを映して嗤った。


まだ剣を捨てないその腕をつかんだのは、恐怖からだったのかなんだったのか。今でもルティーヤにはわからない。

「君たち蒼竜学級の居場所はまだ知られていない、逃げるんだ」

ルティーヤたち蒼竜学級は『反ラーヴェ派のグンター校長につかまるも、ラーヴェ帝国軍に救出される』役目を負っていた。本校舎の食堂の地下、食料庫だったそこで震えるふりをしていれば、自分たちを溝鼠呼ばわりしたいけ好かない生徒も、先生も、気に食わない奴らはみんなラーヴェ帝国軍に殺され、自分たちだけが生き残って、めでたしめでたしだった。なんにも心は痛まないはずだった。

「ラーヴェ帝国軍は俺たちを全滅させるつもりだ、話も何も聞かない……！」

――金竜学級の学級長が、助けにくるまでは。

「みんな戦ってるけど、そんなに長くは……もう、たぶん……」

そういって一度伏せた顔に光るものや、それを拭い、こちらに向けた表情を見るまでは。

「早く逃げろ。逃げて、生きて、俺たちの濡れ衣を晴らしてくれ。確かにグンター先生は禁じられた研究をしてた、でも俺たちは反乱なんてたくらんでなかったって！」

「待てよ！」

立ち上がろうとしたその腕をつかんだ。

「お前、竜に乗れるんだろ。だったら僕をつれて飛べ」

「君を……？　でも、他のみんなを置いていくわけにはいかないだろう」

「僕はラーヴェ皇族だ。僕が解放されたとわかったら、ラーヴェ帝国軍は止まるかもしれない」

放っておいてもよかったかもしれない。

でもこいつはここで殺しておかないといけない、と思った。

「――わかった、ルティーヤ。君に賭ける」

こちらを信じて、そして手を取ってくれるような、こんな奴は。

一度も溝鼠と呼んだことがない奴だっているのだと、そんな簡単なことに自分や仲間たちが怖じ気づく前に、いなくなってもらわなければならなかった。

自分に背中をあずけ、一緒に武器を手に取り、馬鹿な騒ぎに踊る大人たちの間を走り抜け、竜の鞍にまたがって。広い広い海の向こうに飛んでいけるのではないかなんて夢想をする前に、ちゃんと現実に戻らなければならないのだ。

友達になれたかもなんて、決して思わないように。

握り締め、竜の上で振り下ろした短剣は、馬鹿げた夢を絶つためにあった。

だって友達の顔に短剣を突き立てるなんて、できるわけがないから。

「お前なんか信じられるわけないだろ、エリート様」

ルティーヤを映さなくなった片眼からこぼれ落ちた血は、涙みたいだった。


ごうごうと、炎が広がっていた。周囲は明るく、見間違いを許さない。

「ここまで二年もかかったよ」

口調は穏やかだ。だが、ノインが手にした槍先からは、仲間の血が滴っている。

「さすが、溝鼠どもはこそこそ逃げ回るのがうまい」

「……お前、ノイトラール竜騎士団の、竜騎士になったのか」

剣を構えようとした副級長を押さえ、後ろ手で逃げるよう指示する。ノインひとりのようだが、相手は学生時代からずば抜けて強かった天才だ。戦えば何人か確実に犠牲になるし、まだ上空では竜が飛んでいる。援軍がくる可能性もある。負傷者をつれて逃げるほうが先だ。

「ああ。本国側の岸に流れ着いてね。エリンツィア団長に拾われたんだ。ラ＝バイアの生き残りだって知ったあとも、ずっとかばって、世話をしてくれた。この目や状況に慣れるまでは色々、苦労したけど」

意外にもノインは会話にのってくれた。恨み節でも言いたいなら喜んで聞いてやろう。いい時間稼ぎになる。

「その団長も死んだ。……馬鹿げた戦争を煽る連中のせいで」

ノインのうしろで怪我人を背負った仲間が、じりじりと後退し始める。

「で？　そのノイトラール竜騎士団の竜騎士様がどういうつもりだ、民間人を攻撃するなんて。しかも僕は、ラーヴェ皇族だぞ」

「民間人？　笑わせるな」

ノインが予備動作も感じさせず、地面を蹴った。逃げようとしていた仲間たちが反応する前に、突き刺される。助けようと飛び込んだ人間たちも、一閃で斬り伏せられた。

「お前らは溝鼠だろうが。人間のふりをするのもいい加減にしろ」

「お、まえ……っ」

「いいから全員逃げろ、僕が相手をする！」

学生時代からノインは規格外の強さだった。まともに戦えるとしたら、自分だけだ。

ルティーヤの剣身を、ノインが槍の柄で受け止め、弾き飛ばす。そしてルティーヤが体勢を整える前に、逃げ出した仲間の背を斬り付けた。

「おい！　相手は僕だろ！」

「一匹たりとも逃がすか」

「命令違反だろうが！　僕らは本国で庇護されることになってるんだ！」

死角から打ち込んだはずなのに、ノインは身じろぎもせずに防いだ。だが今度は弾き飛ばされたりしない。隙あらば仲間を斬り付けようとするノインの攻撃をさばき、撃ち合いになる。

「港の攻撃もお前らか!?　ノイトラール竜騎士団の責任問題になるぞ！」

くっとノインが喉で笑った。

「何がおかしい！」

「俺は何も間違っていない。これは竜帝陛下の命令だ」

わずかな動揺がゆるみになり、腹に膝が叩き込まれた。そのまま後頭部をつかまれ、地面に叩きつけられる。

「ルティーヤ！」

「竜帝陛下は、一匹たりとも島から出すな、島ごと焼き払えと仰せだ」

その命令に、ついルティーヤを気にして足を止めた仲間たちも、ルティーヤ自身も、声を失った。

「誰も生きて本国になど渡れない。竜帝陛下は賢明な方だよ、お前らみたいな溝鼠は生かしておくべきじゃないとわかっていらっしゃる」

地面に肘を突き、ルティーヤは首だけ動かしてノインを見る。

「……それは……全員、殺すってことか」

「安心しろ。お前だけはちゃんと処刑するよう命じられている、ルティーヤ。見せしめだ」

ノインは穏やかな表情だった。

「まずお前をすべての混乱の元凶として処刑する。皆、お前に石を投げるだろう。そのあと、お前に石を投げた者も投げなかった者も全部殺す。石を投げた者はラーヴェ帝国に刃向かった罪で。石を投げなかった者はラーヴェ皇族を見捨てた罪で。そういう命令だ」

「──無茶苦茶だ、お前、そんな命令に本気で従う気か！　全然今回の反乱に関わってない、ただ巻き込まれた奴らだってたくさん──っ」

「お前がそれを言うな！」

突然声を荒らげて、ノインがルティーヤの背中を踏みつけた。

「ラ＝バイア士官学校に反乱分子がいるなんてでまかせをばらまいて、ラーヴェ帝国軍に襲わせたお前らが！　ラーヴェとライカの戦争の火種を作ったお前らが！」

もう一度、背中に靴底が叩きつけられる。

「金竜学級も紫竜学級も、ほとんどの生徒が何も知らないまま濡れ衣で殺された。お前らに殺されたんだ！　それを忘れたのか！　それとも自分たちはそんな目に遭わない自信があったか？　溝鼠のくせに」

「……っ！」

「今度はお前らの番だ。当然だろう、それが理(ことわり)だ、竜神の裁きだ!!」

ノインが歩き出す。その足首をつかんだが、すぐさま顎を蹴り上げられた。頭を振り、それでも足をつかむ。

「今のお前じゃ俺にはかなわないよ」

「うっせ……！　そんなの、わかんないだろ……！」

「わかるよ。お前は弱くなった」

もう一度ルティーヤを蹴り、振り向いたノインが、片手でくるりと槍を回し、槍先を下に向けた。

「溝鼠らしい、見事な落ちぶれっぷりだ」

「ルティーヤ！」

「いいから逃げろ、早く……っ！」

仲間に向けて伸ばした手のひらを、地面に縫い付けるように、槍が貫いていった。ルティーヤが悲鳴を食いしばるのと同時に、空から炎が降ってくる。ノインの竜だ。仲間たちの行き先を炎の壁が阻む。その背中に向かって、ノインが剣を引き抜いて襲い掛かる。

血しぶきが舞う。悲鳴があがった。

「や、め……やめろ！　お前が恨んでるのは僕のはずだ、なら僕だけでいいだろう！　ノイン！」

ノインは振り向かない。無言で、淡々と、なんの感慨もなく、動けない仲間を火の中に放り込み、首をはねていく。戦意喪失していようが、逃げようとしようが、容赦はなかった。

その刃がついに死体にすがって泣いている女たちに届く直前、ルティーヤは思わず叫ぶ。

「その子には赤ん坊がいるんだ！」

奇跡のように、ノインが動きを止めた。貫かれた槍を引き抜き、呻きながら、ルティーヤは這いずる。

「もう、いいだろう……っ僕は、刃向かわない。だから、ひとりくらい」

「もし二年前、俺がそう言ったら、お前は俺の仲間を助けてくれたのか」

息を呑んだ。それがお互いの答えだった。

鼻で笑ったノインの振りかざす剣が、炎を反射して光る。

「溝鼠の子も、所詮溝鼠だ。生まれてくるな」

ごうごうと炎が音を立てて、悲鳴も燃やしてしまう。

悪い夢だ。そう思った。

自分たちはうまくやっている。つい数時間前まで、そう思っていた。これから先もそうなる。そう信じていた。馬鹿な大人たちと違うのだから。

自分だけにはしっぺ返しはこないのだと信じて――いつまでもいつまでも、大人になれない大人みたいに。

じゃらじゃらと首と両手首を繋げた鎖が、音を立てている。

現実感がまるでなかった。これも夢じゃないかと、まだ思っている。

「喜べ、火刑だ」

そう、だって亡霊がしゃべっているじゃないか。

「……首切り台じゃないなんて、なかなかいい趣味だな」

「お前にはお似合いだよ。ラ＝バイアの生徒の大半は焼死した」

穏やかに、でも冷ややかに、亡霊が自分を処刑場に引っ立てていく。

（でも、ろくな夢じゃなかった）

半壊した広場には、人が集まっていた。

処刑は一種の見世物だ。ここ数日の騒ぎに、誰もが脅えと怒りをぶつけたがっている。ラーヴェ帝国とライカ大公国の分断を煽ったと、罪状を読み上げられたらなおさらだ。

このあと平等に殺されるとも知らずに。そう思うと笑えてきた。

（ああほんとに、竜帝は正しいんだな）

正義に鼻を膨らませた加害者も。嘘に踊らされた馬鹿も。巻き込まれただけと言って何もしなかった日和見も。

みんなみんな、平等に死ぬ。

誰も許されない。

「最後に何か言いたいことは？」

磔（はりつけ）にしたルティーヤを見あげて、ノインがさわやかに尋ねた。

きっとこいつもたくさん殺しまくって、ろくでもない死に方をするのだろう。

ふっと何かの教えのように、光が見えた。何かが反射したようだ。視線を動かしたルティーヤは、人混みの中で光の持ち主を見つける。

女の子だった。裸足だった。髪もワンピースの裾も、焼け焦げている。頬は煤けていた。親や保護者らしき人物は近くに見えない。昨日の港の襲撃にでも巻き込まれたのだろうか。ただ両手でしっかり何かを握り締め、じっとノインの背中を見つめているようだった。

その昏い目にかつての自分を見た気がして、ルティーヤは笑う。

止めてやるような人物に、自分はなれなかった。あんなに嫌っていた大人に、自分はなってしまったのだ。

顔をあげ、周囲を見渡す。

「自分で考えもしない、学びもしない、食って寝るだけの豚ども！」

なんだと、と周囲がざわめき出す。女の子が押し出されつんのめって転ぶ。その手から転がったナイフに、誰も気づかない。

「大嫌いだ、みんな死ね」

これも竜神の正しい導きか。それとも、裁きなのか。

ノインは気づいていない。残った片眼で、ルティーヤだけを見ているからだ。

笑ってやった。

「最後に見るのがお前の顔だとか、最悪だ。悪夢だよ」

最後の最後に、こんなことに気づくなんて。

ノインも笑って、目を伏せる。

「そうか。おやすみ、ルティーヤ」

「おやすみ、ノイン」

——こんなふうになったお前だけは、見たくなかった。

きっとお互いに。

ぱちり、と足元に火が付く音がする。ルティーヤは目を閉じた。もう目を覚ましたくはない。

女の子が、ノインの背中に向かって駆け出した。

神降暦一三一五年

南国王の動乱

【ラキア聖戦】……………

竜神（竜帝）と女神の戦いで、国境が主な戦場となった大戦を指す。二神戦争が第一次ラキア聖戦、シシリア王女戦争が第二次ラキア聖戦として両国の史書に記されている。

大切な話があると言われ、背筋を伸ばした日のことを覚えている。

クレイトス王太子として厳しく育てられてきた自分には、それを受け取る覚悟があると子どもながらに思っていた。

「私の子どもについてですか……？」

ぴんとこなかったのはしかたないことだろう。まだ十歳くらいだったはずだ。自分は王太子で、王族には義務が伴う——そう言われているだけで具体的な中身まで思い至っていなかった。ひとつ下の妹のローラはもっと理解できないだろう。兄の背に隠れるようにして、じっと父王の言葉に耳をそばだてている。

「そうだ、ルーファス。お前の子どもは、ローラにしか産めぬ。逆に、ローラはルーファスの子種でなくば懐妊せぬ。これがクレイトス王族に課せられた理(ことわり)なき愛だ。その意味がわかるか」

「……よく、わかりません。私には、イザベラという婚約者がいます。それにクレイトス王族は一夫一妻が決まりのはずです」

そう答えた自分は年齢のわりに賢(さか)しかったほうだろう。息子のジェラルドもそうだった。同じように言い返してきたと記憶している。

そして父親は、自分の理にかなった疑問を鼻で笑った。二十年ほどあとに、自分がそうしたように。

「王妃はお前たちの本当の母親ではない。お前とローラの本当の母親は、一昨年(おととし)死んだ儂(わし)の妹——お前たちの叔母(おば)上だ」

だが、あっけなく告げられた事実は、子どもなりに抱いた疑問を吹き飛ばした。

「クレイトス王族は、そうやって代々女神の器と偽天剣――女神の護剣を確保してきたのだよ」

何がおかしいのか、親子しかいない玉座の間で父王が口元をゆがめる。

「で、でも……はは、うえは」

「あれも承知の上だ。お前たちを本当の子どもだと思って育てているだろう。身ごもる気配のない自分の体を呪い、気を病みかけていたからな。王太子と王女が存在する今の安心を手放しはせん」

「で、ですが、それは、裏切りでしょう。だって、叔母上と、父上が」

「儂はもう疲れた」

投げ出すように、父親がそう言った。

「次はお前の番だ」

そして投げ出された役目が、自分の足元に落ちてくる。

「竜帝が消えて三百年近く、護剣を手に入れることに意義などなかった。天剣も行方不明、女神優勢のこの時代ならば、ただの神話にすぎないと思おうとした。だが、女神の器を失うことはできなかった。女神を失えば、クレイトスの土地がどうなるかわからぬ。何よりクレイトス王家が儂の代で絶えることだけは、許せなかった。耐えがたかった。儂の父――お前の祖父は儂の意地を子どもの反抗と嘲笑っていたが、結局このザマだ」

「……ってですが父上は、ラーヴェ帝国を手に入れようとしているではないですか！」

詳細は知らないが、今、水面下でラーヴェ帝国との和平とは名ばかりの併合計画が進んでいると聞いていた。しかも、ラーヴェ皇帝側から持ちかけられた話だ。竜帝が長く現れず、ラーヴェ皇族の権威は翳るばかり。三公の傀儡となっている皇帝が一矢報いるため選んだ画策相手は、よりによって仮想敵国クレイトスだった。

もともと女神クレイトスと竜神ラーヴェの二柱で、プラティ大陸を治めるはずだったのだ。今こそわだかまりを解き、あるべき形に戻るのだ——と言えば聞こえがいいが、ラーヴェ皇族の凋落がそこまで進んでいるのだろう。

クレイトスにとっても決して悪い話ではない。まだまだ先になるだろうが、慎重にラーヴェ帝国内の様子をうかがいながら、ひそかに計画が進んでいるはずだ。

かの国の技術や竜が手に入れば、クレイトスはもっと豊かになる。何より竜神の威信が失われたラーヴェ帝国と、未だ女神の威信を保つクレイトス王国。民がどちらに傾くかは明らかだ。いずれはクレイトスがプラティ全土を掌中に収めることになる——それがルーファスが引き継ぐことになる未来だった。

その輝かしい未来を、父親がはっと声を立てて笑い飛ばす。

「相手は竜帝ではないのだ、ルーファス」

「竜……帝……」

「三公のお飾り皇帝が、あがいているだけのことよ。毒にも薬にもならぬ、人間のすることだ。同情はしているがな。あれは女神の器——お前たちを授かる手段を失った儂だ」

自分たちは父親にとってずいぶん遅くにできた子どもだった。十代で嫁いだ母親が、四十になってからできた子だ。

今ならわかる。その間、きっと父親はあがいた。

クレイトス王家直系の兄妹（きょうだい）でなければ、女神の末裔（まつえい）はあっけなく絶える。すなわち、兄王は竜帝と渡り合うための女神の護剣を持てない。妹姫という確実な女神の器も確保できない。

そういう、理なき愛から解き放たれようとして、逃げられなかったのだ。

「割り切って生きろ。儂からお前に言えるのはこれだけだ。そのほうが楽だ。事実、そうした王は過去何人もいる。三百年前、戦竜帝を激怒させたクレイトス王がそうだ。離縁されたシシリア王女にさっさと兄妹を産ませ、用なしになった妹姫の身柄を竜帝に引き渡して、軍を引かせた」

三百年前にクレイトスを襲った災厄のような戦争は、歴史の講義で聞いていた。

知識にすぎなかった歴史が、因果になって自分の体に絡みついてくる。

拳（こぶし）を握った。

――自慢の息子と娘よ。優しい母の顔が思い浮かんだ。長年懐妊の気配もなかったのに高齢出産で不貞の噂を立てられていることなど、みじんも感じさせない笑顔。あたたかい手。

幼馴染（おさななじみ）のイザベラの顔も浮かんだ。わたしたちでクレイトスを強い国にするの。ラーヴェ帝国も寄せ付けない、平和で、幸せな国に。

「……私が、なんとかします」

何か、きっとあるはずだ。

何より今、竜帝はいない。

「だってそうでしょう。ラーヴェ帝国との併合が叶（かな）えば、状況は変わるかもしれない。ラーヴェにも何か情報があるかもしれません。何より竜帝の直系の血は絶えたはずです。今のラーヴェ皇族は、三百年前から入れ替わっていると聞きました」

「そうさな、それが希望よな――女神にとっては絶望であろうが」

父親が苦笑いと一緒に吐き捨てる。

ひとことも口をきかない妹のローラが、そっと自分の拳に触れた。

「だがな、忘れるなルーファス。三百年前、王女シシリアが連れ帰った戦竜帝の子を次に生まれた妹姫と娶せたが、子はできず女神は神格を堕とした。竜帝の血筋では駄目だ、本人でなければ――儂は、王女が連れ帰った子が本当に戦竜帝の子だったのかも疑っているが」

「まだ竜帝の直系がラーヴェ帝国に残っているとでも？　ですが竜帝の弟もクレイトスに逃亡する前に死んだんでしょう」

「生きていたら？　王女が竜帝の子を他の赤子と入れ替えたように、竜帝の弟も兄の子を他の赤子と入れ替え、最後の最後に竜帝の弟としての矜持を取り戻していたら？　戦竜帝の弟が隠れ住んでいたというザザ村の噂が本当なら、村の住民が一晩で消えたなどという眉唾な話にも納得がいく」

――竜帝の血筋はどこかでひっそりと続いているのかもしれない。

まるでクレイトス王族とラーヴェ皇族の苦悩を嘲笑うように、か細い糸をつないで。

「それでも、今いないものは、いません」

「それも真理よな」

父親が苦笑い気味に、杖を支えにして立ち上がる。手を貸そうと玉座に近寄ると、皮と皺しかない手に思いがけず力強く引きよせられた。

「十四歳以降だ。女神に願い、ローラの意識を乗っ取ってやれ。せめてもの慈悲だ」

意味がわからず硬直したルーファスの胸を、父親が突き放し「無用だ」と言い捨てて歩き出す。よろけたルーファスに慌てて駆けよってきたのは、ローラだった。

「おにいさま」

花のようにふわりと香る気配。不安げな眼差しに、ルーファスは喉に引っかかった父親の慈悲を無理矢理呑み下し、笑い返した。

「気にしなくていいよ、ローラ。今の話は忘れなさい。お前は、素敵な王子様のお嫁さんになるんだからね」

こくりとローラが頷き返す。

代々、クレイトスの王女は病弱だ。妹もその例に漏れない。三十歳まで生きるのが希有なほうで、おおよそが未婚のまま生涯を閉じる。そのせいだろうか。ローラは花嫁衣装に憧れが強い。

さっきの話をどこまで具体的に理解したかはわからないが、いい話ではないのは察しただろう。励ますように、少ししゃがんで目線を合わせた。

「大丈夫だ。兄様がお前に、とびっきりの王子様を用意してやるからな」

「……うん」

「イザベラのところへ戻ろう。きっとお菓子を用意して待ってるよ」

ローラは唇をほころばせて、身を翻す。走っては駄目だ、こけないように――そう言おうとした瞬間、ローラは足をもつれさせて転んだ。嘆息して、泣き出しそうな顔をしたローラをおぶってやる。

「ルーファス」

玉座の間を出て長い回廊を歩いていると、婚約者のイザベラが歩いてきた。ドレスは動きにくいと、いつも乗馬服に似た格好をしているイザベラの足取りは、きびきびとしている。髪も肩上で切ってしまっているせいで、少年に間違えられることもあった。

「どうしたの、ローラ。また熱が出た？」

「父上の話が長かったからね。疲れたんだろう」

イザベラはローラの額に手を伸ばし、熱を確かめたあとで頷く。

「顔色は悪くないわね。ゼリーを用意しているのだけれど、食べられる？」

「食べられるわ、イザベラおねえさま」

よかったと、イザベラが微笑んで頷く。すぐに近くの使用人を呼んで、ローラを先に部屋につれていくよう指示を出してくれた。

妹の重みがなくなったルーファスは背筋を伸ばす。笑顔でローラを見送ったあと、イザベラが振り返った。

「なんだったの、国王陛下のお話は」

真剣な眼差しは自分と同じ目線の高さだ。ほっとした心地で、ルーファスは父親から聞いた話を、まるで他人事(ひとごと)のように聞かせた。

まだ子どもだった。

夢と希望に溢れていた。

神様は自分たちを祝福するもので、世界は美しくて、愛は優しいものだった。

だから言えたのだ。

「……そんな馬鹿な話がある!?　あなたとローラにそんなことをさせるなんて」

きっと彼女も。

「畜生にも劣る所業だわ」

ばっさりと切り捨てられ、胸がすく思いがした。自分にはね返ってくるとも思わずに。

「クレイトス王家の妹姫は女神の器として、兄は守護者として生まれつく。この言い伝えを国民のほとんどが神話の名残だと思っている時代よ。私もてっきり王家の威信を保つためのおとぎ話だとばかり……聖槍と護剣という女神の奇跡が形として残っているとはいえ……」

「奇跡の代償……というのは、人間よりの考え方なのだろうな」

そうね、とイザベラは嘆息まじりに同意した。

「あるいは等価を求める竜神の理屈にも思えるわ。いずれにせよ神の行いを人間の尺度ではかることはできないわね。でも……どうしてそんなことになっているのかしら。クレイトス様は何をお考えなの？」

「まずは、情報を集めてみよう。この分だとクレイトス様が聖槍で眠っているという話も、本当なのかもしれない。ローラがもう少し大きくなれば、話ができるかもしれないし……」

「でもあなた、私にこんな大事な秘密をしゃべってしまってよかったの」

「君だから話したんだ。いずれ私は君と結婚するんだから」

イザベラは目をぱちぱちとさせたあと、視線を斜め下におろした。頬が少し赤らんで、唇を尖らせている。照れ隠しにむくれているらしい。男勝りと言われる彼女だが、とても愛らしいところがあるのだ。

「協力してほしい」

そう頼むと、きりっとした顔つきになるのも、愛おしかった。

「わかっているわ。王太子妃になる私にも、大いに関係あることだもの」

何も絶望することなどない。そっと握られた手には、そう信じさせるだけのぬくもりがあった。

——しかしたった数年で、ルーファスは絶望する。

一度目は、クレイトス王都が燃やされたときだ。年老いて動けなくなった父親は護剣をろくに使えず、よりによって母に頼み込まれてルーファスは十四になったばかりの妹を犯した。まさに畜生に劣る所業だと思った。だが、国民を守るにはこれしかなかった。これきりだと、イザベラにも、ローラにも謝るしかなかった。

でも、まだなんとかなると思っていた。護剣があれば、ラーヴェ帝国を退けられる——十分だ。

それだけが希望だったのに、その希望も数年後あっさり潰えた。

竜神が見えると言い、天剣を手に持つ子ども——ハディス・テオス・ラーヴェ。

三百年ぶりに本物の竜帝が、生まれたのだ。

そして結局、自分は同じことを息子に告げる。

血まみれの育ての母を抱き、涙と殺意で濡れた瞳をこちらに向ける、自分とよく似た息子に。

「イザベラは、お前たちの本当の母親ではないんだよ。お前とフェイリスの本当の母親は、たった今イザベラに殺されかけたローラ――お前たちの叔母上だ」

――さいわいなのは、自分と違って息子が父親をすでに軽蔑していたことくらいだった。

春。クレイトス王国にとっては花が咲き乱れる、いちばん華やかで美しい季節だ。女神の加護は、砂漠に覆われたエーゲル半島でも変わりない。

「砂漠で育った林檎をかじる。これこそ女神の恵みだよ」

味は劣るとしても、育つことそのものが奇跡だ。

強い日差しを遮るため堅牢な石で作られた薄暗い後宮の一室。奇跡を口にするルーファスに、色白のほっそりとした女が本を片手に反論する。

「ですがエーゲル半島の砂漠化は、クレイトス様が神格を堕とした故なのですよね」

「そうだよ。ここは女神にとって忌むべき場所だ。それでも恵みをもたらす」

「女神を信じる私たち民のために……ですね。まるで我が子を決して見捨てない母、聖母のような慈悲深さです」

「それはどうかな」

まばたいた女の目の前にあるテーブルに、かじった林檎を置いた。

「女神クレイトスは親に愛されたい子どものようだ――と思ったことがあるよ、僕は」

「それはどういう」

「不敬な私見さ。忘れてくれ」

「……残念です。弟が興味を持ちそうなお話ですのに」

軽く笑って、ルーファスは立ち上がる。適当にその辺に放り投げていた衣服を拾うと、女が心得たように手伝い始めた。

「私の息子はずいぶんな不心得者を重用しているようだ。今は軍神令嬢についているのだっけ?」

「昔から好奇心旺盛なんです。何にでも疑問を持つというか……」

「神にすら疑心と欲望を抱くか。いいね、まさに人間の性だ。でも身を滅ぼさないよう気をつけることだ、君もその弟も」

ルーファスに上着を羽織らせる手が、一瞬脅えたように止まった。気づいていないふりをして、腰から剣をさげた。

「じゃあ、少し出かけてくるよ」

「どちらへ」

まるで夫婦のような会話だなと思いながら、女に一瞥もくれず、ルーファスは答える。

「ラーヴェ帝国へ」

「どうかクレイトスにお戻りください、国王陛下！」

「しつこいねえ」

首をはねた血を、ノイトラール竜騎士団の軍旗で拭う。地面に落ちた白旗は、もとの色を失い赤黒く染まっていた。

折り重なる死体と、踏み荒らされ血を吸い込んだ雪原は、血の海のように変わり果てていた。太陽が赤味を帯び、戦場の名残であちこち燃えているせいだ。

「精鋭と言われたノイトラール竜騎士団もこのざまだ。攻め入るには好機だと思わないのかい、サーヴェル伯ともあろう者が」

早足で進むルーファスにサーヴェル家当主ビリー・サーヴェルはぴったり距離を保ったままついてくる。いつも穏やかに見えるふくよかな顔立ちが、今はとても剣呑だ。

「彼らは民間人の護送兵団だった可能性があります！　お気づきだったでしょう……！」

「なら、ノイトラール竜騎士団の軍旗を持っていたのが悪い」

「少しでも安全に道を進むために偽装したのでしょう。現に彼らは竜もつれていなかった」

「じゃあ、君ならノイトラール竜騎士団の軍旗を持つ彼らを保護したっていうのかい？　追い返しただろう。それは殺すことと何が違う？」

国境近く、ラキア山脈山頂付近に春などこない。彼らが本当にただの民間人なら、一晩二晩はなんとかなってもいずれ凍死する。ルーファスたちが平気なのは、魔術で編んだ最上級の防寒具や自身の魔力という、しっかりした備えがあるからだ。

「ただの民間人で国境を越えようとしていただけでも、本当にノイトラール竜騎士団だったとしても、彼らの運命は同じだったよ」

拳を握って言葉を呑み込んだビリーは軍人だ。わかっているのだろう。

「国境警備の竜騎士にでも気づかれたら厄介だからね」

何気なく見あげた空に、竜の姿はない。ラーヴェ帝国の弱体化の証左だろう。

そう喜ぶには、竜の飛ばないラーヴェの空は、異様に静かで不気味だった。何かがおかしい。国境を越えたあたりから、肌がちりちりとひりついている。

「……本気でこのまま、帝都ラーエルムまで侵攻されるおつもりですか」

ルーファスは嘆息した。

「そのつもりだと言った。文句があるなら帰ればいい。僕は君についてこいなんて頼んだ覚えはないよ、君が勝手についてきてるだけなんだからね」

「なぜジェラルド殿下に黙ってこのような無茶な侵攻をなさるのですか。ご相談のうえ、正規の手続きをとれば兵の増員も補給も受けられましょう」

はっと鼻で笑うと、白い息が鼻先に舞った。

「ご相談。正規の手続き。補給を受けられる。――国王の僕にそんな進言をするなんてね」

「……失礼いたしました」

ちょうど岩場になっている見晴らしのいい場所で立ち止まった。麓にあるはずのノイトラール城塞都市はまだ遠く、雪原が広がるばかりだ。

「かまわないさ。ジェラルドに実権を握らせているのは事実だ。だからこそ敗戦処理で大忙しの息子にこれ以上負担はかけられないよ。親心ってやつさ」

「一度はノイトラールまで侵攻しながら竜帝に押し返されたことをお怒りなのであれば、面目次第もございません」

皮肉のつもりはなかったのだが、そう受け取られてしまったらしい。そういえば昨年撤退したラーヴェ帝国の侵攻には、彼の娘が関わっていた。

「君の娘は竜帝相手によくもったさ」

むっと眉をよせるあたり、やはり皮肉だと思われている。癖になっているこの笑みがいけないのかもしれない。それとも普段の行いか。心当たりがありすぎた。

「――今回の戦闘は、国境付近で運悪く引き起こされた事故だと言い張れます」

「本当にしつこいねえ、君も」

「竜帝を倒すのであれば総力戦が必要です。中途半端に仕掛けるのは逆効果になりかねません」

「一昨年、息子が中途半端に仕掛けて君の娘が逃げ帰らざるを得なかったように？」

今度ははっきり皮肉った。だがビリーは黙らなかった。

「竜帝の力を削ぐという意味では王太子殿下の作戦は成功しております。犠牲がなかったとは言いませんが、ラーヴェ帝国のほうが被害は大きい。ラーヴェ皇族は軒並み処刑され、三公も力を大きく削がれました」

「三公ね。そういえば昔、痛い目にあったなあ」

口角を持ち上げた。旧王都アンサスに奇襲をかけてきた相手を思い浮かべる。

「まさか今更、王都奇襲の返礼をしたいわけでもございませんでしょう。すでに三公すべて代替わりしております」

「そういえばレールザッツの縁者だっけ。荷物か兵器のように竜を軍艦で運んで飛ばすなんて、あの冒瀆的な作戦を考えついた軍師は」

ルーファスの運命の初手を挫いた相手だ。なのに敵意も嫌悪もわかない。

もう二十年以上前の話だ。自分も大人になったのだろう。

あの奇襲がなければ。そういう希望をもう、抱かなくなってしまった。

どうせ何も変わらなかった。竜帝が生まれる以上は、何も。

「懐かしいね。君にとっても因縁の相手かな？」

挑発したつもりだったが、ビリーは表情を変えなかった。

「先代の遺言はもう一度かの作戦指揮者との再戦を願うものでしたが、我が家の教訓にもなっております。――もう死んでおるでしょう。ラーヴェ帝国がこのざまでは」

クレイトスの侵攻、内乱、粛清続きでラーヴェ帝国の内部はもうぼろぼろだ。

「だからこそだ。攻めるなら今だと、君だって本当は思っているだろう？」

年始から属国のライカ大公国を含む大規模な粛清があった。ラーヴェ帝国軍はおそらくまともな形を保っていない。

「僕は息子が手をこまねいているのが不思議でね。先の撤退が痛手で好機を逃すなら、かわりに出てやろうというわけさ」

「おいしいところだけ横取りなさろうとしているようにも見えますがな」

だんだんビリーも遠慮がなくなってきている。

「そういうことになってしまうかな。まあいいじゃないか、可愛い息子のために竜帝を退治しにいこうというんだから」

「まさか、竜帝と一対一でやり合うおつもりですか」

「いいねそれも。護剣が天剣を打ち破る——代理が、偽物が、本物を斃す。なんて運命的な展開だ」

「……やはり、女神の護剣は陛下のお手元にあるのですな」

おやとまばたいた。そこを気にするとは。ビリーが伏し目がちに答える。

「数年前、ゲオルグ前皇弟に貸したとお聞きしておりましたので、行方が気になっておりました」

「護剣は僕のものだからしかたない。何か不満かい？」

「昨年の戦いで護剣を手に戦ってくだされば、どうしても思ってしまいます」

「気分じゃなかったんだよ。竜妃のいない竜帝など、愛のないただの理の化け物だ。僕がけちょんけちょんに負けておしまい。そうしたら息子はもっと大変なことになっただろう。君の娘もね」

「ではなぜ今はそういうご気分になられたのか」

ビリーの鋭い眼光を、ルーファスは笑顔で受け止めた。

「なんとなく」

「……」

「そう怖い顔をしないでおくれ。本当なんだよ」

そう、本当に――なんとなく。

今、行かねばならない。確かめなければならない。そういう気分になったのだ。

「竜神に何かあったかな」

「女神に、ではなく？」

「僕は女神よりも竜神――いや、竜帝に親近感を覚えるんだ」

「クレイトスの王がそのようなことをおっしゃるのは問題ですな」

「でもクレイトスの王は残念ながら僕だ」

すうっと目を眇めると、ビリーの全身に緊張が走るのが見て取れた。

「さがれ」

ラキア山脈を陸路で越えようとすると、必然的にサーヴェル家の領地に踏み込んでしまう。サーヴェル家は、クレイトス王家も頼みにして国境を預けている戦闘民族だ。ルーファスひとりならばともかく、兵をつれてとなると、察知されるのは覚悟していた。

のらりくらりかわしてきたが、すでにジェラルドにも連絡がいっている頃だ。力尽くで引き止められでもしたら厄介だ。

「――どうしても、足を止めてはくださいませんか」

「しつこいなあ」

久々に腰から佩いた護剣の柄を握り、ルーファスは笑いかけた。

「勅命だよ」

「兵はもう、あなたに従わないとしてもですか」

ぱちりとまばたいた。それからすぐ理由に思い当たって、ぽんと手を打つ。

「なるほど、僕が兵を集めたときから手回し済みか。息子は優秀だなあ。間諜には気をつけていたつもりなのに」

「あなたは嫌悪と恨みを買いすぎておられる」

「そのほうがジェラルドも動きやすいだろうと思ってね」

「そうなのでございましょう」

冗談で言ったのに、さらりとそう返されて眉根がよった。ビリーが厳しかった視線をゆるめる。

「私などは単純なので、そう言われれば信じてしまいます。あなたはアンサス戦争から少しずつ変わってしまわれた。自堕落で、色欲に耽る南国王へと。何がそうさせたのか学のない私にはわかりようもありません。ですが、そうご自分で仕向けておられるような気がしましてな。何せ若い頃のあなたは聡明で、クレイトス自慢の王太子であられた。今のジェラルド殿下のように」

「……」

「クレイトス王家に仕える身ゆえ、戴く王を無能と思いたくないだけかもしれません。戯れ言と受け取ってくださっても結構。ですがもし哀れと思うならば、引き返していただきたい。基本的に竜帝はこちらから仕掛けなければ攻めてこない」

そう、今まで竜帝はクレイトス王国軍を撤退させるだけに止めている。ラーヴェ帝国内も疲弊している。放置しておけば、竜帝は仕掛けてこない可能性が高い。竜帝も竜妃がいなければ女神を退けられず、互いが消耗するだけの泥沼の戦争にしかならないからだ。

実際、最初の聖戦は、竜神も女神も神格を堕としただけで終わった。

「ジェラルド殿下は今ではないとおっしゃっている。私もそう思います。クレイトス有利に進んでいる今だからこそ慎重にゆくべきです」

「なら、今から僕がやることは決して無駄ではないさ」

岩場から飛び降りた。兵など、竜帝に辿り着く前に使い潰すだけの肉壁だ。そんなものに使われてはたまらない、というのならばそうだろう。

かわりに岩場に立ったビリーが厳しい声をあげる。

「よろしいのですか」

もう振り向かずに歩き出す。

その瞬間、雪が煙のように噴き上がった。一緒に空に吹き飛ばされたルーファスは笑う。護剣の柄を握る右手がしびれていた――素手で護剣に、女神の守護者に挑んでくるとは。

「ジェラルドに僕を止めるよう命じられたか。損な役回りを引き受けたものだ」

「サーヴェル家の当主が死を恐れてなんとしますか」

そうだ、彼は竜帝にも臆さず挑む国境の守人だ。死ぬ覚悟はとうにあるだろう。

一撃、空から墜ちてきた。

剣先から火花が散り、そのままルーファスの踵が斜面を滑っていく。雪原がえぐれ、吹雪に見舞われたように視界が真っ白になる。その中に紛れてもう一撃。だがすぐに距離を取って、決して攻め立ててこない。

「サーヴェル家の当主がずいぶん弱気な戦法だ」

「ジェラルド様がご所望なのはあなたの命ではない。護剣です。護剣がなければ、あなたも竜帝に戦いを挑めないだろうとね」

まさか、またとないこの機会に攻め込まない息子は、竜帝との戦いをさけようとでもいうのか。

声を立てて笑ってしまった。

「竜帝を目の当たりにすれば嫌でも目が覚めると思っていたが――どうも、息子には教育が必要なようだ」

護剣を振るった。どうっと音がしてルーファスの右手側で吹雪が起こる。そこから逃げ出す影をルーファスは見逃さなかった。

舌なめずりをしてその影に迫る。さてどこまで痛めつけてやろうか。

「!?」

頭上を矢がかすめていった。射られたのは斜面の下――ラーヴェ帝国側からだ。

ぱっと血の臭いが広がるのも奇妙だった。矢はルーファスはもちろん、ビリーにも当たってなどいない。ただふたりの真ん中に、無関係に射られただけ。

「手を出すなと――」

援軍だと思ったのだろう、振り返って制止しようとしたビリーが口を閉ざした。それほど斜面下に現れた一団は、異様だった。

まず、軍服ではない。全員、上から下まで真っ黒な外套で、頭も顔もすっぽり覆っている。その外套の真ん中に描かれているのは、蛇と林檎を突き刺した十字架。

それらが意味するものに、片頬があがった。同じ方向を向いて並ぶことになったビリーに、つい声をかけてしまう。

「……まさか、ジェラルドのお友達じゃあないだろうね。つきあう人間を選ぶ程度にはしっかりしていると思っているんだが」

答えのかわりに、その一団はまっすぐルーファスに矢を向けた。

「空飛ぶ気球は竜神に奪われた」

「大地の実りは女神に穢された」

呪文のように淡々と、彼らの――方舟教団アルカの信仰が唱えられる。

「ヒトを女神に売った愚王よ、裁かれよ」

一団の中から、合図のように宙に小瓶がいくつも投げられた。続いて矢が何本も放たれる。小瓶が射貫かれ、雨のように硝子と赤い滴が舞い散る。さきほどと同じ血だろうか。

ルーファスの髪に、頬に、足元に一部跳ね飛んでくる。

方舟教団アルカは、女神にも竜神にも与しない集団だ。そのため、どちらの神にも由来しない珍しい魔術を使う。だがいったい、血を撒き散らすだけとは、なんのつもりなのか。

直後、答えが、空に響き渡った。

咆哮だ。竜の咆哮――音を辿って首を巡らせたそのときにはもう、空にあいた穴のように黒いものが見えていた。

（金目の黒竜⁉）

まさか、竜の王なのか。いつの間に生まれたのか。

だが、その金目を見た瞬間、ぞっと全身に悪寒が走った。

翼を動かす度、黒煙のように瘴気が舞う。なのに翼はぼろぼろだ――いや、形がおかしい。獣のような四つ脚。飛脚と合わせて合計六本、脚がある。

「あ、れは……竜、なのですか」

あえぐようなビリーの声に、ルーファスは無理矢理笑う。

「君はさっさとクレイトスに戻ったらどうだい？」

「そういうわけには」

「兵が死ぬぞ」

はっとビリーが周囲を見回す。あれを呼び出した教団一味は、すでに姿を消していた。

「――必ずクレイトスにお戻りを、陛下」

「気が向いたらね」

その口から空を裂くような魔力の炎が、まっすぐルーファスに向かって放たれた。

一瞬でその場が蒸発した。

素早く回避したルーファスを、金色の目が追う。逃げるビリーには目もくれない。

焼かれた場所は、血を撒き散らされた場所だった。竜はクレイトスの魔力を嫌うが、その理屈か。

（まさか、クレイトス王族の血か？）

いったいどこから手に入れたのか。まさか本当にアルカとジェラルドにつながりがあるのか――いや、それはない。ジェラルドは潔癖なところがある。母をそそのかした教団を、ジェラルドは利用しようとも考えないだろう。ならば、その周囲から情報が漏れているのだ。

考えている間にも、金目の黒竜の爪が振り下ろされた。翼を動かす度、息を吐き出す度黒い靄のようなものが舞うので錯覚してしまったが、黒竜にしてはまだそんなに大きくはない。ひょっとしてまだ子どもなのか。

食うつもりなのか、牙がルーファスの頭部目がけて襲い掛かってくる。舌打ちしたルーファスは牙を護剣で受け止めた。

護剣は女神の聖槍から作られた天剣の模倣品だ。そして女神の守護者は、女神が用意した竜帝の代理だ。こいつがただの竜ならば、ほんの一時的にではあっても、従えることができる。

あの日、王都を奇襲した竜たちを護剣で退けたように。

「――っ駄目か！」

牙に嚙まれたところから護剣の刃が溶け出した。唇がゆがむ。

認めるしかない。こいつはただの竜ではない、竜の化け物でもない。

竜神の理で守られた、護剣を退ける竜——竜の王だ。

そして竜神の次に美しいはずの竜の王がこんな姿で生まれたということは。

それを竜神が赦していることは。


(ひょっとして竜神ラーヴェは、神格を堕として——消えたのか)


この焦燥感は、そこからきていたのだろうか。

奥歯を食いしばり、無理矢理笑みを象る。血を吐き出すように、言葉がこぼれた。

「……竜帝は、駄目になったか」

またとない好機なのに、ラーヴェ帝国に攻め込まない息子の意図もわかった。竜神が消え、勝てると思い込んでいるからだ。ルーファスを引き止めたサーヴェル伯も知っているのかもしれない。

竜神が世界から消えたことに、女神が気づかないはずがないのだから。

魔力をこめ、護剣を力任せに振り払った。黒竜が吹き飛ばされ、斜面を滑り落ちていく間に、血のかかった衣服を脱ぎ捨てる。

黒竜は鼻を鳴らすようにして周囲を見回していた。目が悪いらしい。今のうちだと、ルーファスはさっさと転移する。

「——陛下！　ご無事でしたか！」

ちょうど国境を越えたあたりに、ビリーと撤退した兵たちの姿があった。兵の数が増えている。サーヴェル伯夫人が率いる援軍と合流したところだ。

雪の上に足をおろすと、おそらくルーファスを捕らえるよう命じられている兵たちが周囲を取り囲んだ。ビリーがその間を抜け、前に出る。

「戻っていただけて何よりです」

「不本意だけどね」

「……怪我をなさっておられますな」

右手に目を向けられ、初めて気づいた。どこで傷つけたのか、手から血がゆっくり滴っている。

「止血を。凍傷になってはいけない」

「勝手に治る、このくらい。それより――」

ルーファスの声を、地を這うような咆哮が遮った。

歴戦の兵士たちが、竦み上がって動けない。ビリーでさえ両目を見開いたまま、ルーファスの上から襲い掛かってくる影を見つめている。振り向いたルーファスの目に、闇をまとう竜の姿が映った。

転移してきたのだ。ルーファスから滴る血の臭いを追って、ルーファスの真似をした。転移を学習した。

(これが竜の王)

竜神、竜の王、竜帝がそろった時代を生き抜き、国を守り続けた女神の守護者たちを、初めて誇りに思った。

兄妹で契ることなど、些事になってしまうだろう――こんな化け物を目の前にしたら。

「ツウキャウゥ!?」

竜の王が、あと一歩でルーファスに届こうというところで、その場から跳ね飛ばされた。そして距離をとったまま、周囲をうろうろし出す。何か気に入らないものでもあるように。

身構えたまま、ビリーから尋ねられる。

「……へ、陛下には何か見えますか」

「いや。……国境、じゃないかな。ここはもうクレイトスだろう」

ラキア山脈の山頂が国境とされているが、明確に柵などがあるわけではない。だがすぐ近くに、雪に半分埋もれた低木が実をつけていた。女神の加護が届いている証だ。

「あれはクレイトスの地を踏むことができない、と?」

「少なくとも、今はね。だがいつまでもとは思わないほうがいい。普通の竜が入ってくるんだ。成長すれば気にしなくなるだろうよ」

うろうろしていた竜の王はやがて諦め、ラーヴェ帝国の方角へと雪原を駆け下りていった。飛ばないあたり、まだうまく飛行できないのかもしれない。

まだ子どもなのだ――あんなものが成長したら、どうなるのだろう。

「……ジェラルド殿下に報告せねばなりませんな」

構えを解いたビリーが、ほっと息を吐き出すと同時にそう言った。

「陛下も異存はありますまい。おとなしく引き返してくださいますな」

「……そうだね。状況が変わった」

頷いたビリーが、改めて下山の命令を出す。だいぶ日が傾いてきていたが、山頂近くで一晩すごすより、サーヴェル家が所有する監視塔や屋敷までおりたほうが安全だ。ここまできた兵たちも心得ている。サーヴェル伯夫人が先頭で指揮をとり、手際よく移動が始まった。

「陛下は私めが護衛しましょうか」

気が抜けたのか、ビリーが冗談めかして言う。

「サーヴェル伯。君はあんな化け物とでも、ひるむことなく戦えるか」

竜の王が姿を消した場所から視線を動かさず、尋ねた。ビリーの表情は見えない。

「もちろんです」

「死ねるか？　国のため――ジェラルドのために」

「……通り一遍な答えを聞きたいわけではなさそうですな」

珍しい、とひとりごちたビリーの長い影が、ルーファスの足元まで届く。

「娘がジェラルド殿下に惚れておるのですよ。ジェラルド殿下の指示に何かひとつでも文句でもつけられれば、父親としては従わぬ道もあるのでしょうが、あいにく陛下のご子息は非の打ち所がないものでして」

「そうか、君の娘はジェラルドの婚約者だったね」

「あの子はジェラルド殿下のため戦うでしょう。竜帝にもひるまず。……そう育てたのは私ですが、哀れにも思うのです。ですから、親としては娘を矢面に立たせることなく片をつけたい。陛下のご協力があればそれもかないましょう」

「……だから護剣をよこせ、と？」

「ジェラルド殿下はそのようにおっしゃっていますが、陛下ご自身の力も私は必要だと思います」

振り向くと、ビリーが口元をゆるめた。赤い夕陽を背負った微笑みは、妙な郷愁を誘う。

「ジェラルド殿下には竜帝に勝っていただきたい。和平を結ぶにせよ、戦争するにせよ。それが娘の幸せにもなりましょう。そのためには、死など恐れませんよ」

「……そうか。君はジェラルドの大きな助けになるんだろうな」

軽く護剣を握る手を振った。凍った血が、ぱらぱらと落ちる。

背中を向けたビリーは本当にひとがいい。いや、侮っているのかもしれない。この至近距離ならよけられると。

女神の守護者を前に。

「だからこそ、僕は君を殺さないといけない」

その背中からまっすぐ胸まで、護剣をねじこんだ。

信じられないという眼差(まなざ)しでこちらを見るビリーに返すのは、誠意だ。

「ありがとう、僕の息子を守ろうとしてくれて。だが君のような助けがある限り、ジェラルドはクレイトスの王になる覚悟をしない」

父親から護剣を取りあげ、竜神を失った竜帝と交渉するなんて甘えた考えを持っているのは、そのせいだ。

かつての自分のように、なんとかできると信じて。

「今から死ぬ君には、ジェラルドの勘違いを教えてあげよう。女神の守護者は竜帝と同じように、その時代にひとりしか存在できない。護剣はその証、女神の守護者本人にしか扱えない。守護者以外がラーヴェ帝国で護剣を振るえば竜神の理に呪われる、ゲオルグのように。僕はそれを確かめるために護剣をゲオルグに貸すのを黙認した。結果は君も知っているだろう？」

ゲオルグ本人だけではなく周囲にまで奇妙な病が広がり、戦う前に竜帝に屈した。

「護剣はね、君たちが思っているような宝物庫にいつもある神器ではないんだよ。女神の守護者になった者だけに与えられる神器なんだ」

ジェラルドが護剣を授かれば、ルーファスの護剣は消える。ルーファス自身も護剣を得たとき、父親の護剣が失われるのを見た。護剣を失った父親は、安心したように死んだ。

「へ……いかが……おら、れ、るっ……！」

「僕は守るべき女神をすでに失っている。僕は所詮（しょせん）、次への――ジェラルドへのつなぎなんだ。本気の竜帝にはとてもかなわない。父娘は、女神を守る正しい配置ではないんだよ」

ビリーの目が、ルーファスの真意をさぐろうと動いている。

「竜帝を斃すのであれば、ジェラルド自身が女神の守護者になるしかない」

そして、そのためには。

「すまない。ジェラルドは君の娘を裏切るよ。必ずだ」

答えのかわりに、ビリーの口から血がこぼれた。

「君を生かしておくと、もめるだろう。息子の手間が増える。それに――国王陛下ご乱心のいい口実になるんじゃないかな？　ああ、わかっているんだ」

やっとこちらに気づいた誰かが、悲鳴をあげた。

「僕がいるから、ジェラルドが甘える」

冷徹に、護剣を横に払った。体を半分、横に切られたビリー・サーヴェルの死体が転がる。

「僕のようにならずにいようだなんて、馬鹿な夢を見るんだ」

ビリーの頭を踏みつけて、ルーファスは笑った。

護剣を手に入れようとした時点で息子のたくらみは読めた。ジェラルドは竜帝が動かない今のうちに、ルーファスを殺し名実ともに実権を得るつもりなのだ。

(子どもじみた夢を見ている場合じゃないんだよ)

可哀想に、可哀想に。

竜帝が、女神を、世界を滅ぼしにやってくる。

愛には愛を。女神には竜妃を。そんな理すらもう通じない、愛も理もゆがめる竜帝が――あの竜の姿は、その証左だ。

(このままじゃあ世界は滅びるよ、ジェラルド)

生き延びるために、息子には一刻も早い覚悟が必要だ。

獣のように妹を穢し、世界を救う覚悟が。

(お前にだって、好きな娘がいるのにね)

残された希望は、女神の愛だけだ。

彼女が愛を求める子どものようにではなく、愛を育む妻のように、愛を与える母親のようになれたなら。

「全員、退避しなさい！」

「シャーロット様……っ！」

「ルーファス様、ここから先へは行かせません。国王陛下にこのようなことを申し上げるのは心苦しいですけれど」

涙ひとつこぼさず、背中にいる者を守るために立ちはだかる、彼女のように。

「——夫の仇、覚悟！」

「いいだろう」

夫と同じように胴を真っ二つに斬り捨てて、暗くなった空をあおぐ。

彼女が夫と同じところへ逝けるよう祈った。女神でもなく、竜神でもない、何かに。


火を放たれた街は、どうして美しいのだろう。

砂漠化したエーゲル半島にある、色欲と怠惰の歓楽街メティス。一夫一妻しか許されないクレイトス王国で存在するはずのない、後宮がある街。

女神の教えに背いて建てられた南国王の後宮。ルーファスの自傷でできた街が、燃えていく。

どれだけの女と、どんなに契っても、子はなせなかった。老若男女問わず相手にしようとも、女神と竜神の神格に関わりもしなかった。

神は神のままひとになすすべはなく、ただ護剣を持って使命という名の呪縛に流されるだけ。

そんな日々も、もうすぐ終わる。

「いやあ、間に合ってよかった」

ルーファスの書棚を漁っていた女が、びくりと背を震わせる。

「ルーファス様……お戻りになったのですか、どうして」

「お互い様じゃあないか。王太子軍が攻めてくるっていうのに、君はさがしものかい」

床に散らばった本や開けっぱなしの机の引き出し、答えは明らかだった。唇を噛む女に、ルーファスは笑い、ついと人差し指を動かす。

その動きに合わせて、散乱した床の中から書物が一冊、浮かび上がった。

「さがしものはこれかな」

浮かび上がった書物が、ルーファスの手に落ちる。

「ただの本にしか見えないよう魔術をかけてあるんだけどねえ。これが妻の日記だとわかってさがしていたのかな。普通、気づかないと思うんだけどなあ」

「……ル、ルーファス様をずっと見ていれば、それくらい……」

「いやいや、笑わせないでおくれよ。本を開くにも魔術がかかってるんだ。ジェラルドにも見破られない自信があるよ。ヒントは妻が好きな花の名前。一度でも間違えたら燃える」

「……毎年、冬に育ててらっしゃいますね」

「おや、僕をよく監視してくれてたんだね。嬉しいよ。でも、君には開けないと思うなあ。――それで？　君がここの情報を弟君に流していることに、僕が気づいていないと思った？」

およそ間諜とも呼べない素人で、害がないので放置していただけだ。

「でもおかしいな。どうしてジェラルドがほしがらない僕の妻の日記を、君がほしがるんだろう」

「……処分すればいいのか、迷って……」

「それなら放置しておけばいい。擬態と封印の魔術を施しているだけで、焼けば燃えるんだよ。それにジェラルドは運良く焼け残っても、そんなものは正妃イザベラの日記ではないと言い切るさ」

幼いジェラルドはイザベラが日記をつけていたことを知っている。だが、彼女の死後、日記を見ようとは決してしなかった。イザベラが見せたがらなかったと覚えているからだ。殺しておきながら形見のように保管するルーファスを、ひとでなしめと罵り、故人の秘密を暴くことを嫌悪した。

（見る勇気がないだけかもしれないけれどねえ）

実子ではない自分への憎しみや後悔が書かれていたら――そう考えていてもおかしくない。

知らなくてもいいことはある。息子の判断は、正しい。

「ジェラルドが命じるわけがない。だとしたら――これをほしがったのは、君の弟かな」

女は答えない。ルーファスは両肩を落とした。

「やれやれ、当たりか。悪趣味なことだ。……あのよくないお友達とつきあっているのも、好奇心旺盛だという君の弟だろう」

竜の王を操るなどと傲慢な振る舞いを可能だと考える人間たち。彼らは、女神であっても平気で喰いものにする。何も知らぬ女神をさらい、その身を穢してとってかわろうと試み、ここを砂漠にしたのは彼らだ。ルーファスも目につくものは壊滅させてきた。

——もし、彼らが女神を殺せるなどとイザベラに吹き込まなければ。

「痛い目をみなければわからないようだ」

腰にさげた剣を抜く。

「妻の日記を見る資格など、下衆（げす）な弟君にはない」

読ませていいのは、妻の苦悩と過ちを理解できる者だけ。

ジェラルドを心から愛し、正しく助けようとする者だけだ。

「いかに愚かな選択を自分がしたのか、思い知ってもらう」

竜の王にルーファスを始末させたかったのだろうが、それを差し引いてもルーファスを討つ理由が作れてしまった以上、彼の狙いどおりにことが進んでいる。

ルーファスはできる限り件（くだん）の教団に関わるところ——一見すれば無辜（むこ）の民の町を派手に処分して回った。方舟教団が南国王の逆鱗（げきりん）に触れたのだと察しはするだろうが、それだけでは理解がたりない。

竜帝にお前たちは勝てない。その傲慢を、思い知らせるために。

「彼は君を助けるためにジェラルドについている。なら、君が死ねばジェラルドにつく理由はなくなるね。何か言い訳はあるかな？」

命乞（いのちご）いでもするかと思ったが、女はふと唇をほころばせ、くすくす笑い出した。

「何がおかしい」

「いいえ。ほんとうに、なんにもわかっておられないのだ、と思って……でも、ジェラルド様のために私を殺すのですね。ルーファス様、自ら」

「……そうだよ。余計な好奇心のせいで姉は死んだと、弟君にわかってもらわなければ」

「弟は逃げようと迎えにきてくれたのですよ」

ルーファスは剣を振り上げたまま、まばたいた。

「ならなぜ、君はここにいる?」

女は微笑んで、一歩前に出てきた。

「取りに戻ってきてほしかったのか、ほしくなかったのか、今になってもわかりません」

強い風に吹かれて、遠くの煙が薄く入り込んできた。

そろそろ火がこちらにも回ってくる。

「最後にひとつだけ、聞かせてください」

近づいたはずなのに、薄い膜を挟んだように、女の顔がぼんやりしている。

「私の名前を覚えてくださっていますか、ルーファス様」

物静かな女だった。そばに置いておいて、煩わしくなかった。それだけ。

「すまないね。僕が愛しているのは、イザベラだけだ」

「ひどいひと」

馬鹿な女だ。だがこれでは愛を解さぬ竜神を笑えない。

それとも女神の守護者は理を解すべきなのか。愛を貫く竜妃のように——ああ、竜帝の代役の守護者にとって、女神の代役の竜妃こそが、最大の理解者になるのかもしれない。

(会ってみたかったね。竜妃に)

もう間に合わないだろう。でもどうか、息子にその奇跡がおとずれますように。

祈るように、ルーファスは剣を女に振り下ろした。


神降歴一三一五年、春。

ルーファス・デア・クレイトスの襲撃は、災害のようにクレイトス王国中に襲い掛かった。ラーヴェ帝国へ侵攻しながら取って返し、サーヴェル辺境伯夫妻を惨殺した国王の行動を説明できる者はいなかった。

サーヴェル辺境伯夫妻の死を契機に、王太子ジェラルドは父であり国王であるルーファスの討伐を布告し、クレイトス王国は大規模な内乱に入る。のちに南国王の動乱と呼ばれる、クレイトス王国の内乱である。

あちこちの町を焼き、自身が建設した歓楽街メティスまで火の海にしたルーファスの乱心ぶりを擁護できる者はおらず、南国王討つべしとクレイトス国民が一丸となり戦火は広がった。

追い詰められた南国王ルーファスはエーゲル半島最南端のモエキア岬で、王太子ジェラルドに討たれた。その体から滴った血を吸った雪の花は赤く染まり、二度と白く戻ることはなかったという。

新王誕生。

クレイトス王国中が新たな期待にわいたが、王太子ジェラルドは女神からの戴冠を重視し、フェイリス王女が十四歳になるまで戴冠式を延期する。

しかし直後、王太子ジェラルドの判断を嘲笑うように、ラーヴェ帝国ハディス・テオス・ラーヴェがエーゲル半島からクレイトス侵攻を開始。

もはや戦争ではなく、一方的な虐殺――エーゲル半島の大虐殺と呼ばれる、悲劇の始まりだった。

ジェラルド・デア・クレイトスが国王として戴冠した記録はない。

ルーファス・デア・クレイトス――彼の王の願いどおり、あるいは絶望どおり、その名は最後のクレイトス国王として記録されている。

神降暦一三一六年

第三次ラキア聖戦
サーヴェル領陥落戦

【聖槍】……………

女神クレイトスが持つ神器。種を実らせ、愛を貫く力を持つ漆黒の槍。女神と一体化した逸話が有名。クレイトス王族以外出入りできない宝物庫に保管されている。儀式などで使われるのは模造品だが、女神の赦しを得て作られた神器の一種であり、一見して本物と見分けることはできない。

冬のラキア山脈は、生半可な覚悟では越えられない。十分な装備を調えることはもちろん、魔力を駆使しながらの登山が最低条件だ。特に後者の魔力は必須条件だ。なければまず死ぬ。

ましてや装備も魔力もない、普通の人間など。

「……ラーヴェからクレイトス側まできただけ、頑張ったほうだよな」

半分雪に埋もれた遺体を眺め、双子の片割れがつぶやいた。

「全員、ラーヴェからの難民かな」

「だろ。見ろよあっちにも、何人か。こんな時季に……自殺しにくるようなもんだ」

「それでも逃げてくるしかなかったんだろうね」

アンディは白い斜面を見あげる。空が区切るその先が、竜神の加護を受けるラーヴェ帝国。アンディの生家であるサーヴェル家の領地と国境を接する、敵国だ。

ここ一年、そこから逃げてくる人間があとを絶たない。理由はしごく単純、竜帝によるラーヴェ国内の粛清と虐殺だ。間諜によると、ラーヴェ帝国の人口は、ハディス・テオス・ラーヴェが即位したときの半分以下まで落ち込んだという。

申し訳ないが、遺体を回収し埋葬するだけの余力も時間もない。ざくりと雪を踏みしめ、決まったルートを進む。

「ほんとに攻めてくんのかな～竜帝」

隣に追いついてきたリックが白い息と一緒に愚痴を吐き出した。

「どうだろうね。こっちから使者を送っても帰ってこないんじゃどうしようもない。もう話ができる状態じゃないって噂もあるし……」

「ここ一、二年で、すっかりおかしくなっちまったよな、竜帝。ジル姉は昔はあんなんじゃなかったとか言ってたけど……」

「ジル姉の男を見る目はあてにしちゃいけないと思う」

「それは同意」

くすりと笑ったあと、とりあえず真面目に考えてみた。

「身内が全部裏切ったのが、やっぱり痛かったんじゃないの。人間不信からくる粛清でしょ」

「そうだな。なんかなあ、俺も父様たちが死んでからどんどんおかしくなってる気はしてるよ……」

「それは思い込み」

「かな。でもまあ……エーゲル半島の大虐殺はでかかったよな……」

肯定も否定もせず、黙ることにした。アンディもリックも国境を放置するわけにもいかず、現場にはいかなかった。見てもいないものを論じることはできない。

だが、そのときの竜帝の猛攻は、すさまじかったと聞いている。兄も姉も口を閉ざすほどだ。戦略も戦術も何もない、民間人と軍人の区別もなく殺し回り、何も残さなかった。竜帝が通った跡は、草ひとつ生えない荒地に塗り変えられてしまった。降伏などもちろん認められない。見つけたそばから赤子だろうと殺していく竜帝のやりように、クレイトス王国はおろか、ラーヴェ帝国まで恐怖のどん底に突き落とされた。

女神の末裔（まつえい）はすべて殺す。そう竜帝は言っていたという。

（神でも気取ってるつもりか）

だがその侵攻が、突然ぴたりと止まった。喜ばしいことだが、これが混乱のもとになる。

理由を問われた竜帝は「王女が十四歳じゃないから」と答えたらしい。だいぶ昔、竜帝は十四歳以下という条件をつけて妃(きさき)をさがしていたらしいが、それと関わりのあることなのか。議論は無駄に錯綜(さくそう)した。

ともかくクレイトス側は建て直しと交渉を試みたのだが、すべて徒労に終わった。それどころかラーヴェ帝国側でクレイトスとの協調路線を模索した貴族も民間人も、軒並み竜帝による粛清を受け、クレイトスに難民がなだれこんでくる有り様だ。

敵国だけならまだしも、自国を燃やすこともためらわない。こうなると、誰も竜帝を止める術(すべ)がない。何を考えているのか、何を望んでいるのかすらわからず、手のうちようがない。

エーゲル半島の虐殺はノイトラールまで攻め込んだクレイトスへの報復行為、散々裏切られてきた竜帝が国内へ向けた見せしめで、もう攻勢はないと読む軍人もいる。十四歳になったフェイリス王女に婚約を申し込む前振りなのだと、政治的駆け引きを主張する学者もいる。

だが、エーゲル半島での虐殺は世界に暗い影を落としすぎた。フェイリス王女が十四歳になったらまた攻めてくるのではないかという恐怖を、誰も捨てきれない。

そして昨日が、フェイリス王女の十四歳の誕生日だった。

数々の噂を嘲笑(あざわら)うように、誕生日は何事もなく無事終了した。現在、誕生会が終わってからすでに二十四時間が経過している。あくまで噂とは知りつつも、内心、アンディもほっとした。

だが、まだ翌日が終わっただけ。王女が十四歳になってからというならば、警戒すべきはこれからである。宣戦布告にしても、竜帝がそんな手順を踏んでくれる確約はどこにもない。戦争にそんなお行儀良さを求めていられるのは、平和なときだけだ。

だがこのまま警戒し続けるのも疲弊を招く。ではこちらから攻めるのか、今はおとなしくしてくれているというのに——上の方針もぐるぐる回って、まとまっていない。

ともかく現場としてできるのは、警戒を怠らないことだけだ。噂をあてにするのも馬鹿らしいが、フェイリス王女の誕生日の前後だけは、厳戒態勢をしくことになった。

長兄は最北を。長姉は最南を。他の姉妹たちも、それぞれの役割をこなしている。

ただクレイトス王太子の婚約者である姉のジルは、王女の誕生会前後に行われる社交のため王都にいる。本当は残っていてほしかった。姉だって社交より戦場にいるほうが得意だろうに。

(……いや。万が一を考えたら、ジル姉は王都にいてくれたほうが安全か……)

ジェラルド王子もそう考えている節がある。あの王子様は不器用だが、姉をとても大事にしているとアンディは思う。王太子だとか、そういう使命感がそれを上回るだけだ。あるいは、その姿を姉が尊敬するから、そうあろうとしているのか。

「やっぱ再侵攻自体、ないんじゃねーの。だってラーヴェ側だってもーぼろぼろだろ」

リックが楽観的希望を口にしながら、白い山中を先に進む。

「でも軍は維持されてる。クレイトスに突っ込んでいく間は生かしてもらえるらしいよ」

「で、クレイトスを攻めない奴は竜帝に斬られるんだろ。ほんと、何考えてるんだかな……たったひとり残ってるだけじゃ、いくら国土があっても国なんて言えないだろーに」

「アンディくーん、リックくーん」

下のほうから声が聞こえた。見覚えのあるふたりの大人に、アンディは目を丸くする。

「カミラさん、ジークさん。なんでここに？　王都で休暇中ですよね？」

泣きぼくろのある男性がこちらに追いついてきて、苦笑いを浮かべる。

「そうなんだけど、アタシたち、休暇って言っても故郷に戻るわけにもいかないし。だったら我らが隊長の故郷にご挨拶をって思ってね。ロレンスも一緒」

「かといってこの状況で休んでるのもあれだろ。手伝いにきた」

「それじゃ休暇になってないですよ」

呆れたリックに、防寒具をしっかり着込んだふたりは笑っている。

この寒さや魔力の磁場にも平然としているふたりは、姉直々に魔力開花の訓練をされ、鍛えられている。ラーヴェ帝国出身らしく魔力量は多くないがそれらをすべて体の使い方に振り切っているため、常人と一緒にしてはいけない。よくサーヴェル家出身かと間違われるそうだ。

そのせいか、領民たちと同じ気安さがある相手だった。親戚のお兄さん、という感じだ。

「せっかくだしロレンスがサーヴェル家と連携取って動きたいって。本邸にお邪魔したら坊ちゃんたちは見回り中って聞いて、迎えにきたんだけど」

「どうだ、なんかあったか」

「今のところは、何も異変ありませんね」

はあっと吐き出したジークの息も白い。

「そうだろーな。噂だもんな……今で誕生日から……二日目に入ったとこか」

「噂でも『フェイリス王女が十四歳になったら』だもんねえ。警戒すべきはこれからよ。でもいつまで警戒すんのかしら。ずーっと厳戒態勢って無理よ、無理。お偉方はわかってるのかしら……ジルちゃんが調整してくれればいいけど」

「隊長も大変だよな。パーティーに行く前、現場に戻りたいって顔してたぜ」

姉らしくて、アンディもリックも笑ってしまう。

「でも昨日のフェイリス王女の誕生パーティーでのドレス姿、綺麗(きれい)だったわよお。ちらっと見ただけだけど。ジルちゃんスタイルいいのよね。初めてあったときは、こんなくらいだったけど」

カミラが胸のあたりを手のひらで示す。ジークがアンディたちに顎(あご)をしゃくった。

「それを言うならこっちも育っただろ。——また背、伸びたか？　もう十四になったんだったか」

「はい、二ヶ月前に」

「でも相変わらず見分けつかないわよね。ふたりとも同じよーに伸びるなんて、さすが双子」

「いやいやカミラ姉さん、そこはアンディより俺のほうが伸びる予定なんで、最終的には」

軽く笑いながら、カミラが踵(きびす)を返す。それを合図に、皆できた道を戻りはじめた。

「で、今どうなってるの？　サーヴェル家の防衛は」

「北はクリス兄——当主が、直々に。南はアビー姉が見張ってます」

「あら、ひょっとして本命は北なの？　エーゲル半島のときは南からだったわよね」

「クリス兄の勘だって。でも俺も北からな気がしてんすよね、なんとなく、なんとなく」

なんとなく、ですませるリックに呆れながら、アンディは補足する。

「マチルダ姉が、フェアラートもレールザッツもほとんど焼け野原だって聞きました。それで南から攻めるのはちょっと無理じゃないかと。残るはベイルブルグ。皇帝直轄の軍港都市です。いちばん王都にも近い。竜帝が本腰入れて攻めてくるとすればそこからなので、北を注視してます」

「……そうか、ベイルブルグはまだ無事なんだな……」

ジークが難しい顔でそうつぶやいた。ラーヴェ出身のふたりには、思うところもあるのだろう。

「でも今年はまだ平和だったわよね。クレイトス王家の十四歳の王女からの祝福を得れば、ジェラルド王太子も戴冠できるんでしょ？」

「隊長は王太子妃をすっ飛ばして王妃になるかもしれないんだってな」

めでたいことだ。めでたいことだが、慶事を急ぐのは不吉の前触れのように感じてしまう。もうすぐ年が明けるというのに、沈んでいくような不安が拭えない。

「とにかく竜帝が厄介よねえ。天剣も含めて。あれ反則よ、どうにかなんないの？　こっちも女神の聖槍持ち出すとかしなきゃ話にならなそう」

「確かに天剣に対抗できるとしたら女神の聖槍か、護剣でしょうけど……」

はあっとリックが嘆息した。

「南国王が駄目にしちまったんだろ？　修復って進んでんのかな」

「アテにできなそうだな」

素っ気ないジークの分析のあとは、しばしの沈黙が落ちる。この寒さのせいで、余計なことを考えずにすむのはさいわいだった。

あ、とリックが声をあげた。見れば、朝日が昇ってくる。

日が昇る前がいちばん暗い。そんな言葉を思い出す光景だった。

――ベイルブルグより、数十隻の軍艦の出港を確認。

その報告を、本邸で休んでいたアンディたちは静かに聞いた。まだ船が出ただけ。ただの威嚇の可能性もある。国境を越える前に牽制すれば、引き返す可能性もある。

誰も慌てることなく、すみやかに方針が立てられ、振り分けられた。

数十隻の軍艦には、竜の姿はないという。ならばまず海戦だ。威嚇の可能性も鑑みて、リックとアンディのふたりで対応することになった。

ベイルブルグを出た軍艦はまっすぐ王都ではなくサーヴェル領に向かってきた。国境付近で留まることもなく、まっすぐだ。

そのせいで出港してから二十四時間後には、領域侵犯の警告もなしに海上でぶつかり合うことになった。

いかにも不慣れな海軍は、陣形を組むことさえあやうかった。おそらく現場経験のない新米兵ばかりなのだろう。ラーヴェでは今、クレイトスと戦う意思のない人間は生きていられない。

魔力もろくに使えない、攻撃も防御もままならない船を沈めていくのは、正直、たやすかった。魔術防壁のような装備はあるようだが、きちんと使えていない。アンディとリックにかかれば紙とかわらない装甲だ。

だが、沈めねばならなかった。

「お前ら女神クレイトスの人間を殺せば、竜神に許されるんだ！」

そう叫んで、誰も彼もが突っ込んでくる以上、誰一人、陸にあげるわけにはいかない。

接収した船を調べたら、片道分しか燃料がないことがわかった。

地獄の始まりかもな。

そう言ってリックがいつもどおりを装って、笑った。

でもたぶん、自分たちは地獄の意味が、わかっていなかった。

出港時には雪で白くなっていた街が、赤く染まっていた。青い空も海も、何もかも炎で赤く燃えている。

サーヴェル領最北にある、長兄クリスが長く親しんだ街クルヴィは、地獄に様変わりしていた。

昼なのに、空が黒い。舞い上がった煤と、大きな影で空が覆い尽くされている。竜だ。竜騎士団だけではない、竜の大軍が空を埋め尽くしている。ラキア山脈を竜帝に率いられて越えていた竜が、街を燃やしているのだ。

こちらを発見して飛んできた竜をリックが蹴り落とす。甲板から身を乗り出し、アンディは目をこらした。

「クリス兄は!?」

遠く、竜の悲鳴が聞こえた。それで居場所がわかった。竜を足場に、空を飛んで回る小さな影が、兄だ。それ以外にもサーヴェル家の精鋭たちが竜を撃墜して回っている。

それでもまったく手がたりていない。

「どうする」

「ともかく状況を把握しないと――船を港に近づけろ！　住民や負傷者を乗せられるだけ乗せるんだ」

アンディの指示に、兵たちが動き出す。そのとき、空で小さく何か光った。まるで雲の晴れ間から太陽が顔を出したような、目を焼く光。白銀の魔力。

それはまっすぐ、こちら目がけてやってきた。

「魔術防壁、展開しろ！」

それだけではたりない。息をするより自然に、隣のリックと一緒に両腕を広げて透明な魔力の壁を作る。だがその一閃は威力も速度も落とすことなく、船の魔術防壁もアンディたちの結界も貫いた。

海がわれた。

悲鳴があがり、後続の船が真っ二つに引き裂かれた。アンディやリックが乗った船も例外ではない。

魔力の渦に吸い込まれるように船が傾いだと思ったら、爆発する。リックに引っ張られ、海に飛び込んだ。

　そして次に海面に顔を出したときは、すべてがなくなっていた。

　海に浮かぶ船だったものの板をつかみ、アンディはつぶやく。

「……天剣……」

「竜帝がきてんのかよ……！」

「リック、上！」

　今度は竜だ。皆が顔を出す海面目がけて、炎が吐かれる。再び海に潜ったアンディは、リックとふたりで岸を目指して泳ぎだした。

　とにかく、態勢を立て直さねば、戦うこともできない。

　海面から飛び出るようにして岸にあがる。地面が赤かった。炎と、おびただしいまでの血だ。そして、人が焼け焦げるにおい。街の中心部に向かうほど、死臭もひどくなる。

　襲いくるラーヴェ兵から、炎から、逃げ惑う人々がいた。避難が終わってないのだ。

「リック、アンディ。戻ったか」

　噴水に竜を落とした長兄が、こちらを見た。兄は余計なことは言わない。

「まだ王都に状況を報告できていない。王都に戻ったロレンスたちからの定期連絡も途絶した。だから王都に竜帝が攻めてきたことを伝えに行け、今すぐに。何人か出したが、この状況じゃあてにならない」

「わ、わかった。援軍要請は？　避難も終わってないよね」

「気にするな」

「気にするなって、そんなわけにはいかないよ」

「ここはもう終わりだ。援軍も避難も、必要ない」

あまりにも淡々と言われて、一瞬、意味がわからなかった。

「できるのは時間稼ぎだけだ。だからお前たちに、伝令を頼む」

「――いや待てよ、ならクリス兄も撤退すべきだろ！　クリス兄はサーヴェル家当主なんだぞ！　それで、いったん出直せば――」

「サーヴェル家には、まだお前たちがいる」

リックと一緒に、息を呑んだ。

「アビー姉さんの子どももいる。マチルダも……いずれは、ジルにも、子どもができる。俺はこんなだから、結婚もしなかったし、手遅れだ。あとをつないでくれ。ここで竜帝に燃やし尽くされて、情報が伝わらなければ、総崩れになる」

「いやだからって、これからだろ！　これから――」

訴えの途中で、死体が投げ込まれた。見知った顔だった。

クリスの副官だ。器の大きさが体格の大きさにつながっているような御仁で、妻と娘をこよなく愛する大食漢。子どもの頃はよく頼みもしないのに面白いだろうとぐるぐる振り回された。そんな優しい男が、鬼のような形相をして、少年を抱え込んだまま一緒に貫かれ、絶命している。

「ちょろちょろと、ゴミ共がうっとうしい」

動揺も恐怖も怒りも呑み込める。そう鍛えられた。

それでも、背筋が冷えるような声色だった。

初めて目にする顔と姿だ。でも圧倒的な存在感で、彼がそうだとわかる。

「竜帝……」

赤黒く燃える地獄のような光景の中でも、竜帝は美しかった。黒煙にゆれる黒髪は艶めいて、赤く汚れた手も頬も芸術品を彩ったように錯覚する。うつろな金色の瞳でさえ、輝く星のまたたきを思わせる。

でも、瞳の縁も、足元の影も、奈落の底のように昏い。

クリスが静かに、竜帝に向き直った。

「――ハディス・テオス・ラーヴェ皇帝陛下とお見受けする。俺は、クリス・サーヴェル。サーヴェル家当主だ」

竜帝はどこかをぼんやり見たまま、聞いているのか否かさえわからない。

「こちらの負けだ」

「クリス兄ッ……」

何を、と言いかけた言葉はリックの手でふさがれた。

「停戦交渉は可能か」

停戦などあり得ない。だが、口下手で交渉などいちばん向かない兄が、情報を竜帝から引き出そうとしているのだ。あとにつなげるために。

「これだけの攻勢、帝都もがら空きだろう。そう長くは続かないのではないか」

視線を遠くに向けたまま、竜帝がくっと小さく喉を鳴らして笑った。

「帝都にはもう誰もいない」

どこか現実味のないその仕草も声も、美しすぎて恐ろしかった。クリスが拳を握る。

「──貴殿はこの戦争で何を得ようとしている。何が望みだ」

「……望み？」

ふと、竜帝の瞳の焦点が戻った。

ゆっくりと、視線がこちらに定まる。

「お前らゴミが死に絶えることだ」

静謐な声だった。まるで、神が判決を読み上げるような。

あやうい薄氷の笑みが、竜帝の口元に浮かぶ。

「驚いたな。まだ戦争なんてしているつもりなのか、女神は。これは戦争じゃない。掃除だ。女神とその末裔、すべてを片づけて世界を綺麗にする、掃除なんだよ」

「な……ならさしずめ天剣は、箒か何かかよ。竜神も大変だな」

引きつった笑いと一緒にリックが皮肉を返す。なんでもない、戦場でよくある煽りのつもりだっただろう。

だが、神様は気まぐれだ。

竜帝から一切の表情が消えた──瞬間、リックの右手が消えた。

え、と目をあげた瞬間、笑顔のリックと目が合う。その顔に、体に、白銀の線が奔った。まるで切り刻まれたみたいに。

そうして、いきなり組み立てを間違えたみたいに、ぐちゃっと全部、ばらばらに落ちた。

それが、片割れの最期だった。

「そう。こういうふうに、掃除するんだ。生ゴミも、細かく刻めば片づけやすい」

「……リ……ッ」

「行け、アンディ！　知らせに走れ！」

珍しく大声を出した長兄に、突き飛ばされた。でも、と振り向くより先に、すさまじい魔力の圧に背中が吹き飛ばされる。

兄は死ぬ。

おそらくリックみたいに、あっけなく。

でもサーヴェル家当主としてそれを選んだのだ。

それがわかったから、振り向かずに駆け出した。

戦争を生業としているような一家に生まれた。家族と感動的な死に別れなんて望まない。そんなものを自分たちだって敵に用意できないのだから、望むべきではない。

歯を食いしばった。戦場で泣くのは御法度だ。

今この瞬間から、自分はサーヴェル家当主だった。アンディのあとには、姉と妹がいるだけ。あとをつなげと兄は言ったけれど、もう時間がない。

ここで自分が生き延びなければ、サーヴェル家は絶える。そして遅かれ早かれサーヴェル領は陥落する。それはクレイトスが、世界が滅びる最初の音だ。

だからたとえ数分、いや数秒であっても、引き延ばさなければならない。世界が地獄に辿り着くまでの時間を巻き戻せないならせめて、一秒でも、一分でも長く。

そう――王都にいる姉が、この男と戦うための時間を作らねば。

(ジル姉は、あの男を退かせたことがある)

たった一度だけの、奇跡のような竜帝の撤退。姉は勝ったわけではない。大局を動かしたわけでもない。でも今やそれだけが希望だ。どうしてだかそう思った。

だからたとえ、背中を貫かれても、一歩でも前に進まねばならなかった。

「――やっぱり顔がそっくりだな、さっきのと。双子か」

地面に串刺しにしたアンディの頭をつかんで、竜帝が顔を覗き込んでくる。もう痛みもなくなっていた。赤い色に染まった視界も、かすんでいく。

「悔しいか？　やり残したことは？　今から死ぬ感想は？」

どうでもよかった。今からこの男に殺される、皆の恐怖にくらべれば。

もう必要なくなっていく空気を、吸って、吐く。

この一呼吸分で、誰かが生き延びてくれることを願うしか、自分にはできない。

「……地獄に、落ちろ」

ははっと竜帝が笑う声がした。無邪気な声だった。

「ありがとう、最高の気分だよ」

そうして自分の体から引き抜かれた天の剣が、また、血の雨を降らせた。

神降暦一三一六年

第三次ラキア聖戦
王都バシレイア防衛戦前

【竜の花／雪の花】…

白い花弁を持つ小さな花。ラーヴェ帝国では唯一魔力で育つ『竜の花』、クレイトス王国で唯一冬に自生する『雪の花』と、同じ花だが相反する育ち方をするため別名で呼ばれる。竜神と女神の地上降臨時に神域から降ってきた『神の徒花』と記す古書もあるが、別種とする説が根強い。

ひょうひょうと、泣き声のような吹雪が王都バシレイアの空を埋め尽くしている。大きめの雪が、花びらみたいだ。地面に落ちるとすぐ消える、雪の花。一年中実りが絶えないクレイトス王国の花の都にふさわしい、空の花模様。そう謳った詩人もいた。

けれどこれは竜神ラーヴェの警告ではないか、とロレンスは思う。

空を彩る白い花は決して地面には根付かない。ただ降り積もり愛を埋め尽くすだけ。

正しくないお前は、決して許されない。

「どういうつもりなの」

今となっては牢獄のように見えるクレイトス王城を背景に立つ自分を、皆はどう見ているだろう。

「ジルちゃんを助けるって話だったわよね」

矢の先が狙うのは、隣にいる王太子ではなく自分だ。カミラはよくわかっている。でも決して安易に弓を引かず、状況を見極めようとしている。その理解を諦めない姿勢を、警戒と信頼を等しく持っていられる包容力を、ひそかに尊敬していた。

「それともこれは何かの策か」

対して大剣をかまえたジークは隣にいる王太子からも目を離さず、全体を見渡している。いい判断だ、ロレンスを殺したところで戦況は打開できない。本質を見失わないその慧眼も、後手に回っても平然としている器の大きさも、自分にはないものだった。

「さて、どうでしょう」

誰にも本心を見せない笑顔は得意だ。

理解力の高いカミラにも、核心を突くジークにも、あの強い強い女の子にだって、見抜かれたことはない。

「俺はあなたたちが好きでした」

隣でジェラルドが見ている。その視線をあえて意識しないよう、さくりと雪を踏んで、前へと進み出る。小高い丘の上から、森林に隠れている元同僚を見おろした。

「でも、これ以上は付き合えない。そうでしょう。ジルはクレイトス王国の象徴たる王女フェイリスを毒殺しようとした。嫉妬(しっと)からか竜帝に媚(こび)を売ろうとしたのか――どちらにしてもクレイトス王国への反逆だ。救いようがない」

「そんなのあり得ないってアンタもよくわかってんでしょうが！」

「そこの王太子に何を言われた、お前。何を引き換えにした？」

「俺の身柄の安全ですよ」

ふたりが苦虫を嚙(か)み潰(つぶ)したように黙った。

このふたりは姉を助けるため、ロレンスが方舟教団と通じたと思っている。だからやりかねないと判断するだろう。

(でも、言わないんだな)

こいつはクレイトス王族の天敵になる方舟教団とやり取りがあったんだぞと、ジェラルドにこのふたりは言わない。言えばロレンスが殺されてしまうから。そういうひとたちだった。

「お前、隊長が処刑されてもいいってのか」

かわりにそういうことだけを問い返す。

「竜帝が攻めてきた今、女神の名の下に一丸にならなければ竜帝には勝てない。そんな中でジルを助けようだなんて、自殺行為ですよ。せめてジルを見捨ててくれれば、俺が取りなす手もあったんですけど……あなたたちは頷(うなず)かないでしょう？」

答えのわかっていることを、にこやかに、問いかける。

ずっと弓をかまえていたカミラが、ふっとその腕をおろした。

「そう。……裏切ったってわけね。驚きやしないわ。信じたアタシも、ヤキが回ったのかしらねえ」

「ひとつだけ答えろ、狸。まだ隊長は生きてるのか」

「生きてますよ」

冷たい牢獄の中で、ひとりきり。婚約者に裏切られ、竜帝が故郷に攻め込んでいることも、部下たちが王城に潜入する救出作戦を立てていたことも、今はこうして対峙(たいじ)し合っていることも、何も知らないまま、生きている。

(でも、ジル。君ならきっと)

「処刑はこれからなので、まだ、ですけれど」

「あら、それで十分じゃなァい？」

それだけで仲間たちの目に光を戻せる、君ならば。

「残念よ、狸坊や。こんな終わり方だなんてね」

「俺だって残念ですよ。俺の策を信じて死ぬとまで言ってくれたのに――あなたたちの部隊は、これで終わりです」

「あなたたちじゃねぇんだよ」

吐き捨てるように、ジークがまっすぐな視線をよこす。カミラがもう一度、矢をつがえて荒々しい声をあげた。

「終わったのはテメェの部隊だ、馬鹿狸が！」

肯定も否定もいらないとばかりに、矢が放たれた。


――ロレンス・マートンの生まれは、クレイトス王国では『よくある話』に分類される。

魔力は女神からの愛により授けられたもの。クレイトス王国の民たる者、魔力を持つのは当たり前だ。魔力の高い者ほど、女神に愛されているのだと尊重される。

逆説的に、魔力の低い者は、女神に愛されていない。

女神がそうと宣言しているわけではない。

けれど世の中はそういう解釈で動くし、魔力があることを前提に社会が作られている。

記憶力がある、理解が早い、知識が豊富、そんなものは女神の愛という絶対的な基準の前には武器にならない。国内の最高学府は、クレイトス王国魔術大学だ。

魔力が少ないだけで人生の選択肢は狭まり、歴然とした差が開く――たとえば、爵位を継ぐべき父親が、マートン伯爵邸の片隅に追いやられてしまったように。

父は、魔力が少なかった。一応はマートン伯爵家の跡取りとして育てられたが、それも弟が生まれるまでのこと。だいぶ肩身の狭い思いをしながら育ったらしい。

決定的だったのは、息子ロレンスの誕生だ。魔力の高い平民の女性を娶（めと）ってみたものの、生まれたのは平均以下の魔力量の娘と息子だったため、その時点で弟が爵位を継承した。

「ロレンスは父さんに似てしまったんだな」

よく父は、そんなふうに言った。自慢げに、あるいは自嘲（じちょう）気味に。

ラーヴェ帝国が開発した蒸気機関の構造を本で読んでいるときにも、庭の井戸を魔力なしでも効率よく汲（く）み上げる仕組みを設計したときにも、口癖のように繰り返していた。

父は魔力のなさを学力で補ってきた工学者だった。魔力を極力使わない道具を開発していたが、魔力の燃費を効率化する点では評価されたものの、クレイトスでの需要は少ない。ラーヴェ帝国で売ればいいという断り文句が常で、最高学府で学ぶこともできない父は学者としても半端者だった。

けれど、ロレンスは父を尊敬していた。

誰でも使える道具を作る父は、魔術士よりも不可能を可能にすると思っていた。母はもともと体が強くなく顔もおぼろげな頃に死んでしまったが、写真立てに飾られた自分を抱く笑顔は素敵で、幸せそうだった。何より、年上の美しくて優しい姉がいたからさみしいとも思わなかった。

「いや、父さんよりも頭がいいかもしれないいな？」

「そんなことないよ。今のは父さんが見落としただけ」

「おっ言うじゃないか」

「お父様とロレンスは負けず嫌いなところがそっくりよ。さあ、ふたりとも手を洗って」

姉が作ってくれた素朴な味のパイを、みんなで切り分けて頬張る——魔力がなくても、そういう普通の、幸せな家庭だった。時折、敷地内ですれ違う叔父一家が侮蔑の目でこちらを見ても特に気にならなかったし、不満なんてなかった。

雲行きがおかしくなってきたのは、姉が十四をすぎ花盛りを迎えた頃からだ。

姉は美しかった。魔力が少なくても、とびきりに。魔力は血筋によるものが大きいので、姉に子どもを望む価値はない、けれどもその美貌はおしい。だから、街で大きな顔をしている商人の息子からの横暴な交際の申込みや、金持ちの後妻への誘い、従兄弟までひそかに粉をかけてくる有り様で、ろくでもないものばかりがよせられるようになった。

姉は最初、父と、特にロレンスの先行きを心配して、弟が学び続けられるよう支援できる嫁ぎ先を考えているようだった。父はもちろん、ロレンスもこれに猛反発した。

ロレンスは街の初等教育学校で基礎学問も魔術理論も他の追随を許さない成績をおさめていた。魔力がなくてもこんな街から出て、姉と父にいい暮らしをさせてやれる。そう姉を説得した。姉はロレンスの頭をなでながら、「あなたならできるわ」と信じてくれた。そして周囲曰く、破格の条件のお誘いや求婚を断り続け、やがて小さな花しか持ってこられない平民の青年と恋仲になった。ロレンスが設計した井戸の汲み上げポンプを作ってくれた、体力自慢の優しい大工職人だった。

姉が選んだ男に不満がなかったかと言われたら嘘になる。優しさと甘さは表裏一体だ。家族に結婚を反対され、この街を出て姉と一緒になると言ったかと思えば、やはり故郷も家族も捨てられないと悩んで煮え切らない。けれど姉を大事にしていたし、父やロレンスにも親切だった。

そういう妥協がよくなかったのだろうか。

ある日、街で大きな事故が起こった。大きな商店の、改装中の建物が倒壊したのだ。安全装置だった魔法陣が働かなかったせいで、大勢の怪我人と死人を出した事故の調査は難航した。魔法陣の不備を最初に看破したのが、魔力の少ないロレンスだったからだ。

店の主人も工事現場の会社も、ロレンスの指摘に頑なに取り合わなかった。如何に魔力が高い者があの魔法陣を描いたのかを語り、魔法陣を故意に壊した者がいると主張し始め、その犯人に姉の恋人が名指しされた。商店の主人の息子は姉に求婚したひとりで、工事現場会社の社長はひそかに後妻にと声をかけてきた男だった。あからさまな濡れ衣だった。

姉の恋人は狼狽し、ろくに反論できない有り様だった。男の家族からも泣きつかれ、ロレンスの指摘を信じ、姉の恋人への疑いを晴らすため戦い出したのは、父だった。

幼いロレンスはともかく、かつては爵位継承者だった父の話を、無碍には扱えない。魔法陣の不備に関する論文と事故の詳細な資料を作り、父は国にも奏上した。

伯爵領内の出来事ならまだ叔父一家がもみ消すこともできるが、国となればそうはいかない。

結論はすぐに出た。

姉の恋人が、魔法陣を壊したと突然、自白したからだ。ロレンスの父に、偽証してやるから無実を主張しろと言われた。だが女神のもとへ偽証を届けるなんて罪悪感には耐えられない——そう告白した彼の勇気は讃えられ、反対に父の悪辣ぶりが取り立てられた。

「伯爵様ににらまれたら生きていけない」「俺にも家族がいる」「許してほしい」「君に出会わなければよかった」「俺ばっかりが悪いんじゃない」「君の弟が魔力もないくせに指摘したせいで」「社長も意地になって、でも謝ってくれたから」――姉の恋人が告げた、聞くに堪えない言い訳をよく記憶しているのは、どういう脳の仕組みなのだろう。

姉は「そう」と答えたきり、男をなじりもしなかった。なんにも悪くないのに父とロレンスに「ごめんなさい」と謝り、すぐに笑って、夕食を作り始めた。姉さんは悪くないというロレンスの言葉はどれだけ届いたのだろう。その日の夕食は、やけに塩辛かった。

すっぱり忘れて生きていこうなんて、自分たちが思っても周囲が許さない。伯爵家の居候の分際でえらそうに、姉は男をたぶらかして喰いものにする魔女だ、弟は父親そっくりの嘘つきだ――姉は陰から物を投げつけられ、ロレンスは高等学校への推薦を取り消された。

父は一気に老け込み、寝込むことが多くなった。自分が余計なことをしたばかりに子どもがと、毎日嘆いていた。けれど、ロレンスたちに決して誰も恨むなと言い含めた。

「だまされた父さんが悪いんだよ」

そう笑って、ある朝、天井から首をくくって死んでいた。

姉には『しあわせになってくれ』

ロレンスには『父さんのようにはなるな』

そう遺書を残して。

「ロレンス、ロレンス、見ては駄目」

天井から吊り下がった、父だったものを見あげているロレンスの両目を、美しい姉の手が覆う。

自分だって恐ろしいだろうに、震える両腕でしっかりロレンスを抱き締めて言う。

「大丈夫よ、ロレンス。姉さんがあなたを守るからね。あなたは悪くない。あなたは賢い子なんだから、決して無駄になんてさせない」

――姉が南国王の後宮につれていかれたのは、その直後だ。父の葬儀代と、ロレンスの高等学校への学費の工面ができる。そう笑顔で告げられ心配したその次の日にはもう、姉はいなくなっていた。

南国王の後宮から下賜されたはずの姉の代金は、叔父たちの懐に入っていた。父が魔法陣の事故で偽証したその賠償金にすると、叔父たちは言った。恥知らずな父の葬儀など外聞が悪くてできるわけがないと、笑った。

魔力のないお前に高等学校など無駄だ。さっさと働いて出ていけ。

なるほどそうですね、とロレンスも笑ってみせた。

父と姉が、大変ご迷惑をおかけしました。

俺は父のようにはなりませんので、どうかどうか、ここに置いてください。ご恩をお返ししたいんです。ええ、使用人としてで、かまいませんので。


神降暦一三一〇、春。マートン伯爵邸の改築工事中に起こった魔法陣の事故は、そのまま街の半分を沈めた。改築中の事故防止のため描かれた魔法陣が暴走し、地盤沈下を起こしたのだ。加えて地震のように起きた事故は火災も引き起こし、結局、街全体に被害が拡大。一度ゆるんだ地盤は徐々に他の箇所も沈めるだろうと、街は放棄が決まった。

しかしマートン伯爵家に住民の避難先を準備し、生活を保障するだけの資金は残されていなかった。

そもそもがマートン伯爵邸の改築から起こった事故だ。住まいを、家族を奪われた住民たちの暴動から逃れるため、マートン伯爵一家は夜逃げした。工事を請け負った会社の人間も、住民に襲われるか逃げ出すかだった。社長は首をくくろうとしたところを住民に引きずり下ろされて身ぐるみ剝(は)がされ、夜盗に追い回され最後は川に飛び込んで溺死(できし)したようだ。数年前、似たような事故で魔法陣を壊したと自白した男の一家は、真っ先に犯人だと疑われ、一家離散した。かつて自ら悪事を自白した勇気を讃えられた男は、妻子と一緒に殴り殺され道ばたに死体になって転がった。

日に日に悪化していく暴動の鎮圧のため、マートン伯爵邸に国から調査隊という名の軍が派遣されたときには、もはやかつての街の面影は完全になくなっていた。

「見事にやってのけたな」

軍を率いてやってきたのは、当時十四歳で神童と名高かったジェラルド・デア・クレイトスだった。

今回の事故についての資料がないかと問われ、生き残った使用人たちの中でいちばん屋敷に詳しいからと案内を命じられたロレンスは、首をかしげる。

「なんのことでしょう」

「今回の魔法陣の事故だ」

周囲に誰もいない。風通しのよい部屋で、王太子は淡々と続けた。

「昨年、汚職で捕まった貴族が金と引き換えに差し止めていた資料の中に、お前の父が奏上した事件があった。規模は今回のほうが格段に上だが、発端は同じ。魔法陣の不備だ」

「ああ――父が偽証した事件ですね」

「魔法陣の不備を見破ったのは息子だ、と書いてあった。お前のことだな、ロレンス・マートン」

ロレンスは苦笑いを浮かべた。

「父は女神に偽証しようとしたあげく、息子まで巻き添えにしようとしてたんですか」

「あの魔法陣の不備を見破れたなら、不備を仕込むのも容易だろう」

「まさか俺が疑われてるんでしょうか？」

両腕を広げて、ロレンスは王太子に向き直る。

「見ておわかりでしょう。俺には魔力がありません。魔法陣を描いたって効果はないし、そもそもういった作業に加われません。疑うなら、調べてみては？　濡れ衣を着せるおつもりなら、簡単でしょうが」

「くだらない化かし合いをするつもりはない。――次はどこに勤めるのか決まっているのか」

「は？」

思いがけぬ問いかけに固まったロレンスの隙を突くように、眼鏡越しの視線がまっすぐ向けられる。

「姉がいる南国王のところか。だが、南国王にはこんな小細工はきかないぞ」

――王太子ジェラルドと、現国王ルーファスとの不仲は有名だ。

貼り付けたままの笑顔の裏で、できる限りの情報を引き出す。何を言うべきか、どうすべきか。

街は壊した。父を陥れた連中も、姉を裏切った男の一家も、すべて始末した。叔父一家はまだ生き残っているが、領地を失った今、生きているほうが惨めだろう。

(あとは姉さんを南国王の後宮から助けるだけだ)

とはいえ、たかが街ひとつ壊すだけで、数年かかった。今度の相手は南国王、つまり国だ。やり遂げるとしてもどれだけ時間がかかるかわかったものではない。

——ひょっとして今、自分は分岐点にいるのではないか。

父が、あの男の濡れ衣を晴らそうとしたときのような。

「私に仕えろ」

笑顔が自分の顔から消えるのがわかった。何年ぶりだろうか。

「女神より賜りし大地を魔法陣で崩落させたあげくの暴動。マートン伯爵の手落ちは目に余る。どうも知り合いの貴族を頼って逃げたようだが、爵位は一時王家預かりとする。継承権を持っているロレンス・マートンはまだ子どもだしな」

同世代のジェラルドに言われると複雑だが、この王太子がすでに王都中枢の実権を握りつつあるとわかる言い様だった。現国王はもう政治に見向きもしないというのは、本当らしい。

「あいにく、俺は爵位に興味はありません」

「だがあると便利だ。それとも、姉を後宮から連れ出せば解決としか考えられないお子様か」

ほとんど年齢も変わらない少年に言われると、少々かちんとくるものがある。

「それとも、南国王を自分ひとりでどうにかできると思うほど傲慢(ごうまん)か」

「――仕えないと言ったら？」

「お前は言わない」

即答だった。

ぽんぽんと進む会話の居心地のよさがそうさせたのか、やられっぱなしが性に合わないからか、不用意な台詞(せりふ)が滑り落ちる。

「俺は女神が、この国のありようが、あまり好きではないですよ。特に女神にすがりつく人間は、どいつもこいつも滅ぼしてやりたくなります。現に今、この街の光景を見ても心は痛まないんです。もうまっとうな人間ではないでしょう。それでも仕えろと？」

「奇遇だな、私もだ」

迷いのない肯定に、返答に窮した。

「私は南国王を許さないし、唯一無二の家族である妹を救いたい。そのために犠牲が出るのも厭(いと)わないし、手段も選ばない――お前と大して変わらない」

反応に困っている間に、ジェラルドはあっさりと背を向け、歩き出してしまう。

「まさかその言葉を信じると思ってます？　俺に忠誠を求めても無駄ですよ。ひとにだまされるなっていうのが父の遺言でして」

他人に裏切られ死んだ父の遺言――あれはそういう意味だと、ロレンスは解釈している。

「だませではなくだまされるな？　お前、自分で思うよりずっとお人好(ひとよ)しだぞ」

鼻で笑ったジェラルドは、ロレンスがついてこないとは疑っていないようだ。

「私はお前に忠誠など求めない。お互い利害が一致している、それで十分だ」

理解のある王子様だ。苛立つが、面白いような気もして、ロレンスも遅れて足を踏み出す。

「では、今後のご予定は？　いくら内政を手中におさめようが、軍権が南国王の手元にあるままでは話になりませんよ」

「まず、サーヴェル家を味方につける」

「具体的には？」

「三女との婚約を打診している」

「古典的ですけど妥当な手段ですね。他には？」

「あとは王都に新しい士官学校を開校予定だ。ラーヴェ帝国との開戦を見越して、急がせている」

へえ、とロレンスは低く笑った。ラーヴェ帝国とクレイトス王国は長く睨み合っているが、アンサス戦争終結後のここ二十年は静かなものだ。大きな火種らしきものはない。

なのに、ラーヴェ帝国との開戦を見越してということは――火のないところに煙を立てて、自分で動かしやすい軍を作りながら、現国王から軍権を削り取る気だ。

悪くない。けれど、ひとつだけ腑に落ちない点があった。

「現国王の譲位を待たないんですね。それはなぜです？」

そもそもこの王子様は、内政を放り出している現国王に嫌気がさしている民衆や貴族からの支持が厚い。いずれ『彼を王に』という声は広がるだろう。そのときを待ってもいいはずだ。

「あれはまだ四十にもなっていないんだぞ。あと二十年三十年、このまま放置しろと？」

「確かに王位は遠いかもしれませんが、南国王は実務を放り出している。あなたが実権を握るだけなら、あと数年もかからないでしょう。なのに急ぐ理由がわかりません。たとえ正当性があっても、反逆は外聞を損ねます。遠回りになりますよ」

「──ラーヴェ帝国で昨年、新しい皇帝が即位したのは知っているか」

「ああ、はい。ずいぶん若い皇帝らしいですね」

「あれは竜帝だ」

ロレンスはまばたいた。竜帝が生まれたという噂は数年前からあった。けれど皇太子の不審死が続いたり、ラーヴェ帝国内が皇帝位を巡って争っているのは明らかで、それを払拭するためのはったりとか、プラティ大陸統一論とか定期的に流行る陰謀論のような──はっきり言えば竜帝という存在自体が眉唾なので、信じていなかったのだ。

「……実在、してるんですか。竜帝」

「残念ながら本物のようだ。天剣を持っている」

女神と竜神も実在しているのか、という質問は呑み込んだ。ひょっとして現国王であるルーファスが投げやりなのは竜帝の存在が原因かなどと、本当かどうかもわからない神話の因縁からついつい考えてしまう。悪い癖だ。

「あれが竜帝から国を守れると思うか？　お遊びで竜帝に国を、妹を差し出しかねない。ラーヴェ帝国内がもめている今のうちに手を打たないと、大変なことになる」

筋は通っている。だから、曖昧に相づちを返した。深入りは禁物だ。

(クレイトスは歴史上一度も竜帝に勝てたためしがないのに、南国王と竜帝を両面討ち？)

おそろしく難易度の高い話だ。

だがロレンスは、姉を助けられればいいのだ。この王子様だって忠誠など求めていない以上、ロレンスに切り捨てられたって文句は言わないだろう。

枠が半分だけ残った玄関を通り抜け、屋敷を出たところでジェラルドがやっと振り返った。

「とりあえずお前は、ノイトラール竜騎士団に単身、潜入してこい」

「は？」

ノイトラール竜騎士団は当然、ラーヴェ帝国にある。そこにひとりで潜入とは。

「魔力がない分、功績が必要だ。竜と竜騎士団の最新情報を持ち帰れ。ラーヴェ帝国では魔力がある者のほうが少ない。能力を示すいい機会だろう」

屋敷前につないであった白馬の鞍にまたがり、魔力も権力もお持ちのジェラルドがごもっともな正論を口にする。

「資金や手続きの用意ができたら、また連絡する」

慣れた手綱さばきで、ジェラルドが馬を走らせていってしまった。

とりあえず貼り付けておく習慣がついてしまった笑顔で見送ったあと、ロレンスはつぶやく。

「……あの野郎」

正論でひとがついてくると思っているタイプだ。いずれ国を治める者としては正しい姿勢なのかもしれないが、いつか痛い目をみればいい。

(……魔力のない俺が、王太子殿下の部下、ねえ)

この先、自分に向けられる侮蔑と苦労を想像すると、笑いがこみあげてきた。悪くない気分だ。

何より、王太子に認められて仕事をすることになったと姉に手紙で報告できる。

いつも自分そっちのけでロレンスの心配ばかりする姉は、喜んでくれるだろう。もう姉が受け取るべき給金を、叔父一家に浪費されることもない。

その一点だけでも、王太子に仕える価値はあった。

ロレンスへ

街で事故があって王都へ引っ越した、なんて報告を一度にしないで。びっくりしました。

怪我はないのね？　街の人は無事かしら……叔父様たちも。でも、マートン伯爵家については私たちの及ばないことだものね。あのひとたちのことも、もうずいぶん昔のように感じます。

でも、あなたが王太子殿下に引き抜かれたって驚かないわ。高等学校はどうするのかしらと思っていたけれど……あなたの才を見抜くなんて、王太子殿下はとても見る目がある御方なのね。

正直、ほっとしました。あなたがあの街から出られて……でもあなたのことだから、私のことばかり心配して自分をなおざりにしているのでしょう。

私は大丈夫。思ったほどこの後宮は——もちろんこの後宮の存在自体が女神様の教えに反しているとわかっているけれど――ひどい場所ではないの。老若男女問わず大勢の人間がいるのに、静かで穏やかな日々が続いています。

あまりにやることがなくて、毎日編み物をしているくらいよ。マフラー、よかったら使ってね。他にも手袋とか色々あるけれど……あなたがどれくらい大きくなったか、もうわからないから。

ルーファス陛下のことは一度だけお見かけしました。小さな男の子たちと水遊びしてらっしゃって驚いたわ。『息子が優秀で遊ぶ機会がなかった』なんておっしゃっていたけれど……。

ううん、私の話はいいわ。

あなたは自分のことを第一に考えてください。あなたは責任感が強くて、自分にちっとも優しくないから心配だわ。お父様が亡くなったのも、私がここにいるのも、決してあなたの責任なんかではないのよ。

お友達を作ったり、素敵な恋をしたり、楽しいことをたくさんして。

私も天国のお母様もお父様も、あなたが幸せであることを一番に願っていると、忘れないでね。


有能な上司というのもなかなか厄介だな、とロレンスは思った。単身、ノイトラール竜騎士団に放り込まれ、半年ほどでラーヴェ帝国内で内乱の兆しアリと耳打ちされ、ゲオルグ・テオス・ラーヴェ蜂起（ほうき）のどさくさに紛れて帰国するなり、開口一番に次の命令がきたからだ。

「夏には士官学校が開校する。そこに入学しろ」

「はあ……」

世間話もない端的な指示に、ロレンスはとりあえず頷く。ロレンスが作ったノイトラール竜騎士団についての報告書を、ジェラルドは執務机の上に出した。

「ノイトラール竜騎士団に在籍した経験とこの報告書があれば、推薦できる。よくやった」

「どうも……それで、俺は軍人になればいいんです？」

「そうだ。お前はジル姫の副官になってもらう」

ジル姫。サーヴェル辺境伯三女ジル・サーヴェルのことだ。予定どおりジェラルドの婚約者として王都に滞在していると聞いている。しかし姫とは、ずいぶん甘ったるい呼び方をする。

「まさか王太子の婚約者を、士官学校に入れるおつもりですか？」

「前例はある。問題ない」

「本人は納得してるんですか？　サーヴェル家のご令嬢なら軍人に抵抗はないでしょうが、婚約者としての評判に直結するでしょう」

「……。花嫁修業が、どうも、手の施しようがないと……報告があがって……」

ジェラルドが珍しく視線をやや横にそらした。

「もう手遅れみたいな言い方しますね。まだ十歳か十一歳じゃなかったですか？」

ジェラルドがわざとらしい咳払いをして立ち上がり、窓辺に立った。目線でうながされ、ロレンスはジェラルドの横に立ち、窓の外を見る。

ジェラルドが使っている執務室は、ちょうど王国軍の訓練場を見おろせる位置にあった。今は、混戦を想定した訓練が行われているようだ。

（……いや、違うな？）

最初は小さくてよく見えなかったが、どうも女の子がひとりで複数の軍人を相手に屍（しかばね）を積み上げている。「おい、あれを止めろ！」「戦闘民族だぞ無理だ！」とか怒号が飛び交い、誰かがやけくそで放った魔法弾が蹴（け）り返されて爆発したあたりで、煙で何もかもよく見えなくなった。

竜退治の英雄。国境の守人。戦闘民族。ラキアの悪魔──その名は伊達（だて）ではないらしい。

（……魔力って、蹴れるんだなぁ……）

初めて知った。薄目で色んなものを呑み込み、お得意の笑顔でジェラルドに向き直る。

「戦う王太子妃、とてもいいと思いますよ」

「お前の知識と合わせれば、クレイトス王国一の精鋭部隊になるだろう」

ノイトラール竜騎士団に潜入させたのは、そういう目的もあったのか。

しかし、王国一の精鋭部隊とは。

「ひょっとしてのろけてます？」

「……なんの話だ」

「いえ、お気づきでないなら別に」

野暮は口にすまい。恋愛沙汰（ざた）とか巻き込まれるのは御免だ──姉からは、そういう話はないのとからかいまじりに手紙で書かれるけれど。

「彼女に紹介する、ついてこい」

「え、今からですか？」

「訓練はあれで終わりだろうから。花嫁修業の切り上げも通達せねばならない」

「でも爆発してましたよ。彼女に身支度の時間が必要でしょう。まして花嫁修業の切り上げなんて話をするなら、ちゃんと場を設けたほうがいいです。婚約破棄かと誤解されかねません」

むむ、とジェラルドが眉をよせて考え込んだあと、執務机にあった鈴を鳴らした。やってきた使用人に、ジル姫に話があるから、お茶の用意を――と指示を出す。

どこから見ても王子様然としてなんでもそつなくこなしそうなのに、いざ生身の人間関係となると意外と抜けているのか。女神の守護者と謳われる人間にも、少年らしい部分もあるものだと思いながら、ロレンスは一歩さがる。

「じゃあ俺も出直して、着替えてきます」

「なぜ」

「ラーヴェ帝国から戻ったばかりですよ、俺。裏口から入ればいいから、まず何をおいても報告にこいって命じたのはあなたでしょうが」

王城の裏口から入れる程度には身なりを整えているが、辺境伯令嬢、王太子の婚約者の紹介にあずかるには少々、心許(こころもと)ない。

「第一印象は大事ですからね。年頃のご令嬢なら特に」

「パーティーならともかく、ただの挨拶(あいさつ)にそこまで必要か？」

「王子様みたいなあなたと違って、俺みたいな平凡な顔立ちの人間にはね。どうせなら仲良くやりたいですし」

「何か不埒（ふらち）なことを考えているのではあるまいな」

嫌みが通じないばかりか予想の斜め上の回答を返され、少々笑顔が固まった。ジェラルドは眼鏡を持ち上げつつ、真顔で忠告してくる。

「戦場に出すことになるとはいえ、彼女は王太子妃になる人間だ。何かあればお前も処分することになる。節度はわきまえろ」

——彼女は私の婚約者だ、手を出すな——と聞こえたのはきっと気のせいだ、うん。

「……ええ、気をつけます、はい」

「わかっているならいい。では、三時間後に。ちょうど焼き菓子も出せる時間だ」

——そしてきっちり三時間後、改めて執務室に招かれてサーヴェル家のご令嬢と対面したとき、ジェラルドも着替えていた。

自分は察しのいい優秀な臣下なので、うっわあ愛の国の王子様めんどくさい、などと声にはもちろん、顔にも出さなかった。


言わなくてもわかることはある。

たとえばジェラルドがジル・サーヴェルを婚約者にしたのは、いずれ現国王との対立が本格化した際、サーヴェル家に対する人質として利用する思惑があること。ロレンスを副官としてそばに置いたのは、彼女の行動や思惑の監視もかねていること。

だからロレンスには、いざというときジルが裏切らないよう、結果的に裏切るとしてもためらう隙をみせるよう、普段から信頼関係を作っておく必要があった。

ジルはなかなか侮れない人物だった。礼儀や勉強といったものがてんで駄目かと思いきや、こと戦闘・戦争に関してはおそろしく勘が良く、頭も回る。一緒に放り込まれた士官学校では、いずれ部下を選ばなければならないときちんと理解して、同期をよく観察していた。その観察眼には時にロレンスも驚くような着眼点がある。

そんな彼女がロレンスに部下の引き抜きを打診してきたのは、卒業間近に行われた本番を想定した野外演習でだ。ジェラルドの意向で、クレイトス王国軍の部隊を借りた演習はだいぶ大がかりなもので、ロレンスもせっかくだからとジルとは別の隊を率いた。それがよくなかったのか。

野外演習が終わり、校内で顔つなぎも兼ねた宴会で、ジルがふたりの男性の腕を引っ張ってつれてきたのである。

「このふたりをわたしの部隊に引き抜きます！」

これ以上なくにこにこしながら、決定事項として言い放たれた。

お得意の笑顔を貼り付けて固まったのはロレンスだけではない。つれてこられたふたりもだ。

「おい、マジで言ってんのかよこのチビ……」

「ちょ、ちょちょちょっと、ジルちゃん〜、まずいって」

「なんですか。いいってふたりとも言ったじゃないですか」

ジルが振り返るのと一緒に、ロレンスも視線を背後に移す。ふたりとも着ているのは軍服だった。階級章は――二等兵。下っ端も下っ端だ。

「いやだからあ、それはあの場の勢いっていうか……ねえ」

どういったものかと悩んでいる様子の男性が、ちらとロレンスをうかがうように見る。どうにかしてくれ、という目だ。それで話がわかる人物だとわかった。泣きぼくろのある柔和な顔立ちや物腰は、大人の立ち回りを感じさせる。

「勢いでもわたしの部下になっていいって言いましたよね？」

「そりゃ今のあのクソ上官よりはマシって話でだな……俺らにも色々事情があるんだよ」

もうひとりは体格がよく、子どもに言い聞かせるようにその場でしゃがんでジルに告げる。

「しかもお前は、王太子殿下の婚約者じゃねーか。部隊に入れとか無理だ無理」

「そうよお、ちゃんと身元のはっきりした人間になさいな」

情報はまったくないが、ふたりとも、自分の立場と常識をわきまえた人物のようだ。これならジルが諦めるだけでいいだろう。説得はたやすい。

件の王太子殿下から命じられた、やけに詳細さを求められる彼女の行動や周辺についての報告書への説明もはぶける。

「ジェラルド様にはさっき許可もらいましたよ！」

はずだったが、まさかの王太子殿下からの許可に三人そろって固まってしまった。

今回、ジェラルドはこの士官学校の開校の立役者として、演習の見学に招かれていた。だが宴会の参加予定をキャンセルして帰っている。わずかな時間でも、婚約者なら挨拶くらいできるだろうが、いつの間にそんな話をしたのか。

「それ、実はちゃんと話聞いてもらえてないやつじゃなかったりしない？」

「そうそう、あとで反故（ほご）にされるやつだぞ」

「ジェラルド様はそんないい加減な方じゃないです。そりゃ、ほんとにちょっとしか話できませんでしたけど……君が選んだのなら問題ないって言われました」

黙って聞いていたロレンスには、ある推測が浮かぶ。

ジェラルドが早く帰ることになったのは、フェイリス王女の具合が悪くなったからだ。婚約者にも礼儀正しいあの王太子は、今回の見学で、ジルと話す時間をきちんと予定に入れていたのをロレンスは知っている。しかしその約束は果たせない。どう説明すべきかまごついている間に、やってきた婚約者にお願いされてしまい、ついうっかり頷いてしまったなんてことは。

「激甘か」

半眼で宙に毒づくと、ジルが振り返る。

「ロレンスは反対ですか？」

あのクソ王太子、あとから彼らについて書面でやたらめったら細かい報告を求めてくるんじゃなかろうな、いやくる。絶対くる。もうお前が直接本人に聞けよ婚約者だろ、と床にぶん投げたくなるやつがくる――という諸々（もろもろ）をすべて笑顔の背景に圧縮し、ロレンスは答えた。

「ジェラルド王子がいいって言ったならいいんじゃないかな」

もうそれくらいしか意趣返しが思い浮かばなかった。

「うっそぉ、本気で言ってんの？」

「つつーかそもそもこのガキ、誰だよ。士官候補っつーのはわかるが」

「ロレンスはわたしの副官です！　戦闘はそんなに強くないですけど、すごいんですよ！　頭がよくって、物知りで！」

ジルの『強くない』、すなわち魔力が少ないという紹介は、不快にならない。

なぜなら彼女にかかれば、おおよその人間が『強くない』ほうに分類されるからである。

何より彼女の『すごい』は本当に裏表がなくて――そう、ロレンスは初めて魔力があるだけという本物の悩みを聞いた。毎回レポートの提出を手伝うという、思いがけない形でだ。

それでも『魔力があるだけ』で彼女は駆け上がっていくだろうが、不思議とそれは受け入れられる自分がいる。きっと彼女は『魔力があるだけ』ではないからだ。

「性格はすっごく悪いですけど！　信条はだまされるよりだませだそうです！」

「ジル、その紹介はすごく俺への心証が悪いんじゃないかなあ」

「三人、仲良くやってください。ね！」

――こうも大雑把すぎるのは、どうかと思うけれども。

自分も困るが、いきなりつれてこられたふたりも困り顔だ。

しかたなく、ロレンスは切り出した。

「彼らの推薦の理由は？　見たところ魔力も大してない。そもそも初対面だよね、今日が」

「あ、そうです。演習でわたしの部隊に配属されて、そこで知り合いました」

「君、演習の点数、最下位だったね。そこで選んだなら余計、どういう基準か説明がほしいかな」

ロレンスの評価にふたりは怒ることなく、黙って聞いている。ジルのほうがちょっと気まずいのか、半眼でぼやいた。

「……ロレンスが一位でしたね。しかも皆で真っ先にわたしの部隊を潰しにかかって……あれ、ひょっとして根回ししたんじゃないだろうな!?」

「ははは、今頃気づくなんて遅すぎるよ」

「うぐっ……わたしの作戦、悪くなかったのに……！」

「君の作戦はサーヴェル家の機動力がないと無理だよ。いつも注意してるじゃないか、もっと普通の軍人と実家の差違を考えなきゃ駄目だって」

「た、確かに、無理って言われましたけど……士気も最初から高くなかったし……」

最初から全部隊に標的にされたジルの部隊の士気がさがり、自壊していったのはロレンスも見ていてわかっている。

「でも、ちゃんと一発逆転の特攻だって思いついたんです！」

「ああ、最後のあれやっぱりそうか。でも失敗したよね？」

「お前のせいでな！」

ジルが悔しそうに拳を震わせている。最後の最後まで、ジルの部隊をきっちり丁寧にすり潰しておいたのはロレンスだ。理由はもちろん『何をしでかすかわからないから』である。

「あんな特攻、絶対に俺は戦場でやらせない。その時点で負けだから敗走してもらう」

「でも必要なときも――じゃなくて！　あのとき、賛成してつきあってくれたのはこのふたりだけだったんですよ！」

ロレンスはふたりを見やった。泣きぼくろの男のほうが指先に黒髪をからませて、肩をすくめる。

「賭けるには悪くない案だったわよ。やられっぱなしも癪だったし」

「それに所詮、訓練だしな。なくすもんもなかっただろ。ちゃんと全員が動けば勝算は三分だったと思うぞ、俺は」

「三分を勝算とは言いたくないですけど。……で、まさかそこに感動して彼らを引き抜こうと？」

「そうです！」

ちょっと眉をひそめてしまった。

「ジル、君が作る軍は王太子直属の遊撃隊、ラーヴェと戦う先鋒になる可能性が高い。きちんと精鋭をそろえないと――」

「彼らなら、わたしが死ねと言えば死んでくれます」

あっけらかんとしたジルの評価基準に、言葉も息も呑んでしまった。ふたりもぎょっとして、ジルを凝視している。

「あ、もちろんそれだけの理由と価値がある場合に限って、ですよ。わたしは部下を無駄死にさせたりなんてしません。でもまあ、必要なときはあるわけで」

戦場で、死ねと命じることは。

　はあっと、小さな両肩をジルは落とす。

「意外とさがすの大変なんですよね、わたしを信じて死んでくれる部下って。ここにきて思い知りました……実家なら皆、当然のように従ってくれるんですけど」

「君の実家のことは忘れようか」

「わかってます！　だから魔力があるとかどこ出身だとかどうでもいいですよ、この際。必要なのはわたしを信じて命を預けてくれる部下です」

　わかるだろう、と言わんばかりにジルはロレンスを見あげてにっと笑った。

「ロレンスのことも信じて、だまされたまま死んでくれますよ」

　ジルを『魔力が高いだけ』ではないと感じるのは、こういうときだ。

(大隊とか、持たせてみたいな)

　今、ジルを見つめているこのふたりも、同じことを感じている。

「――俺はロレンス・マートンといいます」

　名乗ったロレンスに、ふたりがこちらを向く。

「……カミラよ」

「ジークだ」

「カミラさん、ジークさん、ですね。よろしくお願いします」

　間にいたジルがぱっと顔を輝かせる。つい、ロレンスは念を押した。

「でも俺は、君の命令で死ぬのはごめんだから」

「あー……ロレンスは、確かにそうですよね……頭よすぎると駄目なのかな……？」

「そりゃだまされるよりだませが信条じゃあねえ」

「俺はだまされるくらいのほうがいいがな。ああだこうだ頭使って疑って何も守れないよりは、何か信じて死んだほうが楽だ」

しゃがんでいたジークが立ち、背伸びをした。

「でもお前ら、まだ学生だよな。それまではあのクソ上官の下か……」

「もうすぐ卒業ですから。卒業したら真っ先に迎えに行きますよ！」

「やだ、ときめいちゃうわぁ」

茶化しながら、カミラに目配せされた。何か話したいことがあるらしい。おそらくジル抜きでだ。

「ジル、最低限の聞き取りがしたいから。彼らの上官に、ちょっと時間もらいますって報告してきてくれる？」

「あっそうか。はい、行ってきます」

「何をするか聞かれたら、今回の反省会がしたい、でいいからね。くれぐれも、引き抜くとか言っちゃ駄目だ。わかるよね」

王太子の婚約者の部隊に引き抜くなんて話が伝われば、どんな混乱が起こるかわかったものではない。ロレンスの笑顔の圧に、ジルが気まずそうに、踵を返した。

「わかってますよ、そのくらい」

本当かなあ、という視線を遠ざかっていく小さな背中に三人で投げる。

溜め息と一緒に最初に口を開いたのは、カミラだった。

「気づいてくれてありがと。勘のいい坊やねえ」

「いえいえ。何か他にもご相談が？」

「アンタは話ができそうだと思って。よく周囲を見てるでしょ」

そう言う彼も、ずいぶん気の回る男のようだ。

「ほんとに大丈夫なわけ？　王太子殿下の婚約者って言っても、まだお飾りの子どもでしょ」

「そうなんですけど、その王太子殿下はプライドが高いので、一度いいと言ったものをなかなか反故にはできませんよ」

「俺ら、ラーヴェ帝国出身だぞ」

「調べりゃわかることだろ」

おい、と低い声でたしなめるカミラを、ジークはにらみ返した。

さすがに驚いたが、目くじらを立てるほどのことではない――今は、まだ。

「なるほど、それで上官と不仲。隊でも浮いている感じですかね」

「そういうこと。あの子にほだされたのも、久しぶりにまともな上を見た油断からよ。まさか本気であんなに強いとは思わなかったけど……」

「ちなみにラーヴェ帝国を出た理由は？」

「昔から、実家と折り合いが悪くてねェ」

「一年ちょい前、ベイルブルグでもめ事があっただろ。その生き残りだ」

再度カミラが制止をかけたが、ジークはそのまま続けた。

「隠すことでもねーだろうが。っつーわけで帰ることはない、むしろ帰ったら口封じで殺されるかもな。そういう立場だ、信じていいぞ」

「それで信じるようなタイプじゃないでしょ、この子は」

「ははは。……まあ、でも、そうですね。最近のラーヴェ帝国はキナ臭いですから。ベイルブルグの無理心中、偽帝騒乱、ワルキューレ竜騎士団の乱と内乱続きだ」

「ワルキューレ竜騎士団……ああ、リステアード皇子のか……」

公明正大で有名なリステアード・テオス・ラーヴェが反乱を起こし、処刑されたことは、ラーヴェ帝国内の貴族たちに大きな動揺をもたらした。特に彼の実母の生家であるレールザッツ公との関係を、竜帝はどう修復するつもりなのだろうか。

それとも竜神も竜帝も、神らしく、人間の面倒な権力争いなど些事(さじ)だと判断したのか。

(でも、ああいう皇子様が早めに退場するのはありがたい)

噂を聞く限りだが、ひとの話を聞く耳を持っていて、自分の信念もあり、周囲に話を通せる人物だった。ああいう人物は生きているだけで、疑惑と不信の亀裂(きれつ)を誠実さでもって修復してしまう。『彼がそう言うなら信じられる』――この手の他人の信頼と希望を集める人間は厄介だ。誰かの味方につく前に排除してしまうに限る。

あんな高潔な皇子を処刑した竜帝は、誰からも畏(おそ)れられるだろう。それはもはや修復不能な、竜帝という人間についた瑕疵(かし)だ。

「ナターリエ皇女も行方不明のままなんですっけ。アンタ、なんか知ってる？」

ちらとこちらを見るカミラの目は、少々不信に満ちている――というのは、我ながら性格の悪いことを考えていた後ろめたさからくるものだ。いつもの笑顔を取り繕い、ロレンスは正直に答える。

「ジェラルド王子が捜索に向かったのは知ってますけどね。行方不明のまま、続報はなしです」

「ほんとにぃ？」

「嘘ついたってしかたないでしょう。……まあ、南国王が関わった可能性はありますが」

ああ、とカミラが顔をしかめた。便利な名前だな、とひそかにロレンスは自嘲する。簡単に責任転嫁できてしまう――それだけの悪評があるのは事実なので、心は痛まない。

ただ、ジェラルドはナターリエ皇女について何か隠している気がしている。でも知らない振りをしておく。南国王から姉を取り戻すため以上の深入りは禁物だ。

「ラーヴェ帝国もこれ以上追及してこないでしょう。我が国としては、偽帝騒乱の最中のラーヴェ帝国の混乱にナターリエ皇女は不幸にも巻き込まれた、と主張するしかありませんよ」

「ラーヴェのせいか、クレイトスのせいかわかんないってことね。はー、皇女様が可哀想」

「誰が犯人でも、ラーヴェとクレイトスのせいに変わりないんじゃないですか。国の争いに巻き込まれたんですから」

本心だった。それは伝わったのか、カミラがまばたき、相づちを返す。

「あなた方がラーヴェ帝国出身でも、ことさらそれを吹聴しないなら特に問題になりませんよ。ここじゃ、魔力がないほうが厄介でしょう」

「あー……確かに魔力が使えないのかをまず聞かれるわ。ラーヴェ出身なのかって話だと思ってたけど、違うっぽいわよね」

「くわえて、クレイトス出身で魔力の少ない俺が彼女の副官ですから」

ふたりに驚いたように見返されてしまった。ラーヴェ出身の彼らは、魔力のあるなしなど一見してわからないのだろう。そもそも、最初から気にしないのかもしれない。

新鮮に思いながら、ロレンスは皮肉っぽく笑う。

「そういうのが集まった隊だと、まとめて陰口をたたかれるだけですみますよ」

「あらぁ。楽しそうじゃない、それ」

笑ったカミラの横で、ジークが肩をすくめる。

「俺はどーでもいいが、あのチビが黙ってられるタイプかね」

「そこは、俺たちの対応次第ですよ。それに本人はひとりで竜騎士団を相手にできる魔力をお持ちですし？」

目を丸くしたあと、カミラがつぶやく。

「……ジル・サーヴェル……ってあの？」

「クレイトスでサーヴェル家を名乗れるのは、ひとつでしょうねえ」

「……竜殺しの一族か。どうりで」

確信もなく従ったらしい。出身国の違いか、王太子の婚約者である彼女に群がる周りとは毛色が違う。苦笑いを浮かべながら、ロレンスは忠告した。

「竜退治の英雄、国境の守人ですよ。クレイトス風を心がけてください」

「そうね、気をつけるわ。……でも、ほんとに？　あんな可愛い女の子でもできちゃうの？」

「拳で竜を落とせるそうです。まだ見たことないですけど」

「見たいような、見たくないような」

眉間に皺をよせてジークが唸っているのは、ラーヴェ帝国では神使とされる竜の墜落が受け入れがたいからだろうか。面白い価値観の違いに、ロレンスの頬は先ほどからゆるみっぱなしだ。つい、知らせなくていいことも口にしてしまう。

「うちの隊に入るなら覚悟してくださいよ。彼女、竜を落とせる精鋭部隊を作る気ですからね」

「冗談でしょ？」

「本気です。サーヴェル式地獄の魔力開花訓練が待ってますよ」

笑顔でロレンスはふたりの肩に手を置く。

「頑張ってください。あなた方は間違いなく、その主力として選ばれたんでしょうから」

「いや、お前もだろーが。副官だろ？」

「俺は頭のほうで役に立つので」

「逃がさないわよ！　絶対巻き込むわよ絶対、アンタも！」

がっしり頭をつかみ返され、久しぶりに裏表なく笑う。何をやってるんですか、とジルが呆れた顔で戻ってきた。

ふと、ジルが魔力のないこのふたりを選んだのは、自分のためかという疑問が頭をもたげた。魔力がなくても戦えると証明するための――だがすぐに自意識過剰だと、考えを振り払う。

勘のいい彼女は自分が王太子からの監視役でもあると、気づいているはずだ。そこまでロレンスを慮（おもんぱか）る必要もない。大体、そんな馬鹿馬鹿しい情に流されて部隊を作る甘い性格ではない。

彼女に自分をだますような知恵はない。ただ、だまさない強さがあるだけ。

できると判断したからこそ、彼女は他の誰でもなく、自分と彼らを選んだ。そう信じられるのは悪くない気分だった。彼女が選んだ仲間なら、きっといい距離の関係が築けるだろう。

ただし、サーヴェル式魔力開花訓練には絶対につきあわない。


やはりジェラルドはジルとの約束を反故にはできず、彼らはロレンスに続くジルの部下として配置が決まった。周囲は魔力のない人材を重用するジルに何かともの申したようだったが、サーヴェル式地獄の魔力開花訓練を受けた彼らの働きは新人部隊としては頭ひとつ抜けており、せいぜい陰口をたたかれるくらいだ。

しつこく彼らの言動の詳細を求めるジェラルドへの報告書のほうがよほど面倒だった。ラーヴェ帝国の分断工作で忙しいだろうに、意外と暇なのだろうか。過保護を通りこしてもはや粘着だ。卒業式もジェラルド様と話せなくて、としょんぼりするジルに、「あっちは君の周囲を嗅（か）ぎ回りまくってるから話さなくても状況がわかるんだろうね」と告げ口してやろうかと思い始めた頃、突然その王子様が、王都バシレイア郊外にある新築の駐屯地に見学にきた。

よりにもよって、ジルが王都に立ち寄った弟たちに会うため不在のときに、だ。

「えっ嘘!? ジェラルド王子がきてるの!? ジルちゃんは今日、お出かけよね!?」

「帰り遅くなるって話だったな」

ジェラルド王子がどこそこを見学している、あっちで話している、などなど飛び交う情報を聞いたからか、カミラとジークが訓練を引き上げて、隊がよく使う休憩室に戻ってきた。非番だった面々まで寮から顔を出す騒ぎだ。

「家族と会ってるのよね……呼び戻したほうがいいかしら。どこに行ったかわかる?」

「肉食べ放題の店に行くって言ってたが」

「顔見せにきたって感じですし、ジルに会いにきたわけではないと思いますよ。それにこの騒ぎじゃ、顔を合わせたとしてもろくな話もできないでしょう。放置でいいのでは?」

ロレンスも今日は魔術理論の講演会の聴講予定を入れている。ロレンスに知らせず、ジェラルドがこちらにわざわざ顔を出すとは思えない。隙間時間で人気取りにきただけだろう。

(まさか彼女がいない間に身辺をさぐろうとかそういう姑息な――……)

考えるのはやめよう。首を振るロレンスにカミラがやれやれといったふうに嘆息した。

「アンタも乙女心がわかんない男ねぇ。それでもジルちゃんは会いたいでしょ」

「隊長が、肉食べ放題を蹴ってか?」

ジークの鋭い突っ込みに、カミラは一瞬ひるんだが、めげなかった。

「それでもよ! そりゃあアタシだって、あの顔はいいけど気の利かない堅物王子様はどうかと思ってるわよ！　そもそもねえ、婚約者を士官学校に放り込むのはどうなのよ」

「隊長はそのほうが花嫁修業より楽っつってたけどな」

「この熊！　あのねえ、ジルちゃんはああ見えて色々気にしてるの。髪の毛のお手入れ方法とか相談されたもの、アタシ」

「続きませんでしたけどね」

「アンタもちったぁジルちゃんの乙女心を理解しなさいよ、このポンコツ狸！　……まあ、理解するのが嫌なんでしょうけどねぇ。複雑な男心ってやつ？」

「え？　それはカミラさんだと思ってました」

笑顔で切り返すと同じ笑顔の沈黙が返ってきた。椅子に腰かけたジークがふたりを交互に見て、不毛な時間を切り上げる。

「で、呼び戻さなくていいのか、隊長」

「いーんじゃないのぉ、狸クンも呼び戻したくなさそうだしぃ」

「俺は面倒なだけですよ。カミラさんみたいに取り繕おうとはしてないので」

「お前ら、隊長に対する感情が屈折しすぎだろ。誤解されんぞ、うしろ」

ぱっと出入り口のほうを見たら、王子様が立っていた。比喩(ひゆ)ではない。

正真正銘、この国の王太子殿下だ。

「……今の話は、私の婚約者の——」

「ジェラルド王太子殿下に、敬礼！」

ロレンスの鋭い号令に、カミラもジークもそろって敬礼をした。

しん、と沈黙が広がる。ジェラルドが眉をひそめ、眼鏡の縁をわずかに持ち上げた。

「――今の話は、ジル姫の話だな？」

「サーヴェル隊副官、ロレンス・マートンです。サーヴェル隊長は本日非番で外出中であります」

「私と会わせたくない理由でもあるのか」

「隊長に伝言などございましたら、小官から申し伝えます」

「私の質問に答えない理由は？」

しつこいな、と内心で舌打ちして、ロレンスは切り札を出した。

「我々について何か疑義があるようでしたら、サーヴェル隊長へどうぞ」

ジェラルドが眉尻(まゆじり)を跳ね上げた。はっきりと剣呑(けんのん)な光が、眼鏡の奥の瞳(ひとみ)に宿る。カミラとジークは冷や汗をかいているようだが、ロレンスは勝ちを確信していた。

この王子様は、婚約者に直接問いただす度胸などない。

「よろしければ、今からサーヴェル隊長を呼び戻しますよ。どうぞご命令ください」

「……必要ない。彼女の予定は把握している」

ええそうですね、俺に逐一報告させてますからね、と言いたくなる口元を引き締めた。

「諸君らについても彼女から報告を受けている。その上で私が問題ないと許可した」

んん、と口が変な形にゆがみそうになった。ひょっとして、牽制(けんせい)されているのだろうか。

「彼女はいずれ王太子妃、国母(こくも)となる女性だ。そこは全員、理解しているな」

ひょっとしなくても、牽制されている。

「くれぐれも誤解を招く発言には注意したまえ。でないと私の手間が増える」

「……手間って」

何か不満げに言いかけたカミラを、ジェラルドは素早く睨めつけて黙らせた。

「彼女には、王太子妃にふさわしい功績をあげてもらわねば困る」

ジークが眉をひそめ、威嚇気味に顎を引くのが見えた。王太子殿下の評価は地に落ちたな、と失笑しながらロレンスは頷き返す。

「ご心配なさらずとも、サーヴェル隊長が殿下の期待を裏切ることはありませんよ」

「彼女の話はしていない、貴君らの話だ。私の期待を裏切らないでもらいたい」

「……我々にそのように過分なご期待をいただけているとは恐縮です。もちろん、我々も殿下のご期待にこたえてみせましょう」

「そうあってほしいものだが、どうも風紀が乱れているように思えてな」

「しつこいな、過保護か」

「なんの話だ」

「いいえ、お気になさらず。殿下がサーヴェル隊長を高く評価してくださり、我々も鼻が高いです」

「彼女は私が妻にと選んだ女性だ。評価して当然だろう」

当然じゃねぇよ、ぶん殴ってやろうか――という言葉を「大変失礼いたしました」という心のこもらない謝罪に変換する。なんだろう、遠回しに「あなたの大切な婚約者に不埒な想いは抱いておりません」を繰り返すだけの無駄な会話は。そんなに心配なら、まず仕事と妹で婚約者を後回しにする自分の行動を省みろ。

しかし、表情ひとつ変えないこの王子様は、自分の苛立ちや引っかかりがなんなのか、何を心配して繰り返し念押ししているのかもわかっていないのだ。絶望的だ。クレイトスは傷が浅い今のうちに愛の国を名乗るのをやめたほうがいいのではないか。

もうこれ以上は話さないぞと笑顔で見合っていると、ジェラルドがやれやれといったふうに大袈裟(おおげさ)に嘆息した。

「――まあ、いい。彼女が貴君らに後れを取るとも思えない」

今度は無表情でのろけか。なんの拷問だ。

「せいぜい、彼女の足手まといにならぬよう精進することだ」

「胸に刻みます」

神妙に答えた自分も、斜めうしろで両頬をすぼませたり唇をまげたりして耐えているカミラも目を閉じて寝ている気配があるジークも、みんなえらい。えらすぎる。大人になる、仕事をするってこういうことだ。

「ならば早速、その言葉を証明してもらおう」

「――と、いいますと」

「初任務だ。サーヴェル隊には、国境防衛の任についてもらう」

背後でカミラとジークが顔をしかめた気配がする。ロレンスはジェラルドの顔をまっすぐ見た。

「隊長にとっては里帰り、というわけですね」

「そうだ。ラキア山脈の洗礼を受けるいい機会だ。季節もちょうどいい。彼女も実家ならば気楽にやれるだろう」

「素晴らしい配慮だと思います」

自分で口にしながら、少し笑ってしまいそうになった。

ジルとの婚約を正式に発表したジェラルドは、国内の反戦論者の突き上げやラーヴェ協調路線派からの不信を買っている。サーヴェル辺境伯の娘を取り込む利点など、いずれくる戦争の準備でしかあり得ないからだ。

そんな中、国境に増援を出すとなれば、国内のラーヴェ協調路線、反戦論者の神経を逆撫でする。だが、サーヴェル家のご令嬢が率いる新人部隊の初任務と言ってしまえば、里帰りで誤魔化せる。疑惑を持つ者もいるだろうが、所詮は即席士官学校の新人部隊。深くは追及されまい。

そしてジェラルドには誤魔化してでも増援を送りたい理由がある――それは。

「私は今、大事なお客人の相手で忙しい」

――マイナード・テオス・ラーヴェ。クレイトス王家が亡命を要請され保護したと、先日新聞にすっぱ抜かれていた。

皇位継承権を持っている彼をジェラルドがどうするつもりかなど、聞かなくてもわかる。

「お察しします。今後の隣国との関係に関わることですからね」

操竜笛というラーヴェ帝国への叛意を手土産に、竜帝ハディスの非道を訴えるその言説は、クレイトスで今、新たな時流を作り始めている。

悪逆非道な竜帝から隣国を救う、正義の味方になる夢だ。

「彼女も士官学校を卒業できたことだし、何かと騒がしい王都より、実家のほうが一息つける。休暇とまでいかないのが心苦しいが」

そう装え、という密かな言い回しを背後の二人は感じているだろうか。わかっておらずとも、その手の仕事はロレンスの分野だ。

「十分ですよ。隊長も喜ぶと思います。むしろ、士官させておいていきなり勤務地が実家なんて、王太子殿下はずいぶん婚約者に甘いと噂になるのが心配なくらいで」

「……。それは困るな。わかった。ちょうどいい、後回しになっている国境付近の竜の調査と駆除もまかせよう」

しまった、冗談の通じない王子様に余計なことを口にしてしまった。背後でひっと息を呑む音が聞こえる。

「彼女にもそう伝えておいてくれ」

「ご自分で伝えないのですか？」

目をぱちくりとさせ、ジェラルドは考え込んでしまった。なんだその反応は。どうせ「忙しい」とか言っててっきり歯牙にもかけないと思ったのに——いや、これは自分の認識の甘さだ。

「これは決定だ。予定変更はあり得ない」

やけにきりっとした顔で何か言い出した。

「文句を言われても困る」

無駄働きをよくするロレンスの思考は、きちんと正解を読み取った——つまり、決定事項なのに彼女に嫌がられたらどうしていいかわからなくて困ってしまう、と。

（滅べ、愛の国）

「何か言ったか？」

「え？　今、俺、口に出してました？」

「……。のちほど辞令が発付される。くれぐれも、私に恥をかかせるなよ。周囲を黙らせるだけの功績を持ち帰れ」

最後の最後までぽんこつな念押しをして、ジェラルドは踵を返した。颯爽としているものだからたちが悪い。

微妙な沈黙ののち、肩の力を抜いたカミラがつぶやく。

「……何、今の？」

「愛の国の王子様です」

「絶望的だな。っつーか俺ら新人の部隊だぞ、竜の駆除とか無茶振りだろ。いくら隊長だって……張り切りそうだが……」

三人そろって同じ想像をして、呻いてしまった。

「やけに功績にこだわるのね、あの王子様。ヤな感じ～。功績なんかあげなくたって、ジルちゃんを大事にしろっての！」

「功績も愛なんじゃないですか、俺には理解できませんけど」

「お前、あの王子様と面識あるんだな」

「――面識なんて大袈裟なものじゃないですよ」

不意に投げられた質問に、声は震えなかった。いつだって答えは用意してある。

「故郷で事故があって、そのとき、調査団を仕切っていたのがあの王子様でした。で、今後の身の振り方を相談したら、士官学校に推薦してくださったんですよ」

「へえ？　なかなか珍しいルートね。アンタ、実はいいとこの坊ちゃんでしょ？」

カミラは笑っているが、その目は鋭くこちらをさぐっている。ジークはいつもと変わらぬ仏頂面だが、決して鈍くはない。

「――姉が、馬鹿な親族のせいで南国王の後宮に売られまして」

カミラが表情を改めた。ジークも、眉間に皺を作る。

嘘ではない。便利な身の上話だな、と内心で自嘲した。

「それであの王子様の部下になることにしたんです。さっさと次期国王になってほしくてね。ジルの副官になったのも、そういう経緯なんですよ」

「……悪かったわ、嫌な話させて」

「気にしないでください、隠しているわけでもないですし。聞くほうを困らせてしまうのが申し訳ないだけで」

「隊長は知ってんのか」

「いいえ。やっぱりあの年齢の子に南国王の話は、ねえ」

含みは伝わるだろう。カミラが椅子に座り、頬杖(ほおづえ)を突く。

「……気持ちはわかるわ。でもいつかは話しなさいよ。ジルちゃん、年齢よりは大人びてるから」

「そうですね。――少なくとも、南国王と王太子殿下の対立が本格化するまでには」

「あっちもこっちも政変か。お偉いさんは忙しいこった。……姉貴は今、無事なのか？」

ジークの遠慮のない質問にカミラが顔をしかめたが、気を遣われるよりありがたかった。

「手紙は届いてます。元気でやってる、大丈夫、心配しないでって。今の南国王のご趣味は年端もいかない少年だそうで、姉は放置されてるみたいです」

ジークがげっと舌を出す。

「早く出してやりてえもんだな。なんかいい策ねぇのか」

「不用意に公言しないでください、不敬罪でしょっぴかれます。王太子に実権を握られると困る連中は大勢いるんですから。それに、猶予はあります。俺が出世すれば、南国王の後宮を瓦解(がかい)させずとも姉を買い戻せるかもしれません。それだけの功績をあげればですけどね。――そういうわけで竜の駆除、頑張りましょう」

カミラが机に突っ伏した。

「そういう展開になっちゃうのね～～も～～～」

「隊長は喜びそうだけどな」

「あの王子様の役に立てるから？　はー……アタシ、あの王子様キラーイ。ジルちゃん大事にしてくれなさそー。あの王子様のどこがそんなにいいのかしら」

「それ、考えずあるがまま受け止めたほうがいいやつですよ。深みにはまるんで」

あの王子様は婚約者を大切だとまったく自覚しないまま、大切にしないように振る舞っている節がある。その理由をさぐるのは、ろくでもない気がした。

「お前も、あんま危ない橋渡るなよ」

思いがけずジークにそう忠告され、まばたいた。

「平和主義なので大丈夫ですよ。それじゃ、俺も用事があるんで」

私服の上着を取ったロレンスに、カミラが頬杖を突いたまま言う。

「魔術理論の講演会だっけ？　真面目よねえ、アンタ」

「はは、このクレイトスで魔力がない以上、無効にしてやるしか術（すべ）がなくて」

「発想がろくでもねえな」

「もしジルと会ったら、一応ジェラルド王子のこと伝えてみますよ」

「ほんとにぃ？　ジェラルド王子がきてるって、言う？」

あなただって伝えたくないんじゃないか、とは言わず、笑顔でロレンスは外出した。

ジルはジェラルドとすれ違ったことにはしょんぼりしていたが、もちろんというか予想どおりというか、竜退治に乗り出せると知り、大喜びで帰省の準備を始めた。

ジェラルドは自分のことを考えてくれている、そう言ってるんで竜を追い回すジルには文句を言えず、三人そろってジェラルドを呪ったのは、男の妙なプライドだったのかもしれない。

ロレンスへ

　贈り物を有り難う。あなたの初給与の贈り物、本当に嬉しいわ。でも、何よりもあなたにお友達ができるなんて！

　ストールを選んでくれたっていうカミラさんにお礼を言っておいてね。それと、あなたとおそろいの木彫りのお守りを作ってくれたジークさんにも。

　それに、ふふ、隊長さん。とっても頼りになるのね。あなた、意外と子どもっぽいから困らせてはいない？　少なくともその隊長さんよりあなたのほうが年上なんだから、しっかりなさい。あなたを信じている王太子殿下にも、失礼なことをしないようにね。

　一度皆さんにご挨拶できたらいいのだけれど。

　心配しないで、私は平穏にすごしています。不思議ね。ここはなんだか時間の流れが違うみたい。

　そういえばこの間、ルーファス陛下を図書室でお見かけしたわ。意外かもしれないけれど、本を読まれるの。あなたも本が好きだったわね。ここの図書室はたくさん本があって、あなたが見たら目を輝かせるんじゃないかしら。

　そんなことを考えています。

　どうか無理をしないで。みんなと仲良くね。

サーヴェル辺境領での訓練は決して生易しいものではなく――というか戦場のほうがマシなのではと疑うほど非人道的かつ過酷なものではあったが、ジルが見出した隊の面々はそれに耐え抜き、竜退治を成し遂げた。ロレンスにとっても、ノイトラール竜騎士団で学んだ竜の生態が通用するのがわかったのは大きな収穫だった。

ジルを育てたサーヴェル家の住民のありようや訓練なども、見ている分には楽しかった。見ている分には、だ。ごくたまに「今日はアンタもよ」「おめーも参加しろ」とカミラとジークに肩をつかまれたりもしたが。

誤算だったのは「魔力がない」というロレンスの理論的な辞退を、サーヴェル家の面々がまったく意に介さなかったことくらいか。生まれて初めて、魔力が少ないことを配慮してほしくなった。彼らに言わせると、魔力は筋力らしい。それに勇気づけられる人間は、もちろんいなかった。

とはいえ、ロレンスの役割は知謀だ。クレイトス一周の武者修行から帰ってきたというサーヴェル家の双子から世情を聞き、住民たちから国境付近の地形や防衛について聞き、いつかくる開戦に向けて準備をする。

特に、サーヴェル家に残っている対ラーヴェ帝国との戦いの記録は非常に参考になった。直近だとクレイトス王都が遷都することになったアンサス戦争の記録などは朝まで読みふけってしまった。竜を軍艦で運んで王都を直接叩くなんて作戦、よくもやろうと思ったものだ。その策のみがよく取りあげられるが、何よりもロレンスが感嘆したのは、旧王都からの見事な撤退の仕方だった。サーヴェル家の機動力と動き、クレイトスの地理を完璧に把握しているが故の動きだ。しかも、無駄な動きが一切ない。

作戦立案と指揮はロルフ・デ・レールザッツ。現レールザッツ公の三男だという話だが、以後の記録が一切ないのが残念だった。彼はよくわかっていたのだと思う。王都の奇襲に成功したとしてもすぐに逃げなければ、負けてしまうことを。そして面目を潰されたサーヴェル家を無傷で残し、自分の消息を絶つことで、ラーヴェ帝国の戦争続行論も牽制できることを。

当時の状況を変えるただ最善の一手のみを打ち出した、その潔さと美しさ。アンサス戦争に参加したサーヴェル家の老人たちは口々に「魔法みたいに逃げていきよった」と言う。まさしく知恵の魔法だ。ただし、そのあとに「一族の宿敵！」という遺恨は残してしまっているが。

「悔しがってましたよ、お父様たち！」

演習を終えたあと、はしゃいでジルに報告され、ロレンスは苦笑した。

今回の演習は、サーヴェル家当主ビリー・サーヴェルが率いる隊とジルが率いる隊の二軍で砦の防衛戦を行った。互いに砦があり、敵に奪われたら負けというものである。

基本的な戦闘力も経験も何もかも、サーヴェル家のほうが上だ。端から勝負は見えているようなものだった。真っ向から勝負すれば、自分たちの負けだっただろう。

「そりゃあ、ちょっと勘違いさせたからね。砦が敵に壊されたら負けだって」

「へ？　それ、ただの勝利条件ですよね……」

「ジルちゃーんよく考えて。今回は防衛戦。アタシたちが勝ったのは自陣の砦が奪われなかったから。敵の砦が壊れたからじゃないのよ」

そう、防戦一方になれば勝てない。だからロレンスは、迷わずサーヴェル家陣営の砦を壊しにかかった。自陣の砦は目くらましや罠(わな)やデコイなど、辿(たど)り着くのに時間がかかると不安になる細工だけをして防衛を捨て、総力で敵陣の砦に向かわせた。当然、応戦したビリーの攻撃もすべて、サーヴェル家陣営の砦に向かう。戦場にさせられたサーヴェル家陣営の砦が崩壊するのは必然である。

「この狸坊やは、ジルちゃんのお父さんたちを自滅させたのよ」

「俺らはほぼ全員が死亡判定くらったけどな……」

隊の大半、そしてジーク、カミラ、ジルまで死亡判定が出たところでサーヴェル家陣営の砦が崩壊した。サーヴェル家陣営はビリーを含む多くの兵をまだ残していたが、ロレンスだけが残っていたジルたちの砦が無事だったことから、ジルたちの勝利となった。

「あ、ひょっとして怒ってます？」

おどけてロレンスは尋ねてみる。勝ったが、ジークとカミラは名誉ある戦死だ。演習だったからいいものの、という話ではある。

誰だって死にたくない。自分のためにならともかく、誰かのためになんて、夢物語だろう。使うならうまく使わなければ——裏切られたのではなく、自らの意思だと錯覚させるように。

「本番ではこんな目的達成だけの戦術は選びませんよ。あくまで実験的にやっただけなので」

「馬鹿かお前、本番でも使えよ、必要なら」

呆れたようなジークの返事に、ロレンスは口を閉ざす。カミラも笑って答えた。

「無駄死にさせられるのは御免だけど、アンタはそんなことしないでしょ。無駄、嫌いじゃない？」

「……はあ、まあ嫌いですね……」

「じゃ、アンタの策は死んでもやり遂げる価値があるわよ」

「まさか、本気で俺の策を信じて死ねるって言うんですか？」

半ば呆れての問いかけに、自信満々に答えたのはジルだった。

「ありますよ！　わたしは死にませんけど！」

「……うん、君は確かに……いや、そういうことじゃなくて」

「それにロレンスの策で犠牲にしなきゃいけない誰かをわたしが守れば、全員助かりますからね！」

胸を張って断言されて、脱力した。

「……それは本末転倒の理想論がすぎるね、さすがに。君の手が回らないと判断したから、犠牲を出す策を立てるわけで……」

「でもロレンスは本当は、そんな作戦立てたくないんでしょう？」

「俺が？」

目を丸くして問いかけると、大きく頷き返された。

「もうちょっとわたしたちを信じてくださいよ。いつも他人のことばっかりで、自分の気持ちを後回しにしちゃうんですから」

「……面白い冗談だね。どこからそんな評価がきたんだい」

だまされないために大事なのは他人を信じないことだ。何かを成し遂げるために必要なのは手段を選ばないことだ。自分が誰かを信じて、手段を選ぶなんてあり得ない。

一笑すると、今度はジルが目をまん丸にした。見ると、カミラもジークも笑っていない。不気味な反応に戸惑っていると、ジークにまず両肩を叩かれた。

「お前、自分で思ってるよりいい奴だから、詐欺とか気をつけろよ」

身に覚えがなさすぎる警告に、頬が引きつった。

「なんですか、それ。俺の信条は」

「わかってるわよぉ。だまされるならだませ、でしょ。でも……ね、ジルちゃん」

「はい」

ジルまで神妙に頷き返している。いたたまれず、ロレンスは声を張り上げた。

「なんですか、そろいもそろって。言っておきますけど俺、ここにいる全員から全財産巻き上げる自信ありますよ」

「やめろ、洒落になんねえ！」

「俺を信じるっていうなら、それくらいの誠意みせてくださいよ」

「増やしてくれるならアタシは預けるわよぉ」

「それは面倒なので嫌です」

「ほらみなさいな」

カミラは笑っているが、わけがわからない。その横で真剣な顔をしたジルがきりっと妙に凜々しい顔つきをする。

「誠意は大事ですよね……わかりました！　わたし、ロレンスに全財産、預けま」

「やめてくれる君の全財産にはもれなくジェラルド王子がついてくるから」

半眼で止めると、ジルが目をぱちぱちさせたあとちょっと嬉しそうに頬を染めた。むっとした気がするが気のせいだ。ついてこられたら困るだけだ、あんな愛の国の王子様。

まったく、こんな自分を信じるお人好しな三人の先行きが心配だ。

「まだ戦争が始まっていないからって、あまり気のゆるんだこと言わないでくださいよ」

「まだって。始まるって決まったわけじゃないですよね」

「始まるよ」

ロレンスの断言に、さすがに神妙な空気になる。

竜帝がラ＝バイア士官学校の生徒たちを反逆分子として処分したことが、大きな衝撃を持って連日伝えられている。士官学校とはいえ、在籍する多くの生徒はまだ子どもだ。ほとんど生き残らなかった子どもたち。

同じ刃（やいば）を竜帝がクレイトスに向けないという保証はあるのか。クレイトスと戦争を起こさなかった竜帝はひとりもいないのに――国内の反戦論は一気にしぼみ始めていた。子どもの犠牲は常に有効なプロパガンダだ。

「……犠牲が出るのは覚悟してくださいよ。竜帝はそんなに甘くない」

「あっ天剣！　竜帝は天剣持ってるって本当ですかね!?」

なぜそこでわくわく目を輝かすのか、我らが隊長は。

「だーかーらー……」

「ジル姉、あとロレンスさんもいる!?」

ロレンスのお説教を遮り、ジルの弟アンディが飛び込んできた。どうした、と姉らしい受け答えをするジルに、アンディが答える。

「戦争が始まった」

マイナード・テオス・ラーヴェ、亡命政権を樹立。ジェラルド王太子はこれを支持し、真のラーヴェ帝国との友好な関係を目指す。苛烈(かれつ)な粛清を繰り返す竜神は、竜帝は、もはや理(ことわり)すら失った。

愛でもってゆがんだ理を糺(ただ)すのだ——ラーヴェ解放戦争と名づけられたこの戦争は、正しさと愛に満ちた言葉で始まった。

ロレンスへ

戦争が始まったと聞きました。あなたは無事かしら。もう戦場にいるの？　大丈夫だと信じているけれど……やっぱり情報が入ってこないのは怖いです。ジェラルド王太子殿下が負けたというのも、今知ったくらいで。

新聞だけでも読めないかと毎日図書室に通っていたら、ルーファス陛下とよくすれ違うようになりました。静かに、窓辺で難しい本を読んでらっしゃいます。そのときは本当に、ここがあの南国王の後宮なのかと思うくらい穏やかな時間で……意外よね。

私、思い切ってルーファス陛下にお願いしたの。新聞を入れてくれないかって……弟が軍人なんですって。そうしたら、お願いをきいてくださったわ。

王太子殿下が負けてクレイトスにラーヴェ帝国軍が攻め込んでくるのかと心配する私を、笑ってそんなことはない、と慰めてくださったり。

あの御方は、世間で言われているようなひどいひとではないのかもしれないわ。私はそんなふうに思うの。おかしいかしら――。

ポケットに無言で手紙を突っ込んだロレンスに、真っ先に顔をあげたのはジルだった。続いて珈琲(コーヒー)を用意していたカミラがまばたき、ジークも剣の手入れをしていた手を止めた。

「どうした、なんか嫌なことでも書いてあったのか」

「お姉さんからの手紙でしょ？」

仕草で伝わってしまうのか。苦笑いを浮かべながら、ロレンスは思考を切り替える。

「大丈夫です、あとで考えます」

もうすぐエリンツィア皇女が率いるノイトラール竜騎士団がやってくる時間だ。

対空用の魔法陣の配置は完璧。援軍はこない。皇女はできれば捕虜にしろというのが命令だ。

初戦、ジェラルド王太子の敗退でラーヴェ帝国側は勢いづいた。マイナードを奪還すべしとノイトラール竜騎士団にこんな時期、ラキア山脈越えを強要したのだ。こちらがそれを見越して罠を張っているとも知らず――出兵に反対した竜帝はまったくもって正しい。

正しいが、正しいことが常にまかり通るとは限らない。

マイナードが立てた亡命政権につくか、竜帝につくかで、ラーヴェ国内は荒れていた。だがジェラルドの敗退で、中立を装った者たちは何か成果を竜帝に捧げなくてはならなくなったのだ。竜帝がそう命じたわけではないだろうが、何か挽回せねばと考えるのが人間だ。

相手が正しさを求める竜神ラーヴェの現し身ならば、なおさら。

「まだ雑談する時間くらい、ありますよ」

カミラから珈琲をふたつもらったジルが、ロレンスの横にある雪の椅子に座る。

ロレンスたちが今こもっているのは、雪を固めた自作の簡易拠点だ。ラキア山脈はすでに雪で監視塔も山小屋も埋もれる時期に入っていた。建物は雪に埋もれる前提で作られているので使えはするのだが、移動性と隠密性から、雪で作った拠点のほうが利点が多い。知識としては知っていたが、分厚い雪の壁と天井、床の断熱効果は想像以上に素晴らしかった。

「やっぱりロレンスでも不安ですか、初陣」

すでに姉の一件はジルにも話していたが、さっきの手紙については言語化しづらい。

だから珈琲を受け取って、つながりをさぐるような疑問を伝える。

「……考えてたんだ。ジェラルド王子はどういうつもりで負けたのかなって」

「？　それが作戦だったでしょう」

そうなんだけどね、とロレンスは曖昧に返す。

最初から負ける予定だとはジェラルド本人から聞いていた。目的はラーヴェ帝国の分断で、ここで勝つ意味はないと。そもそも、勝つということはマイナードを皇帝にするということだ。あのうさんくさい男は口では感謝を述べながら、油断なくクレイトスの内部をさぐっている節がある。必要以上に飼い続けるのは危険だ。そのうち処分されるだろう。

だが今後、竜帝をどういなしていくのだろう。

「ロレンスー？　ロレンス？」

「あ、ごめん。……ちょっと、色々考えすぎちゃって」

ジェラルドの本当の標的は、ラーヴェ帝国でも竜神でも竜帝でもない。南国王だ。ラーヴェ帝国とわざわざ戦争しているのは、国内の危機感を煽り政務に見向きもしない南国王を一刻も早く王位から退かせるための布石である。ラーヴェ帝国を弱体化、特に三公を無力化したあたりで、ジェラルドはいったん引くはずだ。後方の安全を確保してから、南国王を片づける。ラーヴェ帝国との戦争を続けるのか、すべて南国王の責任にし和解するのか、そのあたりはそのときの状況によるわけで――

「ロレンス！」

いきなり鼻先が触れ合う距離にジルの顔が現れて、数秒固まったあと、飛びのいた。

「もう！　考え込んじゃって、ロレンスの悪い癖ですよ」

「き、きききき君こそ……っ」

「なんですか」

なんだろう。責める言葉に詰まったロレンスを、カミラがからからと笑う。

「やだぁ、青春〜」

にらみつけてもカミラはにやにやと笑うだけだ。ジークは無言で大剣の手入れに戻る。

頬が熱い気がするのは、火の当たりすぎだ。

「……王太子殿下の、婚約者なんだから。あまり男性に不用意に近づきすぎないように」

「何言ってるんですか、今更。何か悩みがあるなら言ってください。そりゃロレンスの頭の回転の速さについていけないときはありますけど、言葉にするって大事ですよ！」

「それは君の婚約者にも言ってほしい……」

動揺のせいかつい余計な愚痴が零れ出る。対するジルは頬をゆるませた。

「ジェラルド様は寡黙なところがかっこいいんじゃないですか！」

「……あ、そう」

「ジェラルド様は責任感のあるひとです。天剣に対抗する術を、ちゃんと考え出してくれますよ。国を……フェイリス王女を守るために」

ふっと翳った紫の瞳に、ロレンスは息を吞む。とっさに言葉が出なかった。カミラもジークも動きを止めてしまっている。

年下の女の子だった。ジェラルドにはしゃぐ姿は恋に恋する女の子のようで、見ていて微笑ましかった。何もわかっていない妹を見守るような気持ちでいた。――なのに、いつの間にこんな、切ない目をするようになったのだろう。

何も言えない情けない男たちを尻目に、ジルは毅然と立ち上がる。

「――そろそろ時間だな。心配するな、わたしについてくればいい」

いつもどおりの頼もしい、不敵な笑顔。

なのに壊れそうな硝子細工のようで、触れられない。彼女が恋に傷つくような少女だとは知りたくなくて。知れば、余計なことを考えそうで。

ぽつりと、雪が染み込むような懸念がロレンスの胸に降る。

ジェラルドは本当に、竜帝と戦わずにすべてをおさめきれるだろうか。

本当に、竜帝からこの国を――彼女を、守る気はあるのだろうか?

「――ラキア山頂に深紅の軍旗！　ラーヴェ皇帝軍です！」

竜帝が国境を越えてやってくる。空を翔る、天の光。

洗礼のようだった。

ロレンスへ

久しぶりの手紙、本当にありがとう。新聞でサーヴェル隊の活躍は見ていたけれど、本当に気が気じゃなかったわ。軍神令嬢と呼ばれるくらい、隊長さんが立派だとしても……あなたは無事なのかしらって、本当に、ずっと。

でも、無事に帰ってきてくれたからもういいの。しばらくは王都にいられるのね。

私は相変わらずです。いえ、変わったかしら……ルーファス様にお茶を用意したり、お話し相手になったり、おそばにお仕えすることが多くなりました。戦争にいってしまったあなたのことをルーファス様に相談していたら、よくお茶をご一緒にするようになって……でもあなたが心配するようなことは何もないから、安心してちょうだいね。あの方は、巷で言われているように理由なく無理強いされる方では決してないの。

ルーファス様もラーヴェ解放戦争で色々支援なさってたみたいで、そのお手伝いもよくしたわ。ジェラルド王子に不満を持つ貴族の歓待も……でも、本当は、快く思ってらっしゃらないんじゃないかしら。とても、息子想いの方なのよ。でも、それを伝えようとしない、さみしい方。

隠していらっしゃるけれど……イザベラ妃の日記を大事に持っていらっしゃるような、そんな弱いところもある御方なの。

ルーファス様をお慰めしたいと考える者が後宮には少なくない理由が、私も理解できました。私を信じておそばにおいてくださるのは、とても光栄だと思っているわ。ただ……そうね、つかみどころのない方だから、いつ飽きてしまわれるかはわからないわね。

でも、それでもいいと思うの。あなたの重荷になるばかりだった私にも、誰かの役に立てることがあるんだもの。

だからあなたも、どうか、自分の人生を大事にしてね。

私を助けようなんて思わないで。大丈夫、私は今、幸せだから。


ホテルのロビーに併設された喫茶店に時間どおり現れた教授は、クレイトス魔術大学での講演の壇上に立っていたスーツ姿のままだった。

「申し訳ありません、お誘いしたのはこちらなのに、お待たせしてしまいましたか」

「いいえ、カニス教授。時間ぴったりです。ですが、まだ講演が残っているのでしょう。お忙しいのでは……」

「お気遣いは無用ですよ。無事、ラーヴェ帝国から脱出できた者の務めだと思っておりますから」

帽子を脱ぎステッキを置いて、ロレンスが勧めた奥のソファに恐縮しながら腰かけるこの男性は、どこからどう見てもクレイトスの紳士だ。魔力も高いので余計、ラーヴェ帝国出身などとは思われないだろう。そういう仕草も相まってか、ラーヴェ帝国から亡命してきた彼が竜神神話を紐解きラーヴェ帝国の窮状を訴える講演は人気で、いつも満員御礼だ。

「クレイトス魔術大学の客員教授の話もきているそうですね」

「実はお断りするつもりなんですよ。さすがに身に余るお話なので」

意外に思った。カニスにメニューを差し出されたが、中身も見ず「珈琲で」と答えると、遠慮せずにとなぜかケーキをつけられた。カニスも同じものを注文する。

「私、甘いものに目がなくてね。特にあなたとお話しするには糖分が必要そうです――クレイトス魔術大学に提出されていた魔術理論の論文、拝見しましたよ。そのときからぜひ一度、お話ししたいと思ってお声がけした次第です。いやぁ、素晴らしい」

今やロレンスは王太子の婚約者たる軍神令嬢の副官。てっきりジェラルドやジルにお近づきになりたいとかそういう理由で呼び出されたとばかり思っていたロレンスは、驚いて応じる。

「……有り難うございます。評価は不可でしたが」

「ふふ。王太子の贔屓で飛び級入学した、しかも戦場帰りの生臭い理論など認めないというわけですか。魔術を無効化しようだなんて、女神への冒涜。使える現実より救いのない理想を。これぞ学問の自由、大学の自治というわけだ」

笑い話にしようとしたのに鋭い皮肉が返ってきて、ふとした疑念が頭をもたげる。

彼はひょっとして、同類だろうか。いや――おかしくない。ラーヴェ帝国出身ならば、女神クレイトスに批判的で当然。亡命してきて、ラーヴェ批判を繰り返しているのは処世術だ。

「安心してください、不敬罪は私も御免ですので。ただでさえラーヴェ帝国を不敬罪で追い出されたんですから」

「……不敬罪、ですか」

「粛清ってそういうことでしょう。ああでも、講演で説明したとおり、竜神ラーヴェがどうなっているかは今、わかりませんが」

去年の暮れに、プラティ大陸全土の夜空に巨大な魔法陣が奔った。クレイトスの魔術研究者でも見たことのない、複雑かつ繊細で美しい魔法陣。空に一瞬だけ縫い付けられた魔法陣はすぐさま白銀の粒となって消えたが、神の御業であることは間違いなかった。

そして空とくれば、天空と理を守護する竜神ラーヴェの恩寵に決まっている。

珈琲とケーキのセットが静かに運ばれてきた。仕切り直すように珈琲を口に含んでから、ロレンスは切り出す。

「どうなっているかなんて、わかるんでしょうか」

「あの魔法陣は、竜神ラーヴェの神紋ではとか考えてしまいますよ。神紋は人間には正確に認識できないらしいので、どうあがいてもただの妄想ですが」

「実際、あの魔法陣の全貌を目視できた人間はいないでしょうしね」

「はてさて、竜神ラーヴェは何をしたのやら。今の竜帝のやり方を考えると、我々人間にとってはろくでもない話のようです」

「そうですね……ライカの粛清は、しかたがないとはいえやりすぎです。そのあとも、少しでも意にそぐわぬ者はすべて粛清対象。クレイトスへの亡命者も日に日に増えているとか……それだけ締めつけねば立て直せないんでしょうが、理を守護する者がやることだとは、とても」

「逆かもしれませんよ」

顔をあげたロレンスに、カニスが両肘をテーブルに突く形で問いかける。

「理を守護する竜帝のやることこそ正しい。従わぬ人間のほうが間違い——そういう考え方もあります」

講演会では今の竜帝は間違っている、と真逆のことを言っていた。政治的演出と研究者の思考を切り離せる人物なのだとわかり、ロレンスは感心して頷く。

「面白い思考実験ですね。教授のご専門は、竜神神話と神の許容論でしたか」

「そうです、竜神ラーヴェの存在を紐解き、神の説く理とは愛とはなんなのかを研究しております。益体もない不敬な道楽研究ですよ。クレイトスでもいつまで歓迎してもらえるやら。たださいわいにも姪が魔術の才に恵まれまして、あなたにも負けぬ魔術理論を組み立てております。身内の欲目かもしれませんがね」

「ひょっとして、それで俺にお話を？」

「ええ。姪の研究は、他人の魔力を吸収し自分の魔力へ出力変換するというものでして」

わずかに、笑顔がこわばった。頭の中で警報が最大限に鳴る。

「魔術の無効化を目指すあなたの研究に大変興味を持っているんですよ。ぜひ一度、会ってみてやってくれませんか」

「……無効化と、吸収では、まったく違う理論のように思えますが……」

「根本は変わらないでしょう。女神の愛の否定と、強奪だ」

――方舟教団アルカ。

辿り着いた答えに、席を立とうとした。だがカニスがテーブルに投げ出した大きな封筒に、動きを止めてしまう。

「南国王の宮殿の図面、人員、資金源、警備の配置に至るまで、詳細にご用意しました。女神の護剣の在処も」

護剣――ロレンスにはぴんときていないが、竜帝の天剣に対抗する手段として、南国王討伐の前にどうしてもジェラルドが所在を把握しておきたいと言っていたものだ。そのせいでラーヴェ帝国が力を落とした今、南国王を追い落とす時期を待つことになっている。

「あなたもお気づきのはずだ。お姉様は早めに助けて差し上げたほうがよろしい。なんといっても南国王は女神の守護者、竜帝の代役。竜帝に劣れど代役を務められるだけの魅力がある」

無言を貫くロレンスに、カニスは一方的なおしゃべりを続ける。

「近いところだと竜帝の実父でしょうか。老若男女問わず籠絡(ろうらく)するひどい男でしたよ。うちでも数名ころっとやられましたね。ラーヴェ後宮なんて一時期ひどい有り様でした。だからあなたの姉上が南国王に魅入られるのも無理はないんです」

竜帝の代役、竜帝の実父。実父ということは、帝都ラーエルムが占拠されたときに皇太子ヴィッセルに殺されたという先帝メルオニスは、竜帝と血がつながっていない。ということはつまり――いや、今はラーヴェ皇族の系譜などどうでもいい。竜帝がいる、そして他のラーヴェ皇族はほとんどいなくなった、話はそこでおしまいだ。

「手遅れになりますよ」

問題は、この男がどこまで何をつかんでいるかだ。

「そんな怖いお顔をなさらなくても大丈夫です。私は味方ですよ」

「……あいにく、他人にだまされるなと父の遺言がありまして」

「だから他人を信じられないと？　それはお気の毒だ。でしたら少しだけ私の腹の内をあかしましょう。最初はね、あなたを取り込むべきだという意見も教団内にはあったんです」

身元を示唆しながら、なめらかな口調でカニスが続ける。

「ですがあなたを見て方針を変えました。あなたには確かに、我々と志を同じくする思想がある。ですが、神さえいなくなれば自分が救われると信じる単純さがない。すべて神が悪いのだという他責思考もない。信者には向きません。なら、幹部にどうか？　それも駄目です。あなたは孤独ではなく、承認も称賛も求めていない。あなたの高い能力を忌避しない、理解ある隊長と、信じる仲間にすでに囲まれてしまっている」

「……ただの同僚です」

「しいて弱みがあるとしたらそういう、青いところでしょうかね」

くすくすと笑って、カニスが大きく切り分けたケーキを食べてみせる。余裕のある態度に、冷ややかな目を向けた。

「俺はそんなに単純に見えますか」

「いいえ？　あなたの考えていることは実に多い。姉は一刻も早く南国王から引き離さなければならない。ジェラルド王太子殿下は南国王排除とは言っているが、そもそもあの親子が本当に不仲なのかも実は疑っている。あ、ちなみにあなたの疑いは正しいですよ。南国王はご子息が大事だから悪役を引き受けてらっしゃる。あなたの姉上はそんな南国王に最後まで付き従うかもしれませんねえ」

こういう相手は真実と嘘を混在させるのがうまい。信じられる情報かどうかはわからない。

だが冷めた珈琲の黒い水面（みなも）が、ゆらゆらとゆれている。

「保険と思うのはどうでしょう」

こつ、と硝子の小瓶を置かれた。幾重にも傷が――いや、魔法陣が入っている。

「一滴でかまいません。フェイリス王女かジェラルド王子の血をその小瓶に入れてきてください」

「なんのために」

「姪の実験にね。クレイトス王族の血なら強大な魔力を必要とせず、神紋に似せた魔術が描けるやもと。あとは長年、女神の血の接種で魔力を上げられないかと頑張っている連中もいまして――ほら我々、女神と竜神の蒐集家(マニア)ですから」

その小瓶にかけてある魔術で血は勝手に増えます、などと不気味なことを言われた。

「もしご協力いただければ、南国王を穏便に事故死させてあげますよ」

悪びれずカニスは断言した。

「別にあなたでなくともいいのですよ。私は親切であなたに声をかけています。クレイトスは正義などという愛とかみ合わない理由に酔って戦争を始めたが、あなたはわかっているはずだ。竜帝を侮ってはならない。南国王排除、正当に王位を奪うなんて迂遠(うえん)な手間はかけずに戦力を温存すべきだと」

言っていることはわかる。わかってしまう。

だが方舟教団との接触は禁忌だ。ジェラルドは許さないだろう。

(でも俺なら、うまく利用できるんじゃないか?)

誰にも知られず、悟らせず、アルカの情報網と、他にはない魔術理論を使うのだ。

そうすればすぐさま姉を救い出し、南国王排除に乗り出せる。ひょっとしたら、竜帝を討つことだって。

「我々を利用すればいいんですよ。信頼など必要ない」

──もうちょっとわたしたちを信じてくださいよ。

ふっと浮かび上がった言葉は、いつ聞いたものだったのかも思い出せない。けれど濁流のような思考が、いきなり凪いだ。

自分ならうまくアルカを使えるかもしれない。けれど、失敗すれば──あるいはうまく利用できたとしても、それで仲間に、姉に、胸を張れるだろうか。

だまされない。手段を選んだりもしない。でも、選ぶならアルカではなく、ジルたちのほうだ。そうでありたいと思う。そうであれと願ってくれる、周囲もいる。

深呼吸すると、腹は決まった。

「──あなたに、ひとつ、残念なお知らせがあります。竜神ラーヴェは消えたそうです」

カニスが瞠目した。動揺を見せられて、わずかに余裕が戻る。

ジェラルドから聞いた、女神からのお告げらしき情報だ。ロレンスはそれほど信じていないのだが、彼らには有効だとわかっていた。彼らが竜神や女神に反発するのは、その存在を誰よりも信じているからに他ならない。

「ラーヴェ帝国ではどれだけ恐れられていようと、今の竜帝は、竜神ラーヴェの力を失った竜帝です。国の立て直しにも当分時間がかかる。こちらから和平を申し出て恩を売るもよし、そうでなくとも女神がいるこちらのほうが有利。そう思いませんか？」

「……そんな、馬鹿な。ではあの神紋は？　あれこそ竜神ラーヴェの」

「カルワリオの谷の深さを知るあなたには、モエキア監獄が手狭に感じるでしょう」

ラーヴェ帝国を拠点にするカルワリオ派の教団員は、クレイトス王国に拠点を持つモエキア派に保護してもらっているのだろう。どんな理由であれ、粛清からおめおめ逃げてきたのだ。何か成果をあげねば、肩身が狭いに違いない。

「支払いはしておきますので、ケーキはどうぞ。代金はいただきましたから」

手つかずのケーキの皿の横にある封筒を取り、ロレンスはにっこり笑う。

知らなかったとはいえ、方舟教団に接触してしまったのは確かだ。ジェラルドの部下でいるためにも、土産は必要である。これはいい土産になるだろう。

小瓶は放置し、コートを取って呆然としているカニスに背を向ける。

「ふ、ふふふふふ」

背後から聞こえた笑い声に、足を止めた。

「竜妃がいない。神格を堕とす要素は、なかった」

ぎょろりと、カニスの両目がこちらを見あげる。

「ならば竜帝の行いは正しいんですよ、わかりませんか。見込みが甘すぎます、あなたも、ジェラルド王太子殿下も——これだから愛の国の住民は！　本当に、甘ったるい」

おかしそうに笑い、足を組み直して、少々崩れた前髪を直し、カニスが微笑んだ。

「ですがやはり話し合いは大切ですね。我々はお互い、よってたつところを確認できました。あとはこの対話の正しさを歴史が証明してくれるのを祈りましょう。もうお会いすることがないのが残念でなりません」

交渉決裂、追跡は無駄――そう告げたステッキを取ったカニスが立ち上がり、帽子を胸にロレンスに向き直る。笑顔でロレンスは応じた。

「貴重なお話とお時間を有り難うございました、カニス教授」

「ロルフ・デ・レールザッツの次に歴史を動かす逸材かと思ったんですがねえ」

眉間にしわをよせるロレンスの横を、目深に帽子をかぶったカニスが通り過ぎる。

「知ってますか。人生って、全部を手に入れることはできないんですよ」

ロレンスへ

新しい配達の手配をしてくれてありがとう。特別便なんて緊張してしまうわ。ジェラルド王太子殿下にもお礼を伝えておいてね。あなたと気軽にお手紙のやり取りができるのは嬉しいけれど、ルーファス様は不快に思わないかしら……ううん、あの御方はそれほど私に興味はないわね、きっと。

でも今日はどうしてもあなたに尋ねたいことがあって、手紙を書いています。

最近、ルーファス様が兵を集めているみたいなの。

ひょっとして、ラーヴェ帝国と戦争をするおつもりなのかもしれない。最近、ずっとラーヴェ帝国の方を見て考え込んでおられるの。イザベラ妃の日記もよく見返しておられます。何が書いてあるのかしら……あなたも歴史的価値があるものじゃないかと気にしていたわね。すぐに隠してしまわれるから、内容はわからないの。ごめんなさい。

ただ私、心配で心配で……まさかジェラルド様のかわりに竜帝と戦って決着をつけるおつもりじゃないかって。考えすぎかしら。

考えすぎであってほしいのだけれど、私には判断がつきません。ラーヴェ帝国に今こそ攻め込む機会だって新聞では書かれているけれど……私はどうしたらルーファス様のお力になれるかしら、ロレンス。あなたみたいに、頭がよかったらよかったのに……。

もし何かあったら知らせてちょうだい。私も、できるだけ協力するから。

あの方を死なせたくないの。お願い、助けて、ロレンス。


すべてを手に入れられる人間などいない。判断を誤らない人間などいない。

わかっているつもりだった。

姉の手紙を受け取ったときも、南国王が兵をつれて国境に向かったと聞いたときも。

姉には何かあったら大変だからと逃走経路を教えたときも、アルカから入手した情報を渡し南国王と護剣の確保にはサーヴェル家当主が妥当だとジェラルドに進言したときも。

――南国王蜂起、サーヴェル家当主ラキア山脈の戦いにて戦死。

珈琲のカップを落としたのは、ジルではなくロレンスだった。中身まで床にぶちまけたそれを、普段なら真っ先に拾いに行くカミラも動けずにいる。

「サーヴェル伯夫人も、民と兵を逃がす殿となり、陛下――いえ、南国王ルーファスに、討ち取られたそうです……っ」

震える声をこらえる兵に声をかけたのは、ジークだった。

「わかった、今の状況は」

「ジェ、ジェラルド王太子殿下から出陣準備の指示が全軍に行き渡っております」

「討つのか。南国王の行方は？」

「わ、わかりません。あちこちの集落や街を襲撃して……ご自分の支持者である領主の街や、方舟教団アルカらしき拠点もまざっているのですが……もう、乱心されたとしか」

「アルカ？」

やっと声が出たが、かすれすぎて、誰の耳にも届いていないようだった。

「数刻もしないうちに、ジェラルド殿下直々に南国王討伐の布告を出されます。南国王の行方がわかり次第動けるよう、軍の大規模転移も準備中。サーヴェル大尉も準備をお願いします」

「わかった」

けれどジルの声が聞こえて、また喉が震えそうになる。

「こちらも準備を急ぐ。正式に命令が出たらすぐ知らせてくれ」

「ジルちゃん」

「カミラ。他の連中に伝達と準備を頼む。ジーク、ロレンスは――ロレンス!?」

気づいたら駆け出していた。

サーヴェル隊は今や、ジェラルド直属の精鋭部隊だ。そのため、結成当時には考えられないくらい顔がきく。特にロレンスは情報収集しやすいよう、ジェラルドからかなり広範囲にわたっての転移装置の常用許可を得ていた。エーゲル半島に設置されている軍事基地も、その中に入っている。

連れ出せる兵はせいぜい小隊が限界だろう。馬は現地調達だ。ロレンスの部下は口が固い者が多く、情報収集に使われるため察しがいい。エーゲル半島に向かうとロレンスが言えば、それ以上は何も説明せずとも、ジェラルドの密命によるものと勝手に推察してくれる。行動も素早く、半刻とたたず、ロレンスの選んだ部隊は基地内の転移装置の前に集まっていた。

「ジルちゃん、こっちよ、いた！」

「――っロレンス！　何してる！」

ジルたちに追いつかれてしまった。起動されている転移装置を見て、ジルが顔色を変える。

「お前、どこへ行く気だ。まさか南国王の後宮か!?　まだ命令は出てない！　他が攻められるかもしれないのに――」

「ジェラルド王子からの密命だよ」

「嘘つけよ、おま――！」

ジークが断言すると、妙な説得力がある。薄く笑い、ロレンスは戸惑う転移装置の管理人を押しのけ、起動させた。仲間の姿は、すぐに視界から消える。

南国王が国境へつれていった兵たちは傭兵が多く、南国王の後宮には食糧や武器、警備が出立前のまま残っている。今はどこぞを攻めているらしいが、補充にも籠城にもうってつけの場所だ。だが、今なら姉を逃がせる――南国王が、後宮を拠点にする前に、助け出すのだ。

（どうしてアルカがいきなり動いた？　南国王はどうして暴走した）

ひょっとして、カニスに竜神がいなくなったと教えたから――今は何も考えるな。すべての雑念を遮断し、調達した馬を走らせる。

基地から南国王の後宮は遠くない。南国王が息子の監視を受け入れたからだ。街自体への出入りも難しくない。ただ後宮だけが警備といい魔術といい、王城にひけを取らぬほど強固なのだ。

南国王の奇行はまだ伝わっていないらしく、街はあまり変わりなく見えた。間に合ったかとほっとする。もう日も沈みかけているのに明るいのは、眠らぬ街と呼ばれている所以だ。

ふと、後宮前に佇んでいる、黒の外套を着た異様な一団が目を引いた。

色欲と堕落の、という修飾どおり、後宮近辺でもあやしげな売人や客引きは多い。それでも珍しいのか、住民もちらちらと様子をうかがっている。どう散らすか考え始めたこちらに気づいて、一団を押しのけるように出てきた子どもが、馬上のロレンスの前に立ちふさがった。

「ロレンス・マートン……？」

フードを深くかぶっているせいで顔は見えないが、声で少女だとわかる。

よく見れば、他と外套の色も違った。紫の生地に細かい刺繍で縁取りがされた外套は、この少女がこの集団の中でひときわ特別なのだと示していた。

「どうして俺の名前を?」

「姉を助けにきたのかしら。私たちの、おじさまの手を拒んだくせに、今更?」

嘲るような声に、腰に携帯している短剣を抜く。少女がゆっくり手をかざす。ぶぅんっと聞き慣れない音を立てて、足元に魔法陣が広がった。知らない形だ。

「典は竜神の紋に穢された」

「血は女神の紋に縛られた」

「アルカです、マートン中尉!」

部下の忠告を、悲鳴と馬のいななきがかき消す。馬から振り落とされたロレンスはなんとか着地し、顔をあげた。

地面から巻き起こった魔力の嵐が、少女のフードをはいだ。波打つ金色の髪。紫の目。

その顔には半分、まだ新しい火傷の痕がある。

「焼き殺された同胞たちの仇よ」

少女の足元からどうっと炎が噴き上がった。少女だけではなく、ひたすら何かを唱え続けている周囲の黒フードたちも火刑に処されたように燃え上がっていく。まるで火柱だ。

「カニスおじさまを返せ、罪人ども!」

少女の悲鳴に似た絶叫に答えるように、空から雷が落ちた。あちこちに落ちたそれが炎の壁のように街を囲み、燃やしていく。あっという間に火の海に呑みこまれた街に、ロレンスは叫んだ。

「——ジェラルド殿下に状況報告、アルカの襲撃だ! その他の者は住民の避難だ、手分けしろ!」

言い捨てるように命令を残し、人の焦げる臭いがする炎の壁を突っ切った。魔力で引火する仕組みなのか、わずかに熱を感じた程度ですむ。だが目の前の後宮は雷に撃たれ、あちこち燃え始めていた。

後宮の出入り口を固める警備兵たちは雷に撃たれたのか黒焦げになっていた。口元を手で押さえながら、ロレンスは後宮内に足を踏み入れる。記憶にあるとおり、姉の自室へまず向かおうとするが、逃げ出そうとする人の波に阻まれてなかなか進めない。

やっと庭に続く回廊へと出た視界の端を、同じように後宮の奥へ向かおうとする人影が走っていった。どくんと心臓が鳴る。確信もなく追いかけていた。

「――姉さん！」

弾(はじ)かれたように、自分と同じ髪色の女性が振り返った。

「ロレンス……ロレンス、なの？　どうしてここに」

姉は記憶のまま、美しかった。いや、一緒に暮らしていた頃よりもふっくらとして、健康的に見えた。着ているものだってもちろん上等だ。きっと不自由していなかったのだろう――なぜか軋(きし)む胸の痛みを無視して、ロレンスは笑顔で姉の前に立つ。

「よかった、間に合った、姉さん……俺だよ、ロレンスだよ」

「……こんなに、大きくなって……」

戸惑うように自分の頬に触れた姉の、傷も何もない柔らかい手を取る。

「迎えにきた。帰ろう」

その手がぴくりと動く。

「……ロレンス。どうしてあなたがここにいるの」

「ごめん、今は説明してる時間がない。火事が起こってる。早く逃げないと」

「何かあったのね、ルーファス様に。――ロレンス、ごめんなさい。私は残るわ」

力の抜けたロレンスの手から、姉の手が滑り落ちる。

「あなたは逃げなさい。私はここでルーファス様を待つから」

「どう……して……」

「あなたは賢い子だもの。わかっているでしょう」

わかりたくない。でも首を振ることもできない。頷くこともできない。

「私は姉失格ね……ごめんなさい、ロレンス。でも大好きよ。私の可愛い弟」

背伸びをした姉が――自分は姉よりも身長が高くなっていたのだ――ロレンスの額に、そっと唇を押しつける。おはよう、ロレンス。父もまだいた頃、かわす挨拶と変わらないのに。

けれど姉は、踵を返して別の場所へ向かおうとしてしまう。その手を衝動的につかんだ。

困り顔をした姉が、振り向く。その唇が決定的な言葉を吐く前に、叫んだ。

「――困るんだ、それじゃあ！　それじゃあ、俺は、仲間に、合わせる、顔がっ……」

涙が浮かびそうになり、奥歯を食いしばる。

なんとなく、姉は間に合わないと自分は察していなかったか。でもきっと間に合う、なんて取り繕って。皆がいればきっと、なんて信じて――アルカを利用しなかった。

その結果、ジルの両親が死んだ。

止まらない自分の思考回路が今はうっとうしかった。余計なことにばかり気づく。

結局、自分は姉を助けたいわけではない。姉を見捨てず現実を見なかった自分の甘さを、失態を、取り戻したいだけなのだ。

ジルに、仲間に、合わせる顔がないから。

おかしくて今度は笑い出したくなった。なんて自分勝手な道化だ。

「……ごめん、行って」

姉の手を、離した。

「姉さんの人生だ。……俺がどうこう言えることじゃないよ」

「ロレンス」

姉がうろたえたように瞳を動かす。それを少々うとましく思い、一笑する。

「助けにくるんじゃなかった。……俺だって弟失格だよ。だから」

途中で今度は抱き締められた。

「あなたにも、大事なひとができたのね。……よかった」

こみあげてきた衝動を、奥歯を強く噛み締めて、押し殺した。勝手なことを言うな。満足げに言うな。もう自分は選択を間違ってしまった。彼女の両親は、生き返らない。

「幸せになってね」

「無理だよ」

自分の理想は潰えた。姉を取り戻して、仲間に紹介する。姉のお手製料理をジルはきっと喜んで食べるだろう。カミラはきっと姉のいい友達になってくれる。意外と、姉とジークはお似合いかもしれない——そんなくだらない夢さえ、かなえられなかった。

ごめんなさい、と姉が繰り返す。いいんだよ、と答える。お互いの手を離す。

そのすべてが茶番で、馬鹿馬鹿しい。中身がどんどん冷えていく。

(助けるべきじゃなかった、なんて)

損得を天秤に乗せてそんなふうに思えてしまえる自分は、やはりまっとうじゃない。でも自己責任だ。自分が犯したかもしれない間違いを、この先誰にも懺悔できないのも、すべて。

でも、彼女の——仲間たちのところへ、自分はまだ、帰れる。

アルカは、その矜持にかけて南国王の後宮を、街を燃やし尽くした。ロレンスの報告でやってきた王太子軍の仕事は、もはや後宮に攻め込むよりも救助活動が主になっていた。

ジェラルドはロレンスを処分しなかった。南国王討伐にあたって後宮はいずれ押さえなければならなかった拠点であり、命令違反はいち早い状況把握と救出活動で帳消しにしてくれたようだ。ジルが何か頼んでくれたのかもしれない。

ジルたちからはこっぴどく怒られた。だがそれだけで、普段と変わりなかった。姉を助けられなかったことについてお悔やみこそあったが、腫れ物のように扱われなかったのはありがたかった。犠牲はつきものだ。たとえ、身内であっても変わらない。そういうことだろう。

あるいは南国王討伐という、国を変える大きな戦いの最中で皆、酩酊していた。

最後まで南国王の思惑は判然としないまま、それでも熱狂的な支持を受け、王太子軍は快進撃を続け、悪役らしく南国王は討たれた。その骸はクレイトス王家の墓地にはおさめられず、エーゲル半島の岬にうち捨てられた。ジェラルドが父母を一緒に眠らせることを許さなかったのだ。

――けれど。

「……お父様、お母様、仇は取りました」

ジルがひとりで、故郷に埋葬された父母の墓石前に立っていた。

国境の守人といえば聞こえがいいが、地理的に戦禍に巻き込まれることの多いサーヴェル家は、当主であっても遺体が残らないことが多い。だが、ジルの両親の遺体は上下に分かれただけで、他にほとんど損傷のないまま綺麗に残されていた。まるで、敵に敬意を払われたように。

でも誰も口にしない。南国王を討ったことの是非を問うに等しいからだ――時間がたてば変わるだろうが、それは歴史をあとから知った者が賢者ぶりたいだけの愚行だろう。

ジェラルドが見事クレイトスの平和を守れば、南国王を討ったことは正しくなり、守れなければ間違いになるだけ。そんなものだ。

「サーヴェル家は大丈夫ですよ。ちょっとクリスお兄様はあぶなっかしいけれど、お姉様たちが支えますし、わたしも……わたしも……」

か細くなった声が、しゃくりあげに変わる。細い細い雨のような、泣き声。ここまで泣き言ひとつ言わず、両親を「誇りに思う」と南国王討伐の先陣を走ってきた、彼女の。

木陰に同じように隠れているカミラが洟をすする。ジークがしかめ面で、長い長い溜め息を吐く。ロレンスは空を見あげた。雨のひとつでも降っていればいいのに、こんなときに限って空はすがすがしい青色だ。

「……これで、終わるといいわね、戦争」

カミラがつぶやく。

「お前も泣いていいんだぞ、姉貴死んじまったんだろ」

ジークが怖い顔で優しいことを言う。

「そうですね、考えときます」

「アンタねえ、そういう狸っぷりは直らないわけ？」

「ま、泣かれても困るがな。……もう危ない連中とはつきあうなよ」

なんのことか聞き返そうとして、察した。アルカのことだ。どこからか漏れたのだろう。カニスから接触があったのも事実だ。否定せずに「気をつけます」とだけ答える。

木陰からもう一度ジルを見た。最初は戸惑い気味だった泣き声はもはや大音量に変わり、地面にへたりこんだジルは子どものようにぎゃんぎゃんと泣いている。

「迎えにいきましょうか、そろそろ」

「領民の皆さんに譲るのもあれだし、せっかくの狸軍師の策もあるしね？」

うし、と気合いを入れ直したジークが彼女の好物たっぷりの籠を持って立ち上がる。声をかけるのはカミラだ。そういう役割分担は、自然にできている。

ロレンスたちの姿に気づいたジルがぎょっとして、慌てて涙を擦った。ジークが無造作にタオルを投げ、カミラがあんまり擦っちゃ駄目よと注意する。

「喪が明けて、戦争が終われば、ジルちゃんは王太子妃になるんだから」

少し苦い顔でそう告げるカミラは優しい。先に食うぞ、と墓場で籠をあけようとするジークもジルを大事にしている。

(俺はもう、そんな未来は信じない)

——戦争はきっと終わらない。竜帝は和平に応じない。

でなければ、アルカ総帥——あの少女が着ていた紫の外套は総帥の証だ——が自らを犠牲に、あんなふうに特攻してはこない。南国王の奇行も、ひょっとして竜帝にかなわぬと悟った故のものではないか。護剣も、ジェラルドの手に入らないまま終わった。

きっと自分たちはどこかで、あるいは最初から、間違ったのだ。

(それでも君は——君たちだけは)

お前もこい、と言われて足を動かす。いつもどおり、取り繕って。

フェアラート公爵領から出港したクレイトス王国への亡命船を竜帝が乗っ取り、エーゲル半島で虐殺を繰り広げたのは、そのすぐあとのことだった。


そう、取り繕うのは得意だった。

終わりのない戦争に突入したことを感じ取りながら、仲間を生かす道を模索する。姉の手を離したときから、仲間のところに戻ったときから、贖罪（しょくざい）のようにその道を選んだ。

終わりが始まったのは、フェイリス王女の十四歳の誕生日。

ベイルブルグからラーヴェ帝国軍の軍艦が出港したにもかかわらず、ジェラルドはサーヴェル領から王都へと自分たちを呼び戻した。サーヴェル隊を王都防衛に回すためだ。おそらく、サーヴェル領は落ちる。ジェラルドも覚悟を決めたのだろう。自分たちも遠からず死ぬ。

でも、終わり方は選べるはずだ。

ジルたちをどうやったら悲しませずにすむだろう。苦しませずにすむだろう。

そればかり考えていたから、王都へ戻りジルの捕縛と処刑の噂を仲間たちと聞いたときは、冗談だと思った。救出に逸（はや）る仲間たちを自分が話を聞いてくると説得し、ジェラルドの前にひとりで立ったときも、まだ実感がなかった。

「隊長を処刑ってなんの冗談です？」

理由はもっともらしく並べられた。この状況でフェイリス王女を毒殺しようとしただとか、それはラーヴェ帝国に与（くみ）したからだとか、そもそも配下にラーヴェ帝国出身のふたりがいるではないかと言われたときはなんだか笑い出したくなった。

フェイリス王女に事情を聞くことはもちろん許されなかった。毒のせいで体調が悪く伏せっていると説明されたが、体調不良などいつものことだ。苦しい言い訳だとはジェラルドもわかっているのだろう。空回りする会話に疲れたように、ジェラルドが口を開いた。

「――護剣が手に入った」

「……護剣は南国王が壊したって、言ってましたよね。他ならぬあなたが」

「これで竜帝とも戦える。彼女はもう不要だ」

「何言ってるんですか、ちゃんと説明してください。そんなことが理由になると――」

責めようとして、ジェラルドの瞳が薄暗く汚れていることに気づいた。

言葉より表情より何より、雄弁に物語る絶望だ。

「……何があったんですか」

「お前は知らなくていいことだ」

今までに何度かあった会話だ。そして深入りしたくない自分は、ずっと「そうですか」と頷き返すだけだった。なのに、今更。

（……俺は、案外この王子様も、好きだったんだな）

こんなことばかりだな、と自分で呆れる。

そして――諦めたのは、ロレンスが先だった。

「わかりました、ご命令に従いましょう」

ここまで眉ひとつ動かさなかったジェラルドが、わずかに表情を動かす。だがロレンスがジルを救出すると息巻いている部隊の居場所を教えると、顎を引いて頷いた。

「俺は一足先に戻って、彼らを誘い出します。そこに兵を率いてきてください。ただ、あのサーヴェル隊を殺したとなると今後の士気に関わりますので内密に。王国軍はおすすめしません」

「なら王城兵を使おう。……お前、裏切る気じゃないだろうな。てっきり──」

「だからあなたに兵を率いるよう提案してるんですよ。……俺が手引きしたって、あなたが本気でジルを処刑するつもりなら、彼らは救出前に全滅します。俺は無駄死にはしたくないので」

そもそもジルが処刑されると聞いて残った隊員の数と、ジェラルドが王都で温存している兵の数ではどんな策を用いようが勝負にならない。それこそ竜帝でもなければ。

それとも、ロルフ・デ・レールザッツならこの状況をひっくり返しただろうか。

益体もないことを考えながら、退室する。取り繕うのは得意だ。

もうすべてを手に入れようとして判断を誤ったりもしない。

迷いはないのに急ぎ足になる歩調を阻むように、小さな影がぶつかってきた。

「あ……ロレンスさま……」

階段をおりてきたらしい小さな王女の姿に、ロレンスの心が驚くほどすうっと冷える。

今まで王女とは幾度か、ジェラルドやジルを挟んで顔を合わせたことがある。挨拶くらいしか言葉を交わした覚えはないが、どうもロレンスを認識していたようだ。

「失礼しました、フェイリス様。──毒の影響が少ないようで、何よりです」

にっこり笑ったロレンスに、フェイリスが視線をうろつかせる。ジルがフェイリス王女毒殺未遂の嫌疑をかけられ、処刑される噂くらいは聞いているのだろう。

「わ、わたくし……お、おにいさまに、お話があって……」

「ジェラルド王子なら執務室におられますよ。失恋したばかりですし、慰めてあげてください」

「しつれん？」

あどけなく問い返される。ロレンスは笑った。嘲笑に近かったかもしれない。

「ジェラルド王子はジルに恋をしてらっしゃいましたからね」

呆れて、あるいは悔しくて、これまでジル本人にも誰にも断言しなかったことを伝える。

「俺もね、今から仲間を裏切りにいくんです」

ただの八つ当たりに近い。だが、心は痛まなかった。

「で、あなたは何をしてるんですか、フェイリス王女」

理論的ではない。けれど、確信があった。

「俺より魔力も権力もあって望めばなんでもできそうなあなたが、まるで被害者みたいな顔をして」

――ジェラルドがジルを大事にできなくなったのは、この王女が原因だ。

「お……おにい、さまは、まかせれば、いいって……」

「そう言って何もしないんですね、役立たず。まあいいんじゃないですか。この国が滅ぶのは正しいってことですよ。ジェラルド殿下もお気の毒です、あなたなんかのために身を滅ぼして」

真っ青になったフェイリスを鼻先で笑い、ロレンスは踵を返す。どうせもう会うこともない。

自分は今から死ぬのだから。


雪で視界が悪いだろうに、気配を消し正確に弓でこちらの部隊を射貫いていくカミラを、惜しいなと思う。大人数に囲まれてもひるまないジークもだ。一方でそれはそうかと思う。まだ正気だった頃の竜帝の猛攻に、策という策を講じてなんとか生き延びてきた部隊だ。何よりジルが魔力の使い方も含めて鍛えた精鋭である。

サーヴェル隊――ロレンスの隊だったもの。

だからよく知っている。どう戦うか。

ロレンスが率いる伏兵に不意をつかれる形で、まずカミラの部隊が崩れた。分断されたジークの部隊が孤立する。

「前に出るなって散々注意してきたんですけど、最後まで聞きませんでしたね」

まずは逃げられると厄介なカミラからだ。だが前に出てきたロレンスから、カミラは逃げない。あちこち傷ついて動きも鈍っているのに、血の滴る手で弓を引く。

「最前線にくるなんて珍しいじゃないの、狸が！」

「さすがに働かないと、ジェラルド王子に疑われるでしょう」

「――何をたくらんでるの」

「説明したでしょう、ジルを救出するなんて無理です。王城は今、ラーヴェ帝国軍に備えて厳戒態勢に入ってます。息巻いて突撃しても、無駄死にですよ」

「でも、アンタなら何か考えられるでしょうが！」

「――俺が無茶な策をとれるのは、ジルがいたからですよ」

軍神令嬢と呼ばれた彼女の背中は、いつも頼もしかった。彼女には重荷だったかもしれない。他にも望むものがあったのかもしれない。でも、支えにするのをやめられなかった。きっと、カミラも、ジークも、ジェラルドも。

「ここにいる俺たち全員に、彼女を軍神令嬢にした責任がある」

「今更、何――ッ」

雪を蹴り上げると、カミラが距離を取る。その懐に潜り込んだ。魔力が少なくても、ほんの少し加速して不意をつくくらいはできる。

カミラの体を突き刺す感触を、一生忘れない――というのは、たぶん、おかしな話だ。

「……あん、た……っ本気で……」

言葉を続けられず、カミラが両膝(りょうひざ)を突く。お前、という怒声を背後で聞いた。

「何してんだこの馬鹿狸！　冗談になってねえだろそれは！」

「冗談じゃないですからね」

腰にさげた懐中時計をちらと見た。――もう少し、だ。

ジークはすでに手負いだ。カミラの部隊を助けるため、無茶をして突っ切ってきたのだろう。だが手負いのほうが怖いとよく聞く。だから手段は選ばない。

ジークの大剣が、ロレンスの幻影を切った。

「なっ――」

「アルカの魔術ですよ」

ジルに鍛えられたジークは、普段ならこんな幻影に引っかからない。

だが、アルカの魔術は構造が違う。魔術に精通しているか、魔力を当たり前に感知できるだけの能力がなければ、初手では見抜けない。

背後をとられたジークは、急所こそそらしたが、肩に短剣を食い込ませてよろめく。

「おま……あぶない連中と、もうつきあうなって……」

「よくやった、ロレンス」

ジークの部隊を片づけたジェラルドがやってくる。ロレンスは動けないふたりに背を向け、ジェラルドのほうへ向き直る。

——あと少し、もう少しだけでいい。

「長年クレイトスに尽くしたふたりです。苦しめずにお願いしますよ」

「……っお前、裏切られるぞ……！」

肩の短剣を引き抜き、膝を突いたジークが唸る。カミラも雪に埋もれながらも、こちらをにらみつけていた。

「——おふたりこそ」

ロレンスはそれを見おろす。

「俺を信じて死んでくれるって言ったじゃないですか」

「ジェラルド殿下！　ジェラルド殿下おられますか！　脱走です！」

雪の中、馬を走らせた伝令が叫ぶ。

「ジル・サーヴェルが脱走しました！　現在追跡しておりますが、兵がたらず——」

ジェラルドがこちらを見る。ロレンスは笑顔でそれに応じた。

長いつきあいだ。言葉はいらなかった。

ジェラルドは、ロレンスがジルたちを本気で裏切るなどと思ってはいない。そしてロレンスも、ジェラルドがジルたちを裏切れば自分だけは助けてくれるなどと本気で思ってはいない。

「そういうことか」

ジェラルドが槍を構える。逃げられはしないだろう。

「成功率が高いのがこの策だったので。彼女の脱走の、一番の難関はあなただ」

「馬鹿なことを。お前たちを殺して、すぐ戻れば――」

ジェラルドが足元に目を落とした。違和感に気づいたようだ。さすがだとロレンスは薄く笑う。

南国王討伐後、かろうじて残ったアルカの資料から見つけた魔力を吸う魔法陣。ロレンスではろくに継続しないが、それでも疲れさせることくらいはできる。

王城の、王都の警備を手薄にすること。ジェラルドを少しでも長く引き離すこと。そしてできる限りその魔力を削ぐこと。

「護剣を手に入れたそうじゃないですか」

単なる神話などではなく、本当に女神がいるならば、女神の護剣というのはただの武器ではないはずだ。使えば魔力をそれなりに消費するだろう。

「南国王から奪おうと、あんなに苦労したんです。せめて冥土の土産に、見せてくださいよ」

「――必要ない」

魔力のないロレンスが相手だ。武芸にも長けたジェラルドは合理的な選択をする。

でも可哀想に、彼は愛の国の王子様だ。嘲笑した。

「せっかく、ジルを裏切ってまで手に入れたのに？」

ジェラルドの顔色が変わった。槍が投げ捨てられ、その手に白銀の魔力が集まる。その色を、形を
ロレンスは戦場で見たことがあった。――竜帝の、天剣。

どうやら女神も竜神も、本当にいるらしい。

どうっと白銀の魔力の塊が襲い掛かってきた。雪原に太陽が墜ちたように光が四方に走る。ロレンスの前をふさいでいるのは、自らの研究の成果。魔力を無効にする魔法陣だ――けれど、圧倒的な魔力を無に帰すことなどできない。そもそも矛盾しているのだ。魔力を無効にする魔法陣など。

「ロレンス……あんた、逃げなさいよ！」

背後にいるふたりに、振り向いた。

「いやあ、逃げられませんよ。すみません、巻き込んで」

「馬鹿、お前、なんで何も言わなかった……！」

「俺、おふたりから信じてもらえるような人間じゃないので」

最後までそんなふうにはなれなかった。ジルを助けるんだと、みんなと一緒に死ににいけるような人間にはなれなかった。

（いやでも、いいところまではいったかな）

ちゃんと誰にもだまされずに死ぬ。裏切られなかった。父のようにはならなかった。

しかも、女神の神器と対峙しているのだ。その魔法陣も、もう蒸発し始めているけれど。

硝子が割れるような音がした。仕掛けた魔法陣も何もかも吹き飛ばされる中で、光り輝く護剣を持ったジェラルドが突っ込んでくる。その手に握る剣は美しいのに、目は怒りと失望に満ちていた。ロレンスに対してではない――きっと、己に対して。

この王子様は何もかも隠して、ひとりでどこまで突き進む気だろう。好きな女の子に好きだと告げることも自分に許さないまま。

そう、魔力があるからといって幸せになれるものではないと、もうロレンスは知っている。

神様は残酷だ。けれど、きっと神様だって大変なんだろう。

皮肉が、ロレンスの唇から言葉が零れ落ちる。

「ジルが好きだったくせに――」

「お前が言うな」

それは本当に、そのとおり。胸を突き刺されても、もう、痛くはなかった。


「……おい、熊、まだ生きてるか」

「おう……もう、目は見えねえけどな……どうしてる、狸は」

光り輝く剣に刺され、転がり落ちてきたロレンスは、もうぴくりとも動かない。

「……満足そうに死んでるわよ」

「なら……作戦成功ってことだな……」

「あのクソ王子、ほんっと、許さねえ……今度会ったらぶっ殺す、絶対」

「今度って……なんだよ、来世か……」

笑ったふうのジークもそろそろ静かになってしまうだろう。

「……悪くない人生だったわよね。根無し草だったのに……仲間もできて……」

「……ああ……隊長を逃がせたなら……贅沢は、言わねぇよ……」

でも、というカミラの言葉はもう続かない。まぶたも重くなってきた。

軍神令嬢の看板を背負って戦い、婚約者に裏切られたジル。仲間を手にかけ主君に手をかけられ誰にもだまされなかったと満足そうに死んだロレンス。

ふたりとも自分より年下の子どもだったのに、自分たちはいったい、何をしていたのか。

(――アタシは嫌よ、神様。これが幸せだなんて)

ラーヴェ帝国もクレイトス王国も裏切った自分が祈るなんて、あまりに傲慢だけれど。

かみさま――どうか本当に、そこにいるのなら。


この世界の終わりを告げるように、視界が黒と白に染まっている。

寝間着のまま、素足で王城でいちばん高い塔の上に立つ。吹雪は激しさを増すばかりだ。夜の闇も篝火も、白く埋めつくそうとしている。なのに、少しも寒さを感じなかった。

ひとり、口ずさんでいる歌声も、か細いだけで震えない。

『……子守歌？』

女神がぽつんと尋ねた。目をやると、黒い槍の姿のまま――この姿が落ち着くという話だ、なぜなのかは理解できない――びくっと震えて、言い訳のようにまくしたてる。

『む、昔、教えてもらったことがあったからっ……ええと、誰だっけ。誰かに』

「……クレイトスに伝わる子守歌ですよ。あなたが作ったんじゃないんですか」

『えっクレイトス作ってない、そんなの……』

話せば話すほど頼りない女神だ。どうして自分はこんなものを怖がっていたのだろう。

――俺より魔力も権力もあって望めばなんでもできそうなあなたが、まるで被害者みたいな顔をして。役立たず。

生まれて初めて向けられたはっきりとした悪意が、正しすぎて胸に刺さったまま、抜けない。

でも、ほんとうに、望めばなんでもできるのなら。

『ほんとうに、いいの？　時間を巻き戻して……覚えてるのはフェイリスだけだよ。さみしいよ』

すべてを覚えている女神の忠告にも、フェイリスは首を横に振る。

「決めたことです。クレイトス様、お願いします」

『でもでも、フェイリスきっと倒れちゃうよ。それにお兄様が怒るかも……』

「そのお兄様が怒るにも、巻き戻さないといけないでしょう。でないと消えたままですよ」

『あ、そっか……！　フェイリスって賢いのね!?』

大丈夫かこの女神――という、わずか数時間で蓄積し始めている懸念を笑顔で呑み込む。今ではこの女神の何がそんなに怖かったのか、自分で不思議だ。

眼下では、兄が婚約者を殺そうとしている。聖槍（せいそう）の模造品を振るう兄の姿は痛々しかった。どんな心境なのか、考えたくもないのは弱さだろう。

黒槍を握り締めた。狙うのは兄の婚約者だ。義姉になるはずだった彼女は、甘えた自分を捨てるための最初の犠牲者にふさわしい。お菓子をたくさん持ってお見舞いにきてくれる兄の婚約者。大好きだった。でも、自分にそんな資格は最初からなかった。

時間を巻き戻してその命がもとに戻ったとしても、自らの手を汚す感触を、フェイリスは決して忘れないだろう。女神がずっと忘れられずにいるように。

「いきますよ、クレイトス様」

『クレイトスでいいよ、フェイリス』

女神が花のように笑う。

『フェイリスとクレイトスは、今から仲間に――友達になるんでしょう？』

だからフェイリスも、花のように笑い返し、歌を紡ぐ。

女神の器。今までのわたくし。これからのわたくし。

決して忘れるな。お前は、被害者じゃない――加害者だ。

ここはにしのくに　クレイトスおうこく
めがみさまが　まもるくに
はなもみもうたう
しあわせはめぶくもの
あなたがまいた　そのたねは　かならずはなひらく

ここはにしのくに　クレイトスおうこく
めがみさまが　まもるくに
はなもみもうたう
あいはここにある
あなたがころび　なくひにも　たすけるだいちがここにある

黒槍が理なき空を奔る。愛を取り戻す鐘が鳴り響き、魔力の渦が子守歌をかき消す。
さあ、ここからが、今からが。
理を糺し愛を貫く運命の、やりなおしだ。

ああ　りゅうのかみさま　めがみさま
ことわりを　あいを　たがえて　もどれない
かえりみちはただしくない　ゆくさきはあいせない
うんめいは　やりなおせずに　まわるだけ

さあさ　おわりをつげる　かねがなる
さいごには　きえてくちて　はいおしまい

もう一緒にいられなくても　神様は願った

村が、街が、畑が、家畜が――ひとが、燃えている。黒い煙、血に染まった川。踏みつけられる死体、怒号、悲鳴、死臭。もはやそこは戦場ですらない、処刑場だった。

エーゲル半島の砂漠を血の海に変えてやってきた竜帝は、赤ん坊も笑ってなぶり殺す虐殺者。投降も嘆きも懇願も通じない。決してクレイトスの民を赦さない。竜神ラーヴェに殉じないラーヴェの民も赦さない。

その噂を聞いたとき、にわかにジルは信じられなかった。幾度か対峙(たいじ)したことのある竜帝は、撤退するジルたちを無闇に追撃しなかった。撤退する敵は、投降しない限り殲滅(せんめつ)するのが正しい。逃がした相手は恨みと憎しみを抱え強敵となって戻ってくるかもしれない――そんな理屈を超えた、理(ことわり)と強さを持ち合わせていた。

彼が振るう剣はいつも白銀の光に満ちていて美しい。真昼の空にも星屑(ほしくず)を降らせる男。

本当はどんな男なのだろうかとひそかに思っていた。

「ひとり残らず殺せ」

昏(くら)く澱(よど)んだ瞳(ひとみ)が、別人のようだった。

「希望も愛も夢も絆(きずな)も、すべて蹂躙(じゅうりん)しろ」

逃げ惑う人々が殺される様をおかしげに眺めるその表情は、人間とは思えなかった。

「――俺が、そうされたようにだ！」

けれどその哄笑(こうしょう)が、泣き声のようにも聞こえた。

何が彼を変貌(へんぼう)させたのかはわからない。でも、変わらないものがひとつだけあった。

彼が持っている白銀の剣だ。天から降ってきたような、美しい剣。

あんな地獄絵図の中でも、その剣だけはどこまでも美しかった。

祈りを捧げたくなる、儚い希望の光。振るわれるたびに涙のように舞い散って、見る者の胸を締めつける。ああ終わりなのだ、と悟らせる。

でも、誰の涙なのだろう。まさか剣を振るう竜帝か。

それとも白銀の竜だという、かみさまか。

――目が覚めた。

軍人らしくきっちり目を開け、ジルは苦笑する。投獄されても戦場の夢を見るなんて――竜帝の侵攻に対する緊張が抜けきらないのだろう。竜帝が攻めてくれれば、ジェラルドは処刑を延長してジルを出してくれるかもしれないという希望もあった。サーヴェル隊はジェラルド王太子直属の精鋭部隊なのだから。

（……いや、ないな。ジェラルド様は一度決めたことを簡単に翻す御方じゃない……）

妹第一なひとだと知っていた。けれど、あれは想定できていなかった。

（――ふられたんだから、わたしは）

いきなりの自覚に、鼻の奥につんとしたものがこみあげてくる。急いで首を振ってこらえた。

処刑よりも失恋に傷つくだなんて、馬鹿馬鹿しい。動けないのは、きっと寒さのせいだ。灯りこそついているが薄暗い真冬の牢の中、ジルはさらに身を縮こめた。

いきなり牢に放り込まれ丸三日が経過しようとしている。最初は状況がわからず流されるばかりだったが、さすがにもう受け身ではいられない。

(怒れ、わたし)

両膝を抱えて、奥歯を噛み締める。泣いている場合じゃない。それくらいなら怒った方がいい。

そう、自分は怒っていいはずだ。求婚されて、彼に少しでもふさわしくあろうと戦場を駆け回り、六年もの時間を捧げて、こんな捨て方。あんまりだ。

そもそもここで処刑をおとなしく待つだけなんて、自分の性に合わない。

家族も部下も、どうなっているかわからない。結局ジェラルドとの関係はなんだったのかも――ただわかっているのはこのまま何もしなければ死ぬ、ということだけ。

少しでも、その運命をねじまげてやる。

さあ、初恋を捨てよう。これまでの六年を捨てるようで胸が軋むけれど、進むにはそれしかない。

深呼吸をして、周囲を観察する。見張りがひとりいるだけだ。そういえば少し前から、人気がなくなっていた。あまりに警備が少ない。ひょっとして何かあったのだろうか。

いずれにせよ好都合だ。

冷たい牢獄の中でジルは、立ち上がる。

そして自分を閉じ込める箱の鍵を、打ち破った。

設定資料

人物紹介

プラティ大陸史

ラーヴェ帝国

人物紹介

竜神 ラーヴェ
理と天空の竜神

メルオニス・テオス・ラーヴェ 享年65歳
ラーヴェ帝国先代皇帝

【ノイトラール派】

ルドガー・テオス・ラーヴェ 享年31歳
ラーヴェ帝国の第七皇子

エリンツィア・テオス・ラーヴェ 享年25歳
ラーヴェ帝国の第三皇女。
ノイトラール竜騎士団団長

【フェアラート派】

ゲオルグ・テオス・ラーヴェ 享年48歳
メルオニスの弟。
母はフェアラート公爵家出身

テオドール・テオス・ラーヴェ 享年19歳
ラーヴェ帝国の第九皇子。
マイナード・ナターリエの同母兄

マイナード・テオス・ラーヴェ 享年24歳
ラーヴェ帝国の第十皇子

ナターリエ・テオス・ラーヴェ 享年16歳
ラーヴェ帝国の第四皇女

モーガン・デ・フェアラート 享年52歳
軍港都市を持つフェアラート公爵家当主

ブルーノ・デ・ノイトラール 享年40歳
城塞都市を持つノイトラール公爵家当主

～きょうだい 出生順～
⋮
第一皇女 エルフリーデ
第一皇子 ヴィルヘルム
第二皇子 アレックス
第二皇女 アイリス
第三皇子 ヘルムート
第四皇子 フリッツ
第五皇子 マリウス
第六皇子 ユリウス
第七皇子 ルドガー
第八皇子 ヨアム
第九皇子 テオドール
第三皇女 エリンツィア
第十皇子 マイナード
第十一皇子 アルノルト
第十二皇子 ヴィッセル
第十三皇子 リステアード
第十四皇子 ハディス
第四皇女 ナターリエ
第十五皇子 ルティーヤ
第五皇女 フリーダ

ラーヴェ皇族

【レールザッツ派】

ヨルム・テオス・ラーヴェ　享年17歳

ラーヴェ帝国の第八皇子。祖父はレールザッツ公

アルノルト・テオス・ラーヴェ　享年19歳

ラーヴェ帝国の第十一皇子。
リステアード・フリーダの同母兄

リステアード・テオス・ラーヴェ　享年20歳

ラーヴェ帝国の第十三皇子。ワルキューレ竜騎士団を創設

フリーダ・テオス・ラーヴェ　享年7歳

ラーヴェ帝国の第五皇女で、きょうだいの中で最年少

ヴィッセル・テオス・ラーヴェ　享年24歳

ラーヴェ帝国の第十二皇子。ハディスの同母兄。
ゲオルグの娘と婚約している

ハディス・テオス・ラーヴェ

第六代竜帝。ラーヴェ帝国の第十四皇子。
1309年ラーヴェ帝国の皇帝に即位

【ライカ】

ルティーヤ・テオス・ラーヴェ　享年16歳

ラーヴェ帝国の第十五皇子。
ライカ大公の孫。
ラ＝バイア士官学校蒼竜学級出身

【三公】

イゴール・デ・レールザッツ　享年55歳

交易都市を持つレールザッツ公爵家当主

ロルフ・デ・レールザッツ

イゴールの弟。竜妃宮の管理人。
アンサス奇襲作戦を指揮

人物紹介

クレイトス王国

【方舟教団アルカ】

ミレー　享年16歳

方舟教団アルカ総帥、
モエキア派の大司教

カニス　享年45歳

方舟教団アルカ枢機卿、
カルワリオ派の大司教

【ベイル侯爵家】

スフィア・デ・ベイル　享年16歳

ベイル侯爵と前妻の娘

ベイル侯爵　享年48歳

ベイルブルグ周辺領土を統括

ノイン　享年16歳

ラ＝バイア士官学校金竜学級出身
で、ルティーヤとは同学年。
ノイトラール竜騎士団所属竜騎士

女神 クレイトス

愛と大地の女神

クレイトス王族

ルーファス・デア・クレイトス　享年43歳

クレイトス王国の国王で通称南国王。
ジェラルドとフェイリスの父

ローラ・デア・クレイトス　享年29歳

ルーファスの妹で、ジェラルド・フェイリスの実母

イザベラ・デア・クレイトス　享年31歳

クレイトス王国の王妃。ルーファスの妻

ジェラルド・デア・クレイトス

クレイトス王国の王太子。ジルの婚約者

フェイリス・デア・クレイトス

クレイトス王国の第一王女

サーヴェル辺境伯家

ビリー・サーヴェル 享年49歳
サーヴェル辺境伯。ジルの父

シャーロット・サーヴェル 享年45歳
ビリーの妻で、ジルの母

アビー 享年30歳
サーヴェル家長女でジルの姉

クリス・サーヴェル 享年29歳
サーヴェル家長男でジルの兄

マチルダ 享年21歳
サーヴェル家次女でジルの姉

リック・サーヴェル 享年14歳
サーヴェル家次男でジルの弟。アンディとは双子

アンディ・サーヴェル 享年14歳
サーヴェル家三男でジルの弟。リックとは双子

キャサリン・サーヴェル 享年11歳
サーヴェル家四女でジルの妹

ジル・サーヴェル 享年16歳
サーヴェル家三女。
ジェラルドの婚約者。
サーヴェル隊の隊長

【サーヴェル隊】

ロレンス・マートン 享年21歳
ジルの副官で、
ジェラルドの部下

カミラ 享年28歳
ジルの部下で弓の使い手。
ラーヴェ帝国出身

ジーク 享年28歳
ジルの部下で大剣の使い手。
ラーヴェ帝国出身

ベルラ・マートン 享年25歳
ロレンスの姉。ルーファスの後宮にいる

プラティ大陸史

【…神降暦…】

一　二神降臨。**クレイトス王国・ラーヴェ帝国**、**建国宣言**。**王都アンサス**、**帝都ラーエルム**、**建設開始**。

四　のちの**ラーヴェ三公**、竜神軍の旗下へ。

七　ラーヴェ平定戦争、**竜神軍の勝利**で終戦。

四　**女神クレイトス再誕**。クレイトス平定戦争開始。

一六　サーヴェル一族、女神軍の旗下へ。

二〇　ラーヴェ帝国大学開校。ラ＝ジュード帝国士官学校も開校。

二八　クレイトス平定戦争、**女神軍の勝利**で終戦。

三一　プラティ二神会談。

三七　クレイトス魔術大学開校。

一一五　サーヴェル一族、竜狩りの功績で辺境領と侯爵の地位を与えられ**サーヴェル辺境伯**となる。

一四八　エーゲル半島のモエキア岬にて**方舟教団アルカ結成**。人類救済を宣言する。

二九一	エーゲル半島砂漠化を契機に、クレイトス大飢饉に陥る。ラーヴェ帝国にも波及。
二九三	竜神ラーヴェ、**初代竜妃エンツィアン選定**。ラキア山脈に**魔法の盾**が作られる。
二九四	**竜の花冠祭**開始。
二九九	初代竜妃エンツィアン死亡。
三〇〇	二神戦争（のちの**第一次ラキア聖戦**）。
三〇一	聖槍が折れ竜神ラーヴェがカルワリオの渓谷に墜落し、第一次ラキア聖戦終結。方舟教団「神の死」宣言。ラーヴェ帝国は天剣の所有と皇帝位を争う内戦時代へ。
三五九	辺境パテル地方に**竜神ラーヴェ再誕**。
三七二	竜神ラーヴェ、**二代目竜妃ゼリンダ選定**。辺境パテルで蜂起。天剣戦争開始。
三七七	**二代目竜帝ラーヴェ**、帝都凱旋。天剣戦争終結。
三七九	竜帝ラーヴェの後宮が開かれる。竜妃宮と合わせて竜花園と呼ばれる。
三八二	竜帝ラーヴェの皇妃が全員殺害される（竜花九人殺し）。
三八三	二代目竜帝ラーヴェ・二代目竜妃ゼリンダ、ラーデアで暗殺される。二代目竜帝は**人竜帝**の諡を冠する。ラーデア神殿建設開始。
四四二	ユーヴァ著『ラーヴェとクレイトスの恋人』出版。
四九一	**三代目竜帝ソテル誕生**、白銀竜の姿で顕現した竜神ラーヴェより**竜帝の宣託**を受ける。

四九四	竜帝ソテル暗殺未遂事件。
四九九	背信王子パトリオットの反乱。クレイトス国王夫妻処刑。王女カテリナは、**モエキア監獄**へ投獄。
五〇〇	クレイトスの魔女狩りが始まる。植物が育たなくなり、クレイトス王国は食糧難に陥る。
五〇一	クレイトス国王パトリオット、ラーヴェ帝国へ侵攻（背信王子と竜の戦い、のちの第一次ノイトラール戦争）。竜帝ソテルに退けられ終戦。
五〇五	国王パトリオット、モエキア監獄から王女カテリナを解放（エーゲルの請願）。クレイトスの食糧難、回復へ。
五〇六	クレイトス王国、方舟教団アルカ禁教令発布。クレマチスの禊（みそぎ）が起こる。
五〇七	アルカ排斥運動がプラティ全土に広まる。
五一三	傀儡（かいらい）王パトリオット、王妃と共に毒をあおって心中。
五一四	クレイトス王母カテリナを警戒した竜帝ソテル、**三代目竜妃ルイーサ選定**。
五二九	王母カテリナ、ラーヴェ帝国へ侵攻（大魔女と竜の戦争、のちの第二次ノイトラール戦争）。竜帝ソテルに追い詰められた**クレイトスの大魔女カテリナ**の自死により終戦。
五三一	ラーヴェ帝国とクレイトス王国の間で休戦が決まる（王女と竜の休戦条約）。竜帝夫妻に毒が盛られ、三代目竜妃ルイーサ死亡（竜妃毒殺事件）。
五四九	三代目竜帝ソテル崩御。**賢竜帝**の諡が冠される。

五九五　クレイトス国王愛人殺害事件。

六〇八　魔術士アロンによる転移装置開発・設置。クレイトス魔術転移改革開始。

六二二　赤竜密猟団退治。後に『ぼくの竜の色』という教育書になる。

六四二　ラーヴェ帝国の伯爵子息とクレイトス王国の伯爵令嬢が結婚。『二百年目の恋』という演劇になる。

六六八　ママフィの山火事でクレイトス王女焼死。

七〇六　ノイトラール公爵とサーヴェル侯爵がラキア山脈での演習中にぶつかる（ラキアの一触即発）。

七〇九　**四代目竜帝レムス誕生、**竜神ラーヴェの宣託を受ける。また、**金目の黒竜は「竜の王」と宣言**される。

七一六　クレイトス王太子エルヴィス、夜会で王女ルーナに声をかけた貴族の子息を殴り殺す（ベラル伯爵子息撲殺事件）。

七二三　竜帝レムス、クレイトス王国からの縁談を拒否（アザル公爵令嬢の出戻り事件）。竜帝レムスの双子の兄ロムレスは弟の非礼を謝罪。

七二五　クレイトス国王療養により退位、月狂王エルヴィス即位。

七二六　竜帝レムス、**四代目竜妃フェア選定**。その双子の妹アイニを皇妃に選定。

七二七　ラーヴェ皇兄ロムレス、アザル公女と婚姻。クレイトス王国に婿入りする（兄竜の婿入り）。

七二九　国王エルヴィスと王女ルーナの密通を告発したクレイトス王妃、不敬罪で処刑される（月王妃狂言事件）。

七三〇　皇兄ロムレス、離縁されラーヴェ帝国へ帰国する（兄竜の出戻り）。

七三一　クレイトス王国とラーヴェ帝国、休戦条約を更新せず（二百年目の破局）。

七三五　皇兄ロムレス蜂起（兄竜の反乱）。ロムレスを支持するクレイトス国王エルヴィスが港街プブルグへ侵攻。ラーヴェ北部戦争開始。ララチカ湖の戦いは竜帝レムスの勝利。皇兄ロムレスは監禁される。

七三六　竜帝レムス、プブルグ奪還。**クレイトスの大魔女ルーナ**討伐。国王エルヴィス自害、クレイトス王国軍撤退。ラーヴェ北部戦争終結。

七三七　四代目竜帝レムス、四代目竜妃フェアを解任、**五代目竜妃アイニ選定**。

七三八　元竜妃フェアと皇兄ロムレスが竜帝夫婦を襲撃（**ラーデア双竜戦**）。竜妃同士は相討ち、四代目竜帝レムスは戦死。**双竜帝**の諡を冠される。皇兄ロムレスの勝利で終戦。

七三九　竜帝夫婦の喪が明けたのち、戴冠式でアザル公女がラーヴェ皇帝ロムレスを殺害。一年皇帝と呼ばれる。

七四〇　アザル公女火刑。竜妃姉妹の故郷**ホーボエ領**の一族は経済封鎖宣言。ラーヴェ帝国は三公冷戦時代へ。

七七七　三公の協定により、ラーヴェ帝国皇帝シェラス即位。三公帝と呼ばれる。

七八九　西のカレイア諸島、クレイトス国領となる。

八〇一　サーヴェル家の竜の巣退治。

八二四　無人島だった**ライカ諸島**に遭難船が漂着。

八四八	竜の女王（紫目黒竜）の信を得た皇帝オリューゲル即位、三公を謹慎させ実権を取り戻す。
八五一	ライカ諸島でラーヴェ皇女を人質にした使節団立てこもり事件が起こる。
八五二	竜がすべてライカから引き上げる（竜の大移動）。
八五五	竜の大移動で国境付近に海竜が増え、南ラキア海の漁獲量が激減。サーヴェル家が海竜退治に乗り出す。
八六〇	ライカ諸島戦争。皇帝オリューゲルに敗北したライカ諸島は、**ライカ大公国**としてラーヴェ帝国の属国になる。
八七一	**ラ＝バイア士官学校開校。**
九六七	**五代目竜帝カイン誕生。**竜神ラーヴェによる宣託を受ける。
九七七	竜帝カイン、**六代目竜妃リンディー選定。**
九八一	ラキア山脈演習事変。
九八五	クレイトス王国とラーヴェ帝国の間でプラティ大陸和平協定が結ばれ、竜帝カインにクレイトス王女シシリアが嫁ぐ。
九八七	ラーデア神殿襲撃事件。
九九一	クレイトス王女シシリア脱走、六代目竜妃リンディー死亡。天剣が行方不明になる。
九九二	竜帝カイン、クレイトス王国に侵攻開始（シシリア魔女戦争、のちの**第二次ラキア聖戦**）。

九九三　竜帝カイン、クレイトス国境防衛線突破、サーヴェル北方領占拠。

九九四　クレイトス国王、王女シシリアを魔女認定し竜帝に身柄を引き渡す。**クレイトスの大魔女シシリア**火刑。第二次ラキア聖戦、停戦。

九九五　第一回ラキア停戦会談が行われる。

九九六　第二回ラキア停戦会談中に五代目竜帝カイン暗殺。**戦竜帝**の諡を冠される。

九九七　ラーヴェ帝国皇帝オーガスト即位。中立皇と呼ばれる。

九九八　クレイトス国王、第三回ラキア停戦会談を欠席。和平条約は未締結で終わる。

一〇〇〇　クレイトス王国・ラーヴェ帝国にて、方舟教団アルカによる千年祭爆破事件。

一〇〇三　クレイトス王国・ラーヴェ帝国による**方舟協定締結**。

一〇〇八　クレイトス神学者パウロ、ラーヴェ歴史学者ヘルマンの共著『プラティ大陸千年史』完成。

一〇二五　貿易王バイカル即位。クレイトスの商業改革開始。

一〇三八　天才魔術士キルリック『キルリック魔術理論』発表。キルリック魔術学校開校。

一〇六〇　クレイトス・ラーヴェ交換留学協定締結。

一〇九二　ラーヴェ帝国、フェアラート公の娘が第一皇妃になる時代が続く。

一一〇三　ラキア炭鉱崩落事件。

一一五六　ラーヴェ帝国大不況。

一一六八	方舟教団アルカの**プラティ大陸統一運動**。
一一九二	港街プブルグで革命団プラティース暴動事件が起こる。事件鎮圧後、港街プブルグはベイル侯爵家の直轄地になり、**水上都市ベイルブルグ**へと地名を変更。
一一九九	ラーヴェ皇族を名乗るザザ村出身の男が現れ、処刑される。
一二〇三	聖槍強奪未遂事件。
一二三九	レールザッツ鉄道開通。
一二三四	軍港建設のため土地の引き渡しを要求されたホーボエ領の一族がフェアラート領を襲撃（ホーボエ山岳の戦い）。レールザッツ公により仲裁される。
一二六五	キャロー著『聖公女ジュリエッタ』出版。
一二七〇	ザザ村から一晩で村人が消え、廃村になる（**ザザ村消滅事件**）。
一二七一	フェアラート軍港完成、海軍設立。
一二七二	ラーヴェ帝国皇太子メルオニス、クレイトス留学から帰国。
一二七四	ラーヴェ帝国皇帝メルオニス即位。
一二七七	皇帝メルオニス、クレイトス王国との自由貿易条約を締結。
一二七八	国境北部にてノイトラール竜騎士団がクレイトス商団フロリスを誤射（フロリス商団誤射事件）。
一二八四	ラーヴェ帝国皇弟ゲオルグ、ラーデア公就任。

一二八五　皇帝メルオニスとクレイトス国王が両国統一を密約。

一二八七　ラーヴェ三公、クレイトス王都アンサスを奇襲。一時占拠するも、王太子ルーファスにより奪還される（**アンサス戦争**）。

一二九一　**六代目竜帝ハディス誕生**。竜神ラーヴェの宣託は行われず。

一二九三　クレイトス国王ルーファス即位。**新王都バシレイア**へと遷都する。

一二九六　ウェリタス山村焼失事件。竜帝ハディス、辺境パテルへ送致。

一三〇二　クレイトス王妃イザベラ急死。**ラーヴェ帝国皇太子連続死事件**が始まる。

一三〇四　ラーヴェ帝国第七皇子ルドガー、皇位継承権返上。

一三〇六　クレイトス国王ルーファス、エーゲル半島に**歓楽街メティス**を建設、移住。

一三〇八　竜帝ハディス、帝都帰還。皇太子に任命される。ラーヴェ帝国皇太子アルノルトを最後に連続死が止まる。

一三〇九　竜帝ハディス、ラーヴェ帝国皇帝即位。

一三一〇　ベイルブルグ軍港襲撃事件、ベイルブルグの無理心中が起こる。

一三一一　偽帝騒乱、ナターリエ皇女誘拐事件、ワルキューレ竜騎士団の乱が起こる。

一三一二　ラ＝バイア士官学校で反乱が起こる。クレイトス王太子ジェラルド、ラーヴェ帝国第十皇子マイナードを支持しラーヴェ帝国へ侵攻、**ラーヴェ解放戦争**開始。

一三一三	軍神令嬢ジル率いるサーヴェル隊がレールザッツ領・ノイトラール領制圧。ノイトラールの大虐殺が起こる。
一三一四	竜帝ハディスが反攻開始、ノイトラール領・レールザッツ領を奪還。クレイトス王国軍撤退と同時にラーヴェ帝国皇太子ヴィッセルが帝都ラーエルム占拠。竜帝ハディスが帝都ラーエルムを奪還し、皇太子ヴィッセル処刑をもってラーヴェ解放戦争終結。
一三一五	ラーヴェ帝国では竜帝による粛清が始まる（ライカの大粛清など）。クレイトス王国では国王ルーファスが王太子ジェラルドに討たれる（南国王の動乱）。竜帝ハディスがクレイトス王国に侵攻。エーゲル半島の大虐殺が起こる。
一三一六	竜帝ハディス、王太子ジェラルドの休戦提案拒否。サーヴェル領へ再度侵攻。**第三次ラキア聖戦**開始。

やり直し令嬢は竜帝陛下を攻略中
プラティ大陸正史

2024年11月1日　初版発行

著者：永瀬さらさ

イラスト：藤未都也

発行者：山下直久

発行：株式会社 KADOKAWA
〒102-8177　東京都千代田区富士見 2-13-3
電話　0570-002-301（ナビダイヤル）

印刷・製本：TOPPANクロレ株式会社

ISBN 978-4-04-115442-7 C0093

「やり直し令嬢は竜帝陛下を攻略中」
シリーズ好評発売中!
WEBで話題!
人生2周目は10歳の竜妃サマ!?
しかも敵だった陛下に求婚してました
永瀬さらさ
イラスト 藤未都也
婚約破棄された王太子と出会った場に、時間が戻った令嬢・ジル。破滅ルート回避のためとっさに求婚した相手は闇落ち予定の皇帝ハディス!?　だが城でおいしいご飯を作ってもらい——決めた。人生やり直し、彼を幸せにします!
●角川ビーンズ文庫●